Horst Wolfram Geißler
Der liebe Augustin

# Horst Wolfram Geißler
# Der liebe Augustin

Die Geschichte eines leichten Lebens
Roman

Hanser

ISBN 978-3-446-24189-3
Alle Rechte vorbehalten
© 1947, 1993, 2012
Carl Hanser Verlag GmbH & Co. KG, München
Vilshofener Straße 10 | 81679 München | info@hanser.de
Wir behalten uns auch eine Nutzung des Werks für Zwecke
des Text und Data Mining nach § 44 b UrhG ausdrücklich vor.
Einbandgestaltung: Birgit Schweitzer, München,
unter Verwendung eines Stahlstichs der Stadt Lindau
am Bodensee (1840, Foto: akg-images)
und eines Ausschnitts aus dem Gemälde
*Giovanni Arnolfi, Giovanna Cenami* von Jan van Eyck.
Druck und Bindung: CPI books GmbH, Leck
Printed in Germany

*Inhalt*

Alte Landschaft 7
Am Ufer 11
Die Spieldose 52
Das Ende vom Lied 95
Duett in der Dämmerung 119
Gespenster 167
Augustin und die Weltgeschichte 190
Susanne 230
Das Tagebuch 276
Una ex his 286

## Alte Landschaft

Es geht die Sage: Einst sei die Welt freundlicher gewesen als heute. Und wenn ihr die alten illuminierten Kupferstiche betrachtet, scheint das wahrhaftig zu stimmen.

Was für zarte, lustige Farben und Linien damals in der Welt waren! Die Leute trugen grüne Fräcke und mattgelbe Hosen, die Akazien flimmerten sanft in den blauen Himmel hinein, der heiter war, als lächelte der liebe Gott alle Tage darüber hin. Es gab noch keine Eisenbahnen, keine Dampfschiffe, keine Kraftwagen und also auch weder Ruß noch Lärm, noch aufgejagten Staub. Es gab nur eines in dieser alten Landschaft: Ruhe. In allem lag sie, auch in den Menschen, eine biedere, handwerkliche Ruhe und Besinnlichkeit.

Aber die Ruhe dieser Menschen war keineswegs schwer und kalt. Denn sie hatten zu ihr noch etwas, das in den letzten Jahren verschwunden ist: einen zufriedenen, zärtlichen, leichten Sinn - also saßen sie in ihrer bunten Welt wie besonnte Schmetterlinge auf einer Wiesenblume.

Und da ist es kein Wunder, daß der liebe Gott seinen blauesten Himmel darüber hinlächelte und daß die Welt ihn widerspiegelte, wo sie nur konnte.

Der hübscheste Erdenfleck und der lächelndste Himmelsspiegel waren dort, wo ein halbes Dutzend Länder aneinandergrenzen. Man sollte meinen, ein solcher Winkel sei gefährlich und ein rechtes Wetterloch für Streitigkeit und Krieg. Aber es war schon gesorgt, daß der Friede erhalten blieb, denn eben diesen Grenzwinkel hatte der liebe Gott sozusagen mit seinem nassen Finger betupft, vorsichtshalber, damit er sich nicht erhitzen könnte – und nun lag da ein wundervolles Wasser, der Bodensee.

O du gläserner, grünblauer, zehntausendjähriger See! Hier und da und dort wiegst du deine Wellen noch um die Reste der Pfahlbauten, schwarze Stockzähne der Urgroßmutter Erde. Die Römer besiedelten die Ufer und brachten ihnen den rosenhellen Wein auf die sanften Sonnenhänge. Schon die ersten römischen Christen setzten einen Bischof nach Konstanz. Dann kamen, mit breiten Stirnen und lichten Augen, die Glaubensboten: Kolumban, Gallus, Pirminius, und rund um den See begannen die Glocken einander zuzuläuten von den Türmen der Klöster, Kirchen und Kapellen. Sie läuteten auf den Rebenhängen und in den Wäldern, auf der gartenhaften Reichenau und am Fuße des hohen Säntis, der wie ein König über den See blickt, Hermelin um seine alten Schultern. Später kamen die wundersamen Zeiten, da die Welt sich in Rittertum, Rosen und Liebe hüllte: Ulrich von Singenberg, Walter von Klingen, Herr Steinmar fanden ihre fröhlichen Lieder am blühenden Ufer, und im Inselkloster zu Konstanz sann Suso, der Minnesänger der Gottesliebe – im selben Konstanz, wo abermals nach hundert Jahren Johann Hus von den Flammen gefressen wurde. Das gleiche Jahr, in dem der Unentwegte starb, wendete die Weltgeschichte um: In Konstanz verlieh der Kaiser dem ersten Hohenzollern die Mark Brandenburg – und nun glitt langsam das Gewicht Europas nach Norden. Der Bodensee wurde still und einsam, die Weltgeschichte war ihres Weges weitergegangen, und der See lag wie eine voll Wasser gelaufene Fußspur auf diesem Wege.

Die Tage seiner Herrlichkeit waren vorüber, und es begann ein süßes Hinträumen an seinen Ufern, wo sich die Reben sonnten, und auf seinen Wellen, über die mit gerundeten Segeln die Fischerkähne hinzogen.

Es steht geschrieben, das Dichten und Trachten der Menschen sei böse von Jugend an, und man wird deshalb einsehen, daß die Volksstämme, die da drunten am Bodensee nebeneinander hausten, sich nicht immer vertrugen.

Aber richtig ernst wurde es doch nie. Sie knurrten sich an und schubsten sich und stießen die greulichsten Drohungen aus von Schädeleinhauen und Hausanzünden – und unterdem steckte der Lammwirt in Lindau sein Rädle heraus zum Zeichen, daß es neuen Wein gäbe. Worauf die ergrimmten Nachbarn einmütig beschlossen, das Schädeleinhauen vorerst aufzuschieben und lieber mitsammen den Neuen zu probieren, Gott sei Dank.

Und was hätten sie auch weiter anstellen können?

Da lag des Heiligen Römischen Reiches Freie Stadt Lindau – ein Lump, wer keinen Respekt hat, und ein Esel, wer wider sie anrennen will! Denn sie lag (und liegt noch heute) auf einer Insel im Bodensee, ganz ummauert, mit festen Schanzen und Türmen; eine einzige schmale Holzbrücke führte zum Land hinüber. Als die Schweden unter Gustav Adolf heranrückten und die unhöflichsten Absichten hatten, blinzelten die freien Lindauer Bürger einander zu, zerbrachen ihre Holzbrücke – und die Schweden standen mit dummen Gesichtern auf dem europäischen Festlande. Immerhin schossen sie ein wenig herüber und verwundeten leider eine Kuh so sehr, daß sie gemetzget werden mußte.

Dann zogen sie ab.

Die feste Inselstadt lag wieder in Ruhe mit ihren starken Mauern, hinter denen die Häuser neugierig und schadenfroh hervorlugten, und mit ihren Türmen, die versonnen nach dem Säntis hinüberblickten, auf dessen Gipfel die Vergänglichkeit saß und die Jahrzehnte durch die alten, kalten Finger perlten wie ein Rosenkranz.

Immer stiller, arbeitsamer und friedlicher wurden die Stadt, der See und die Menschen. Vom Alten stürzte kaum etwas, aber manches Neue entstand, und so wurde das Land um den See wie eine Chronik, in der man besinnlich lesen kann, ohne daß ein Blatt fehlt; eine lebendige Chronik, ein Buch, hingebettet zwischen den grünen Samt der Wälder und die lichte Seide des Wassers.

Laßt uns um ein Jahrhundert zurückblättern! Alte Landschaft! Was für zarte, lustige Farben und Linien damals in der Welt waren! Die Menschen trugen buntere Kleider und hatten Ruhe im Herzen, und die Akazien flimmerten sanft in den blauen Himmel hinein, der heiter war, als lächelte der liebe Gott alle Tage darüber hin.

# *Am Ufer*

Augustin Sumser wurde am achtundzwanzigsten August des Jahres siebzehnhundertsiebenundsiebzig bei Mittenwald, zwischen Karwendel und Wetterstein, geboren und erhielt seinen Namen nach dem Heiligen des Tages, dem Kirchenlehrer Augustin.
Als er zur Welt kam, und glaubhafterweise noch viele Jahre danach, war er sich keineswegs der Tatsache bewußt, daß er die Ehre hatte, am gleichen Tage wie Goethe geboren zu sein; denn seine Eltern waren sehr einfache Leute, die sich niemals um die Literatur gekümmert hatten, und außerdem lernte der junge Vater Sumser seinen Sohn gar nicht kennen, da er bald nach der Hochzeit - leider muß es gesagt werden - beim Wildern erschossen wurde.
Also bekam die Genoveva, geborene Knöpfle, ihren kleinen Posthumus nicht ohne Sorgen und sagte: Nun würde ihr der Bub wohl bald über den Kopf wachsen. Augustin hingegen vermißte den Vater nur wenig; es soll schon damals in Bayern keine Seltenheit gewesen sein, daß Kinder ihre Väter nicht kannten und dennoch recht gute Menschen wurden.
Mutter und Sohn wohnten in einem winzigen Häuschen am Fuße des Karwendels und besaßen außer ihrem

Hausrat, einem kleinen Wurzgarten und einem Hühnerstalle nichts als die glückliche Veranlagung, fatale Dinge auf die leichte Schulter zu nehmen. Und von dieser Veranlagung mußten sie reichlich Gebrauch machen, um trotz ihrer Armut bei gutem Humor zu bleiben.
Die Sumserin verdingte sich bei den Bauern, oder sie machte die Botenfrau, oder sie ging störnähen. Augustin ertrug in diesen Fällen schon als ganz kleines Kind seine Einsamkeit mit Anstand; er lag in der buntbemalten Wiege, ließ sich die Fliegen über die Nase laufen, lutschte am Daumen und betrachtete mit seinen großen braunen Augen die Stubendecke; hielt er Abwechslung für geboten, so tat er den Daumen aus dem Mund und steckte statt dessen die große Zehe hinein.
Als er laufen gelernt hatte, war die Frage seiner Beschäftigung vollends gelöst. Mit einem sehr kurzen Hemd und einer sehr weiten Hose bekleidet, wackelte er durch die Natur, die in ihrer ganzen Wunderherrlichkeit um ihn aufgebaut war. Er kugelte über goldgrüne Matten, plumpste in kleine Bergwässer, bedrohte mit einem Stecken, den er stets in der Hand hielt, alles Lebendige, das nicht Mensch hieß, und bereitete sich auf diese Weise zu seiner Tätigkeit als Gänsehirt vor, die er im Alter von vier Jahren ergriff und zur Zufriedenheit seines Bauern versah.
Etwas später wurde seine Mutter auf der Straße von Partenkirchen nach Mittenwald von einem Fuhrwerk, dessen Pferde durchgingen, überfahren und starb noch am selben Abend.
Augustin weinte schrecklich.

Es war ihm ums Herz, als ob alle Berge und Wände über ihn stürzten und als ob es nun endgültig aus sei mit ihm. Seine Bäuerin tröstete ihn, so gut sie konnte, versprach, für ihn zu sorgen, und wischte ihm unablässig mit ihrer rauhen Schürze übers Gesicht. In der Gesindekammer wurde ein Bett für ihn aufgeschlagen, er bekam sein Essen wie sonst, hütete die Gänse wie sonst, die Berge standen hocherhaben im Sonnenlichte wie sonst – und dem Gustl fehlte doch die Mutter, und er hatte sein großes, brennendes Weh im Herzen.
Das Sumserhäusl wurde behördlich verschlossen und versiegelt, und man tat sich nach Verwandten um, die den Buben vielleicht bei sich aufnehmen könnten.
Jemand erinnerte sich, daß die Genoveva Knöpfle bisweilen von einem Bruder gesprochen hatte, der Pfarrer sein sollte, irgendwo im Schwäbischen. Man erkundete wirklich, daß zu Wasserburg am Bodensee ein Pfarrer Knöpfle saß, der des kleinen Augustin Sumser rechtmäßiger Oheim war. »Da kriagst es gut, Bua!« sagte die Bäuerin wohlwollend, und in Gustls Herzen keimte schüchtern die Hoffnung auf, daß sein Leben vielleicht doch nicht ganz so trostlos und verpatzt sei, wie er in den ersten Schmerzenstagen gedacht hatte.
Einige Wochen danach kam der Oheim an. Bis Partenkirchen hatte er die Post benutzen können, von da ab jedoch mußte er laufen, und so trat er einigermaßen erhitzt und rot – denn es war im Juli – in die Stube.
Der Gustl sah ihn an, wie er freundlich und dick auf den gescheuerten Dielen stand und das runde Gesicht mit einem gewürfelten Tuch abtrocknete – und seine Hoffnung auf eine bessere Zukunft wuchs um ein Be-

deutendes. Hochwürden stellte den großen Reisesack auf den Fußboden, streckte die Hände nach dem Gustl aus und sagte: »Ha no, da isch es jo, des Büeble!«
»Ha?« fragte Augustin nur; denn einerseits hatte er noch keine Gelegenheit gehabt, vornehme Umgangsformen zu erlernen, und anderseits verstand er einstweilen nur die oberbayerische Sprache.
Immerhin genügte diese Einleitung, um Onkel und Neffen einander näherzubringen, und der Pfarrer erklärte, daß Augustin mit ihm gehen und in seinem Hause zu einem braven und Gott wohlgefälligen Lebenswandel herangezogen werden solle. Da er am Sonntag wieder daheim sein mußte, wurde alles in großer Eile geordnet. Aus dem Sumserhäusl holte man die wenige Wäsche, die der Bub gebrauchen konnte, und schnürte ihm ein kleines Bündel daraus; der andere Hausrat und das Häusl selber sollten versteigert werden. (Augustin bekam später, nachdem die Kosten für das Begräbnis seiner Mutter abgezogen und einige Schulden bezahlt waren, noch hundert Gulden aus dieser Versteigerung.) Am andern Morgen hieß der Pfarrer den Gustl sich bedanken für die gute Behandlung beim Bauern. Dann nahm der Bub sein Bündel und wandte der Heimat nicht ohne Tränen, aber leidlich guten Mutes den Rücken. Der hochwürdige Herr ergriff ihn bei der Hand, und sie gingen zusammen in die Welt hinaus.
Diese Welt erschien dem Augustin Sumser sehr bald überaus groß und staunenswert, geheimnisvoller noch, weil er durchaus keine Vorstellung davon hatte, wo eigentlich der Bodensee lag, dahin er reisen sollte. Als

man in Partenkirchen die hübsche, gelb, weiß und blau bemalte Karriolpost bestieg, dämmerte es in Augustins Gehirn, daß er offenbar zum Höchsten berufen sei. Denn außer ihm und seinem Oheim befanden sich in dem geräumigen Wagen: erstens ein vornehmer Herr, der einen Degen und eine Perücke hatte, des öftern aus einer silbernen Dose schnupfte und sich sehr bald als kurfürstlich bayerischer Rat zu erkennen gab, worauf Augustin ihn eine Zeitlang, mit offenem Munde, ansah; zweitens und drittens: zwei Damen, die sich in einer vollkommen fremdländischen Sprache sehr schrill unterhielten und trotz der Hitze großkarierte Reisedekken über ihre Knie breiteten; viertens ein diesen Damen zugehöriger Vogel, der sich in seinem Käfige schaukelte, merkwürdigerweise ebenso fremdländisch redete und von dem der Pfarrer Knöpfle seinem Neffen zuflüsterte: dies sei ein Papagei.

Augustin hatte den ganzen Nachmittag zu tun, alle diese unerhörten Neuheiten in sich aufzunehmen und zu verarbeiten, und er wurde davon so müde, daß er in der Dämmerung, den Rest eines Butterbrotes in der Hand, einschlief und nicht eher aufwachte als am nächsten Morgen. Man hatte während der Nacht zweimal den Wagen gewechselt, aber der Pfarrer hatte Augustin so behutsam auf den Armen getragen, daß er in seinem Schlafe nicht gestört wurde. Sie saßen jetzt ganz allein, und Augustin wäre unglücklich gewesen, daß er den Papagei nicht mehr betrachten konnte, wenn nicht da draußen die Welt in ihrem Bilderbuche ein paar der allerwunderschönsten Seiten aufgeblättert und ihm vor die Augen gehalten hätte.

Die Post fuhr gerade an den letzten Häusern von Immenstadt vorüber. Nun zog sich die Landstraße wie ein silberweißer Faden durch den grünen Teppich des Allgäus, der am Fuß der Alpen sich ausbreitete wie vor dem Throne Gottes. Links stiegen aus den sonnengoldenen Wiesen der Stuiben und das Rinderalphorn, und rechts brütete groß und hitzeschläfrig der Alpsee unter dem blauen Himmel. »Jessas, Jessas!« sagte Augustin, wendete den Kopf herüber und hinüber und konnte sich nicht satt sehen. Berge und Wasser waren ihm freilich nichts Neues, aber daß es hier – da er schon so weit von daheim fort war – dergleichen freundliche Dinge noch gab: das machte sein Herz fröhlich. Der Oheim sah zufrieden seine Freude und beeilte sich, den Neffen zu füttern. Er selber fühlte sich übernächtig und angegriffen von der Reise, denn es war das erste Mal in seinem Leben, daß er nicht in seinem Bette geschlafen hatte. Immerhin war er bei guter Laune, und das kam so: Schon seit dem Morgengrauen studierte er den Kopf dieses Augustin Sumser, der ihm gegenüber im Eck lehnte; als ein großer Verehrer und Kenner von Lavaters Physiognomie, die eben damals noch die Welt in Aufregung versetzte, hatte er im Laufe seiner Untersuchung festgestellt, daß der Name Augustin Sumser zu dem Buben paßte wie die Faust aufs Auge, nämlich sehr gut (wiewohl gedankenlose Menschen, die es noch nicht probiert haben, gewöhnlich der Meinung sind, die Faust passe keineswegs aufs Auge). Der Bub hatte eine hübsche, freie, gescheite Stirn, eine gerade Nase, ein schmales Kinn – leider auch einen sehr ausgebildeten Hinterkopf, der nach sicheren Forschungen

die Anlage zu sündlichen Liebesabenteuern kundtun sollte. Kurz und gut: dieser Augustin Sumser mußte Anlagen haben, verheißungsvoll wie sein Name; und was die Sündlichkeit anbelangte, so würde er, der Pfarrer Knöpfle, schon dafür sorgen, daß die Bäume nicht in den Himmel wuchsen. Mit immer freundlicheren Augen besah er den Pflegesohn, und der Gustl hatte dabei zum ersten Male sein Talent bewiesen, sich schlafend ein warmes Plätzchen in einem Herzen zu sichern.
Mählich traten die Berge zurück, und das Land wurde weit, fruchtbar und schwellend wie ein Paradiesgarten. Bunte Kühe lagen käuend im Grase, braune Weizenfelder sonnten sich auf sanften Hügeln, und von Mittag her begann ein Wind zu wehen, so lind und weich, wie ihn Augustin noch nie verspürt hatte.
»Der Seewind, Bub!« sagte der Pfarrer aufatmend und warf schon einen Blick nach seinem Reisesack; »und da - halt dich fest - lueg! Der Bodensee!«
Die Landstraße bog nach Süden um, und hinter einer beiseiteweichenden Bergkulisse lag ganz fern, silberflüssig gleißend, die weite Fläche des Sees, mittagsruhig und erhaben, vor der blauen Dunstkette der Schweizer Berge.
Der Gustl schaute, schlug die Hände zusammen und faßte seine Bewunderung zusammen in die bändesprechenden Worte: »Da legst di nieder!« Er hätte auch nichts weiter sagen können, denn beim Anblick des Zieles wurde der Pfarrer von einem erschrecklichen Reisefieber erfaßt; er stand auf und trat in dem rumpelnden Wagen hin und her, daß das Gefährt schwankte wie ein Meerschiff; er holte seinen Reise-

sack herunter, öffnete ihn, stopfte hinein, was er etwa herausgenommen hatte, schloß ihn, bemerkte, daß er noch einiges vergessen hatte, begann das aufregende Spiel von neuem und nahm dann die gleiche Prozedur mit dem Bündel Augustins vor, der mit großen Augen dasaß und fast fürchtete, es werde ein Unglück geschehen.

Immer näher kam der blanke Spiegel. Ein großes Schiff sah der Gustl auf dem Wasser stehen und da, wahrhaftig, eine Stadt im Wasser, mitten im Wasser! Eben wollte er wieder hinausstaunen, daß dies zum Niederlegen schön und seltsam sei, als der Weg zwischen die Häuser von Äschach kam und leider! nach rechts abbog, so daß die märchenhafte Reichsstadt Lindau liegenblieb, ohne vorerst die Ehre zu haben, Augustin Sumser in ihre Mauern zu schließen. Das tat ihm leid, als ob er beim Kramer ein Gutsel gesehen hätte, das ihm niemand kaufte – aber er tröstete sich mit dem Beschlusse, das Versäumte bei der ersten Gelegenheit nachzuholen.

Noch eine Weile lief die Straße nahe dem Ufer entlang, und Augustin bestaunte ohne Unterlaß dieses große, verheißungsvolle Wasser.

Dann hielt der Wagen.

Der hochwürdige Herr betrat mit einem Seufzer der unbeschreiblichen Erleichterung den Heimatboden, ergriff sein Gepäck und seinen Neffen und steuerte mit solcher Geschwindigkeit dem Pfarrhaus zu, daß der Bub nicht einmal Zeit hatte, sich seine Umgebung zu besehen.

Eine freundliche Haushälterin nahm die beiden und ihr

Gepäck unter der Haustüre in Empfang. Hochwürden führte den noch immer ziemlich verdutzten Gustl ins Wohnzimmer vor einen kleinen Hausaltar im Eck, sagte mit herzlicher Innigkeit: »Der liebe Herrgott segne deinen Eingang!« und drückte dem Buben mit seiner guten, großen Hand so tüchtig auf den Kopf, daß ihm nichts übrigblieb, als niederzuknien. Dann beteten sie beide, teils wegen der glücklichen Beendigung der Reise, teils wegen einer angenehmen Zukunft, und Augustin war sehr bei der Sache; denn es gefiel ihm hier über die Maßen wohl, und er hatte sich mit dem Schicksal einstweilen wieder vollkommen ausgesöhnt.

Augustin bekam eine helle Dachkammer, deren Fenster nach dem See schaute; er packte seine wenigen Habseligkeiten aus und ordnete sie unter Anleitung der Pfarrersköchin, welche Rosl hieß, in eine Kommode. Dann saß und stand er eine Weile verschüchtert im Hause herum, bis man ihm erlaubte, hinauszugehen, damit er die Gegend ein wenig kennenlerne.
Dies tat er sogleich und fand, daß es keinen schöneren Erdenfleck geben könne als den, so er sich klugerweise zur neuen Behausung erwählt hatte. Ein wenig landeinwärts versteckte sich hinter Apfelbäumen das Dorf, eine Handvoll Dächer. Die Kirche aber, und neben ihr das Pfarrhaus und der Friedhof, lagen auf einem kleinen spitzen Winkel, den die Erde in den See hinausgebaut hatte. Gegen die Mauern des Friedhofs plätscherten die Wellen, und von den Fenstern des Pfarrhauses hätte man über den kleinen Garten

hinweg einen Apfel ins Wasser werfen können. So war das geistliche Revier eine wirkliche Wasserburg.

Der Gustl glaubte etwas Feineres nie gesehen zu haben und ermaß im stillen mit dem strategischen Genie seiner nunmehr fast sechsjährigen Seele, auf welche Weise man diese Burg am vorteilhaftesten gegen allenfallsige Seeräuberangriffe (diese waren das einzige der großen Welt, wovon er gelegentlich gehört hatte) werde verteidigen können. Er setzte sich auf die niedrige Gartenmauer, erkannte, daß ein böser Feind, so er da heranruderte, das steinerne Hindernis sehr leicht überwinden würde, und beschloß, zu gegebener Zeit diese Mauer um einige Ellen zu erhöhen und ihren oberen Rand mit Glasscherben zu versehen. Übrigens begriff er nicht, wie man bisher hatte so leichtsinnig sein können, diese notwendigste aller Vorsichtsmaßregeln außer acht zu lassen. Offenbar war es höchste Zeit gewesen, daß Augustin Sumser hierherkam, um Schlimmeres zu verhüten!

Aber dieser See! Fast weiß wie geschmolzenes Blei, das man durch einen Goldschleier betrachtet, lag er jetzt im Nachmittagslicht und trug unendlich sanfte Wellenlinien an die Mauer heran, die lautlos gegen die Steine stießen, suchend an ihnen entlangliefen und dann kummerlos zu ihren Schwestern zurücksanken. Das Schweizer Ufer, mit seinen Waldhügeln, hinter denen der große Säntis thronte, lag in lauter Flimmer und Schimmer. Zwei Fischerboote rückten langsam über den blanken Spiegel . . .

Und leider rückte von hinten der Ernst des Lebens heran in Gestalt des Pfarrers Knöpfle. Er kam durch den Garten, in behäbiger Fülle, frischgewaschen, mit wohlwollenden Falten in dem rasierten, runden Gesicht; und er hatte die Hände auf dem Rücken, weil er pädagogische Absichten hegte. Daß dieser Augustin Sumser mit allen Mitteln zu einer Leuchte der Wissenschaft herangebildet werden müsse, stand bei dem Pfarrer Knöpfle fest. Über das »Wie?« hatte er seine besonderen Gedanken, mit denen er demnächst völlig ins reine zu gelangen hoffte. Einstweilen rief er schon von weitem: »Guschtl! Guschtl!« und zauberte einen hübschen Jakobi-Apfel hinter seinem Rücken hervor, den er als Köder für den wissenschaftlichen Angelhaken zu benutzen gedachte, welchen dieser ahnungslose Knabe nunmehr schlucken sollte.

Augustin kam und schluckte ihn ohne weiteres, den Stiel ausgenommen.

Dann setzten sie sich nebeneinander auf die Gartenmauer.

»Mein Sohn!« begann der hochwürdige Herr und räusperte sich. »Mein Sohn! Der Herr hat es also gefügt, daß ich dir gleichzeitig Vater und Mutter sein soll, was für einen einfachen Pfarrer gewiß keine Kleinigkeit ist. Indessen werde ich mein möglichstes tun, wofern du mich nur ein ganz klein wenig unterstützen willst. Das Leben hat dich ernst angefaßt, und also ist es in Ordnung, daß ich mit dir, wiewohl du noch ein Kind bist, ernst rede. Hörst du auch her, Lausbub?«

»Ja!« antwortete Augustin und wandte seine Augen schleunigst von einem Fischerboot ab, das in aufregender Nähe vorüberglitt.

»Also!« sprach der Oheim Knöpfle wieder, nicht ohne

ihn einigermaßen strafend anzublicken, »jetzt sag mir zuerst einmal: Was hast du gelernt?«
»Nichts!« antwortete Augustin.
Dies brachte Hochwürden etwas aus dem Konzept; er hatte sich darauf vorbereitet, die höhere Bildung einem Menschen beizubringen, der wenigstens mit den Elementen der Zivilisation vertraut war; nun er erkennen mußte, daß auch diese seine bescheidensten Ansprüche zu hoch gewesen seien, sah er sich in seinen Plänen fast hoffnungslos weit zurückgeworfen.
»Wie?« sagte er im Tonfall tiefster Mißbilligung, »nicht einmal lesen kannst du?«
Augustin schüttelte betreten den Kopf. »Und schreiben?«
»Nein!«
Knöpfle seufzte unter der Last seiner immer wachsenden Aufgabe so schwer, daß der Gustl, um seinen guten Willen zu zeigen, alle seine Kenntnisse zusammennahm und entgegenkommend erklärte: Wenn der Oheim ihm ein »i« malen wolle (von welchem Buchstaben er bereits mehreres gehört habe), so sei er bereit und imstande, das Tipferl hinaufzumachen.
»Das ist immerhin etwas!« sagte der Pfarrer und blickte angelegentlich beiseite, um ein Zucken seiner Mundwinkel zu verbergen. Dann wurde er wieder ernst und sogar fast wehmütig; also Schreiben, Lesen, Rechnen – heiliger Gott, was stand ihm bevor! Und er hatte bereits vom Accusativus cum infinitivo, von Cornelius Nepos und Cäsar geträumt . . .!
Er dachte nach. Es wäre freilich das einfachste gewesen, den Gustl zunächst zum Dorfschulmeister gehen

zu lassen. Aber erstens würde das zu lange dauern – Knöpfle hatte es mit seinen pädagogischen Plänen sehr eilig –, zweitens wollte er sich den Buben nicht aus der Hand nehmen lassen, und drittens fürchtete er, daß Augustins reichlich rustikale Manieren in der Dorfschule kaum gebessert werden würden, während er, der Pfarrer Knöpfle, in dieser Hinsicht einen vorzüglichen Präzeptor abzugeben hoffte; denn er war drei Jahre lang im nahen Schloß Langenargen als Religionslehrer des jungen Grafen Montfort aus- und eingegangen und wußte, wie sich feine Leute benehmen.
Also sprach er nach einer Weile, abermals seufzend: »Es hilft nichts, Bub – wir beide müssen's zusammen machen. Und morgen wird angefangen. Ich will mich nach dem Notwendigen umtun. Sei brav und fall' nicht ins Wasser.« Damit ging er.
Am Morgen mußte Augustin Sumser im Studierzimmer antreten, sauber gewaschen und gekämmt, und sich dem Pfarrer gegenüber an den Tisch setzen, auf dem allerhand verdächtiges Geräte zu sehen war.
»Nun!« begann der Oheim. »Hör' zu! Jedes Wort besteht aus einzelnen Buchstaben, und wenn man die hintereinander schreibt, kommt eben das Wort heraus. Verstanden?«
»Ja!« erwiderte der Gustl, und das machte ihm wahrhaftig alle Ehre.
»Gut. Folgendes sind die Buchstaben: – –« und Meister Knöpfle sagte das Abc langsam her. »Welchen willst du nun zuerst lernen?«
Der Gustl entschied sich für das Y, weil ihm dieser fremde Name noch im Ohre klang. »O mei!« sagte der

Pfarrer zaudernd, »das Y ist halt gerade recht schwierig . . .« Es kamen ihm bereits gelinde Zweifel, ob sein abgekürztes Lehrverfahren vollkommen richtig sei. »Möchtest du nicht lieber zuerst das i lernen?« Nein - Augustin beharrte auf dem Y. Das Y hatte es ihm nun einmal angetan.
Knöpfle verlegte sich auf Verhandlungen. »Geh, Guschtl! Schau doch: das Y ist halt gar so schwer, kriegst es ja noch zeitig genug. Und -«
»Also dann das i!« sagte der Gustl resignierend und nicht ohne Herablassung.
»Recht so!« Der Pfarrer atmete auf und malte das schönste i der Welt links oben auf Augustins Schiefertafel.
Augustin betrachtete es forschend, nickte schließlich befriedigt und gab die Tafel zurück. »No?« fragte der hochwürdige Herr.
»Was?«
»Das mußt du jetzt nachmalen, Bub!«
»Ich?«
»Ja freilich! Wer sonst?«
Augustin Sumser legte die Stirn in Falten, entschloß sich aber doch zu tun, wie ihm geheißen worden war, denn er hatte wirklich die besten Vorsätze.
Das Werk war schwierig, aber es gelang. Man sah deutlich, daß es ein i sein sollte.
»So!« schnaufte der Gustl.
»Weiter!«
»Was?«
»Weiterschreiben! Die ganze Tafel muß voll i sein.«
»A geh!« sagte Augustin mit einer Miene, die andeutete,

daß er schlechte Witze für durchaus unangebracht halte.

Der Pfarrer wischte sich die Stirne. Konnte man diesem Bengel in seiner holdseligen Ahnungslosigkeit eins überziehen? Man konnte es nicht. »Schreib wenigstens noch eins!« sagte er begütigend, und Augustin machte sich sofort ans Werk.

»Schau, nun stehen schon drei hintereinander. Wie die Soldaten, Gustl! Was tätest du nachher mit lumpigen drei Soldaten! Also! Je mehr, desto besser!«

»Wahr is'!« erkannte der Gustl und ging ohne Zögern und mit immer besserem Erfolg daran, seine Wehrmacht zu verstärken. Nach einer Stunde malte er ein ganz gutes und richtiges i ins untere Eck der Tafel.

Knöpfle rieb sich die Hände: Der schwerste Stein war aus dem Wege gewälzt.

Am nächsten Tage kamen das n und das m, und der geistliche Herr erreichte so, indem er sich listigerweise an den jedem Deutschen eingeborenen militärischen Instinkt wandte, daß Augustin Sumser in zwei Monaten schreiben und nachher auch lesen lernte.

Als der Gustl in die Rechenkunst eingeweiht werden sollte, mußte der Pfarrer eine bedeutsame Entdeckung machen.

Augustin gab nämlich auf ganz unmißverständliche Weise zu erkennen: er sei der Meinung, daß er mit der Arbeit der vergangenen zwei Monate genug Opfer für seine Bildung gebracht habe, mit anderen Worten: er wollte durchaus nicht mehr.

Knöpfle wußte, daß mit Prügeln bei dem Buben nichts zu erreichen sei. Also gedachte er ihn bei seinem Ehr-

geiz und seiner Eitelkeit zu packen und sagte: »Geh, Guschtl! Schreiben und Lesen hast du jetzt gelernt – was täten die Leute sagen, wenn du nicht rechnen auch könntest? Auslachen täten sie dich!«
»Meinethalb!« sagte Augustin Sumser gelassen. Ehrgeiz besaß er nicht für einen roten Heller. Der Pfarrer war sehr betrübt über diese Entdeckung, denn er meinte, daß ein Mensch ohne Ehrgeiz es nicht eben weit in der Wissenschaft bringen könne. »Aber dann, Guschtl: wenn du einmal groß bist und willst dir etwas kaufen, eine Kuh oder ein Haus, und du kannst nicht rechnen – schau, die Leute betrügen dich ja und bringen dich um dein sauer verdientes Geld!«
»Hm –!« sann Augustin. Man merkte, daß ihm dieser Gedanke einleuchtete. Für Gründe der praktischen Vernunft war er durchaus zugänglich. (Auch etwas vollkommen Unwissenschaftliches! dachte der Pfarrer.)
Und von Stund an lernte der Gustl rechnen.
So blieb es seine ganze Schulzeit und sein ganzes Leben lang: Ehrgeiz hatte er nicht, aber einen recht gesunden Menschenverstand. Was er tat, tat er niemals aus Ehrgeiz, sondern aus einer vernünftigen Überlegung heraus – abgesehen von den Dummheiten.
Aber auch diese Dummheiten entsprangen meist einer erstaunlichen Logik, und das mußte der gute Pfarrer leider sehr bald verspüren, denn Augustin stellte bisweilen die absonderlichsten Dinge an. Kaum hatte er sich ein wenig eingewöhnt, so schloß er Freundschaft mit den Fischern und ihren Buben, lernte schwimmen und kannte nichts Schöneres, als sich in seiner freien Zeit mit auf den See hinausnehmen zu lassen. Der Fi-

scherwastl, der zwar älter, aber lange nicht so gescheit war wie Augustin, wurde sein besonderer Freund, und die beiden trieben sich den lieben langen Tag in der lächerlich kleinen, flachen Bucht herum, die die Wasserburger anmaßend »Hafen« nannten. Meist ketteten sie erlaubter- oder verbotenerweise einen Kahn los und ruderten auf Abenteuer. Einmal hatte es geregnet, und die Kähne standen fast bis zum Rande voll Wasser.
Augustin sah das mit Mißvergnügen, aber, in gesegneter Faulheit, wollte er sich keineswegs die Mühe machen, das Wasser auszuschöpfen.
Also verschaffte er sich einen großen Bohrer und bohrte ein ziemliches Loch in den Boden des Kahnes – denn nun, dachte er scharfsinnig, mußte das Regenwasser nach unten abfließen.
Leider aber sah er zu seiner Verwunderung, daß das Wasser sich nicht nach seinen logischen Erwägungen richtete, sondern daß es durch das Loch im Boden immer heftiger hereinquoll! Der Kahn sank tiefer und tiefer und verschwand schließlich vor seinen Augen, und als der Fischer kam, hielt es Augustin für geraten, ebenfalls zu verschwinden.
Aber der Pfarrer Knöpfle erfuhr sehr bald von der Untat, nahm den Gustl streng ins Verhör und verabreichte ihm, obwohl Augustin seine guten Absichten nachwies, zwei wohlgewogene Ohrfeigen. Diese, sagte er, seien eine Kritik der unpraktischen Vernunft, und Augustin sei ein Lausbub sondergleichen.

Aus diesem Erlebnis schöpfte der Gustl die Erkenntnis, daß es eine der Hauptklugheiten sei, stets im Hintergrunde zu bleiben und sich niemals erwischen zu lassen, und danach richtete er sich so vortrefflich, daß man trotz allen Bemühungen nicht ermitteln konnte, wer eigentlich die schönsten Äpfel und Birnen aus dem Pfarrgarten stahl.

So war er, dieser Augustin Sumser! Er hatte scharfe Augen und einen scharfen Verstand und fühlte, daß man klugerweise jede Dummheit nur einmal begehen dürfe. Die Missetaten, die er hier und da auf sich lud, waren überdies keine Todsünden, und der Pfarrer hätte recht zufrieden mit ihm sein können, wenn - ja, wenn! Das war der fatale Punkt: Dieser Knabe Augustin war schrecklich faul, und das bereitete dem geistlichen Herrn keinen geringen Kummer. Seine guten Gaben, die anderen vielleicht ein Sprungbrett zu den höchsten Höhen gewesen wären, benützte er nur dazu, sich das Leben möglichst bequem zu machen. Als nach Weihnachten der lateinische Unterricht begann, stellte sich heraus, daß der Gustl jede Vokabel und jede Regel, die er einmal gehört oder gelesen hatte, ohne weiteres im Kopfe behielt und daß er infolgedessen so gut wie gar nichts zu arbeiten brauchte. Knöpfle, der dies sehr bald, und zwar mit gemischten Gefühlen, bemerkte, stellte dem Buben Aufgaben, unter deren Menge ein anderer zusammengebrochen wäre. Augustin jedoch nahm sein Buch, setzte sich eine halbe Stunde ans Fenster - und die Angelegenheit war für ihn erledigt; anderntags wußte er alles, was man von ihm verlangte - freilich auch keinen Buchstaben außerdem.

Er lernte und arbeitete, weil er mußte und um Ärgernis zu vermeiden, Eifer aber war ihm vollkommen fremd.

Der Pfarrer war darüber bisweilen tief betrübt und tröstete sich nur mit dem Gedanken, daß es vielleicht mit der Zeit besser werden würde. Er hoffte auf Augustins Erweckung.
Als der Frühling kam und alle Keime der Welt die Verpflichtung in sich spürten, sich zu entfalten, wurde es deutlich, daß bei Augustin offenbar nur die schlechteren sich entfalteten: seine Faulheit stieg ins Ungemessene. Am Unterricht beteiligte er sich mit einer Art von Herablassung, die dem Oheim mitunter die Hände zucken machte; aber man konnte dem Lausbuben nichts anhaben, denn er blieb niemals eine Antwort schuldig. Wenn aber die Zeit um war, verschwand er, und man brauchte nur den sonnigsten und windstillsten Fleck des Gartens zu suchen, um Augustin ganz sicher zu finden, wie er dasaß oder lag, halb im Schlafe, träumend, in die Sonne blinzelnd – kurz: faul wie ein Kater.
»Was tust du nur?« fragte der Pfarrer wehmütig.
»Nichts!«
»Leider, das seh' ich. Stumpfsinn!«
Der Gustl ersparte sich die Antwort. Er wußte es besser. Summten nicht schon die Bienen über dem lichtgrünen Grase und in den Obstbäumen, die wie lauter schöne Jungfern in duftigen, weißen und rosafarbenen Kleidern herumstanden und auch gar nichts weiter taten, als Sonne zu atmen? Flimmerte nicht schon wieder der See, murmelten nicht seine Wellen süße kleine Lieder in den Frühling? Besonders diese leise murmelnde Musik hatte es dem Gustl angetan, und er konnte stundenlang in der Sonne liegen und ihr zuhören. Ganze

Melodien gingen ihm auf, und er begriff im Herzen den Gesang der Wasserfrauen, von denen ihm die Rosl in ihren Märchen erzählte. Seine Seeräubergedanken waren längst dahin, und die friedliche Seite seiner Seele wuchs in dieser unendlichen Ruhe zu einem wundervollen Garten, in dem er mit Behagen spazierenging und von Herzen faulenzte. Er war wunschlos, und also vollkommen glücklich, ohne zu wissen, daß er vielleicht seit der Erschaffung der Welt der einzige Mensch war, dem dies begegnete.
Oder er lief am Ufer entlang, durch die Rebengärten und Wiesen und die lichten Wälder, über denen schon ein pastellzarter grüner Schleier lag. Landeinwärts kam er selten, denn er mochte sich nicht von seinem See trennen.

Ein wichtiger Tag wurde es für Augustin, als der Pfarrer ihn zum ersten Male nach Lindau mitnahm.
Das geschah aus einem ganz besonderen Anlasse: Ein Bursche war vom Gerichte der Freien Stadt als unverbesserlicher Dieb zum Tode verurteilt worden und sollte gehenkt werden. Der Pfarrer meinte, ein solches Schauspiel bekäme man nicht alle Tage zu sehen, und erhoffte sich außerdem eine tiefere Wirkung auf Augustins inneren Menschen, wobei er nicht zuletzt an die Äpfeldiebstähle dachte, die der Gustl vermutlich auf dem Gewissen hatte. Und so machten sie sich in aller Frühe auf den Weg.
Die Stadt auf der Insel!
Ganz andächtig wandelte Augustin über die lange Holzbrücke zum gewölbten Tore hinüber, besah die

Wachen mit tiefem Respekt, und kaum war er durch das Tor hindurch, so stand er schon vor einem wuchtigen Denkstein altersgrauer Zeit: der Heidenmauer. Knöpfle sagte: »Schau, das haben die Leute gebaut, die lateinisch redeten, die Römer!« und gedachte damit Lerneifer zu erwecken.
Augustin überhörte es, vermutlich weil ihm gar so andächtig ums Herz war. Zum ersten Male in seinem Leben ging er durch eine Stadt! Die sauberen Gassen, die buntbemalten Häuser mit ihren Giebeln und geschnitzten Türen erschienen ihm ungemein reich und vornehm. Als sie vollends zum Hafen kamen und Augustin die geöffneten Kornhäuser und Leinwandlager sah, aus denen die Säcke und Ballen zu den Schiffen hinübergeschleppt wurden, wollte er nimmer fort, und da ihn der geistliche Herr dennoch sacht wegzog, faßte er den unerschütterlichen Entschluß: in der Freien Reichsstadt Lindau zu wohnen, wenn er einmal groß sein werde.
Wie waren doch die Menschen hier fein! In farbigen Röcken gingen sie, hatten helle Strümpfe und Schnallenschuhe, und die Ratsherren und Adligen trugen Puderperücke und Degen. Der Anblick von so viel Vornehmheit, und besonders die Degen, bestärkten den Gustl in dem Beschlusse, Lindau dereinst zu seiner Residenz zu erheben. Aber still und vorsichtig, wie er war, behielt er diesen Gedanken für sich.
Endlich kam die Stunde, da der Delinquent vom Diebsturm aus quer durch die Stadt, über den Markt und am Stift der adligen Damen vorüber aus dem Tore hinausgeführt und dem Nachrichter übergeben werden sollte. Knöpfle drängte sich mit seinem Neffen durch die Kra-

mergasse nach dem Marktplatz und stellte sich an dem großen, buntbemalten Patrizierhaus auf, das ehemals dem Junker de Cavazzo gehört hatte und seitdem der Cavazzen genannt wurde. Augustin übersah den ganzen Platz: die Hauptwache mit ihren Arkaden, das Stift und die Stephanskirche, zwischen welchen beiden das Wahrzeichen der Stadt, die uralte Linde, frühlingsgolden flimmerte und so freundlich und lächelnd dreinschaute, als sei es in diesem Lindau ganz unmöglich, daß jemand ein Verbrechen begehen und deshalb gehenkt werden könnte.

Aber es wurde doch ernst damit.

Aus der Kramergasse rollte ein unheimlich dumpfer Trommelwirbel heran, im Turme der Stephanskirche begann das Armsünderglöcklein zu bimmeln, und durch das wartende Volk ging eine Bewegung, wie wenn der Wind über das Ährenfeld läuft.

Der Zug kam: voran die Stadtwache mit dem Trommler, dann der mit einem Stricke gefesselte und vom Henker geführte Bösewicht, dem die Hosen unter einem langen Armsünderhemd kläglich hervorschlotterten, und dann alle Rats- und Gerichtsherren mit schwarzen Röcken und schneeweißen Perücken und ernstgefalteten Gesichtern.

Sie gingen langsam über den Platz. Schweigen und unsichere Gedanken folgten ihnen.

Als aber der Zug am Brunnen vor der Kirche vorüber wollte, ereignete sich etwas Merkwürdiges.

Das große Flügeltor des Stiftes sperrte sich plötzlich auseinander. Diener trugen eine reichvergoldete und verschnörkelte Sänfte heraus, in der eine wunderschöne junge Dame saß. Ihre Tracht war ein seltsames Gemisch aus Geistlichem und Weltlichem: ein schwarzes Gewand, aber eine modische, hochaufgetürmte Puderfrisur.

»Die Fürstäbtissin!« sagte der Pfarrer Knöpfle, nahezu fassungslos, und starrte der Dame in der Sänfte entgegen. Hinter ihr schritten, ebenso gemessen wie die Ratsherrn hinter dem Delinquenten, sechs Kapitulardamen und die Beamten des Stiftes.

Stumm bewegten sich die beiden Züge aufeinander zu, fast wie zwei feindliche Heere, die zur Entscheidungsschlacht anrücken – und noch stummer war das Volk, das mit gereckten Hälsen der kommenden Dinge harrte.

Die Gesichter der Ratsherren verfinsterten sich noch mehr, als sie die schöne Fürstäbtissin erkannten. Denn Stift und Stadt lebten im ewigen Hader, taten einander Spott an, wo sie nur konnten, und die Herren ahnten einen neuen Streich. In einiger Entfernung voneinander machten sie halt.

Der Stiftsamtmann trat vor und begab sich zu den Ratsherren hinüber. Er begrüßte sie aufs höflichste – und tat ihnen kund und zu wissen: Die hochwürdigste Frau Fürstäbtissin gedenke von ihrem Rechte der Begnadigung Gebrauch zu machen und fordere daher den Missetäter für sich.

Stirnrunzeln. Blickewechseln. Gemurmel. Verbissener Ärger.

Zaudern.

Seit hundert Jahren hatte keine Äbtissin von diesem ihrem Rechte Gebrauch gemacht.

Aber der Stiftsamtmann schickte sich an, eine alte Urkunde zu entrollen.

Der Rat, um sich weitere Beschämung zu ersparen, beeilte sich darauf, zu versichern, daß man dem hochherzigen Vorhaben der Frau Äbtissin keine Schwierigkeiten zu machen gedenke, sintemalen man sich ihres verbrieften Rechtes wohl erinnere ...

Der Gesandte verneigte sich und kehrte zurück. Darauf stieg die Fürstäbtissin aus ihrer Sänfte, nahm von einem silbernen Teller ein Messer und ging auf den wortlos verblüfften Dieb zu. Der fiel vor ihr auf die Knie, und sie durchschnitt seine Fesseln.

Der Gerichtsvorsitzende trat neben sie und rettete geistesgegenwärtig für die Stadt, was da noch zu retten war. Er sprach schallend zu dem armen Sünder: »Du bist durch Ihre Hochfürstlichen Gnaden mit Einwilligung eines hiesigen wohllöblichen Magistrats befreit worden. Danke Gott dafür (– wobei die Frau Äbtissin mit aufgehobenem Finger sagte: »Merk' es!« –) und tu in deinem Leben niemals mehr Übel!«

Darauf dankte die Fürstin mit einem einigermaßen hochmütigen Kopfnicken und ließ sich zurücktragen.

Der Bösewicht wurde durch das staunende Volk zur Stadt hinausgeführt mit der Vermahnung, sich nie wieder blicken zu lassen. (Ein Jahr später henkten ihn aber die Bregenzer.)

Alles dies war unerwartet und ziemlich rasch vor sich gegangen, das Volk hatte nichts denken, sondern nur schauen können. Aber nun, da Platz und Straße wieder frei wurden, standen die Bürger in Gruppen beieinander und beredeten aufgeregt das seltene Ereignis.

Auch der Pfarrer Knöpfle trat von der Treppenstufe am Cavazzen herunter, die ihm als Ausguck gedient hatte.

»Na - ?« sagte er und sah seinen Augustin ziemlich unsicher und fassungslos an.

Er hatte im Sinn gehabt, eine Rede vom Äpfelstehlen und von gerechten Strafen zu halten - aber das war nun alles zu Wasser geworden. Augustin Sumser hingegen grinste. Dieses Lindau erschien ihm in einem immer günstigeren Lichte, und sein Entschluß, dereinst in die Stadt zu ziehen, wurde fest wie ein Felsen. Überhaupt hatte dieser Tag ihn in solche Heiterkeit versetzt, daß er gesprächiger und weniger faul war als sonst. Als sie nach Hause zurückkehrten und vom Ufer aus die Stadt noch einmal betrachteten, zitierte der Pfarrer den alten Vers: Cincta lacu peramoena situ Lindavia dives, und Augustin Sumser bemühte sich unaufgefordert, dieses Latein zu verdeutschen, was seinen Oheim in bedeutendes Erstaunen versetzte.

Die Tage liefen hintereinander her wie die Wellen, die der laue Wind über den See trieb, einer glich dem anderen, sie kamen und vergingen und kamen wieder und vergingen wieder - man zählte sie nicht an diesem gartenstillen Ufer, weitab vom Treiben und von den Aufregungen der Welt: Hätte der gute Pfarrer Knöpfle nicht am Wachsen und an der zunehmenden Gelehrsamkeit Augustins gemerkt, wie schnell die Tage kamen und vergingen, so hätte er vielleicht überhaupt die Zeit vergessen. Aber Augustin war ihm ein

lebendiger Zeiger. An ihm sah er, daß das große Uhrwerk nimmer stillestand, und aus den Tagen wurden Monate, aus den Monaten Jahre . . .
Und als der Gustl seinen vierzehnten Geburtstag beging, hatte er saubere Fingernägel, einen gutfrisierten Kopf und nette Kleider und hatte sich – ganz nebenbei, wie er scheinbar alles zu tun pflegte – ein anständiges Wissen und eine ziemlich vernünftige Auffassung des Lebens angeschafft. Er sprach Französisch und ein leidliches Latein, konnte das Salinum Archimedis berechnen und wußte in der Geschichte Bescheid, ganz abgesehen von einer Art theologischer Bildung, die er dem Pfarrer abgeguckt hatte. Sein Verkehr mit den Fischerbuben war gering geworden, nicht etwa aus Hochmut, sondern weil er innerlich sehr über sie hinausgewachsen war und außerdem eine gründliche Abneigung gegen Ungehobeltheit hatte. Er konnte leicht auf ihre Gesellschaft verzichten, denn er langweilte sich nie – auch wenn er tagelang faulenzte. Noch immer saß er so gern auf der Ufermauer, den hübschen, klugen Kopf ein wenig geneigt, und lauschte auf die sanfte Musik der kleinen Wellen, die an den Steinen entlang plätscherten. Nach solchen Schäferstunden mit dem See ging er dann wohl in der Dämmerung in die Kirche und spielte auf der Orgel, das hatte er von dem Schulmeister notdürftig gelernt. Niemals nahm er Noten mit, und niemals zündete er die Lichter an, sondern immer spielte er in die geheimnissüße fromme Dämmerung hinein, was ihm gerade ins Herz kam. Es war eine ganz leise Musik, nicht geistlich, nicht weltlich, nicht fröhlich und

nicht traurig, sondern ein unfaßliches Weben und Wiegen, wie es die Wellen im See taten. Der Pfarrer hatte ihn anfangs bisweilen belauscht, aber da das, was er spielte, niemals allzu profan war, ließ er ihn gewähren und kümmerte sich nicht weiter darum.
An diesem vierzehnten Geburtstage aber wurde Augustins Orgelmusik doch von Bedeutung.
Der Pfarrer war den ganzen Tag über ein wenig einsilbig gewesen. Er dachte an den Geburtstag mehr als Augustin selber (der in Wahrheit überhaupt nicht daran gedacht hätte, wenn ihm nicht die Rosl einen gewaltigen Kuchen verehrt hätte), und besonders machte ihm die Zukunft Kopfzerbrechen. Denn er war am Ende seiner Kenntnisse angelangt - von ihm konnte der Gustl nichts mehr lernen. Was nun? Er hatte seinen Plan und wollte mit dem Buben darüber sprechen.
Also ging er ihn suchen und hörte vom Garten aus die Orgel klingen. Leise trat er in die Kirche und hörte zu.
Ein merkwürdiger Mensch, dieser Augustin Sumser.
Aber was war das?
Ganz allmählich fand sich das schwebende, singende Spielen in den Dreivierteltakt hinein...! Knöpfle bekam einen zornroten Kopf. Wahrhaftig - der Bengel spielte einen Landler und zog dabei ein Register nach dem andern, und die ganze Kirche fing an zu brummen und zu summen - im Dreivierteltakt!
Der Pfarrer stolperte die steile Holzstiege zur Empore hinauf und riß dem Gustl die Hände von den Tasten.
»Lausbub, mistiger!« rief er aufgebracht, so laut es die Heiligkeit des Ortes erlaubte.

Augustin aber blickte ihn aus völlig unschuldigen und ahnungslosen Augen an und war sehr erschrocken, den guten Oheim so zornig zu sehen.

»Ein Landler in der Kirche!«

»So –?« fragte Gustl erstaunt, »das war ein Landler? Hab's gar nicht gemerkt. No, ich wollt' keinem was zuleide tun damit. Soll auch nimmer vorkommen.« Und damit schloß er die Orgel ab und summte noch immer den Landler harmlos vor sich hin.

Was sollte man tun?

Knöpfle stand wieder einmal entwaffnet vor seinem Neffen – man konnte ihm nicht beikommen, und gerade das ärgerte den Pfarrer heute mehr denn je. Er wurde wider seine Gewohnheit energisch.

»Da gehst her!« sagte er schnaufend und zog den Gustl mit sich aus der Kirche, durch den Garten und in seine Stube hinauf. »Augustin!« sagte er und wanderte zwischen Tür und Fenster hin und her. »Wenn ich nur wüßte, was man dir antun muß, damit du aus der Fassung gerätst. Weiß Gott – ich tät's! Du bist ein Mensch, an dem alles abrutscht, du – du – nachdem aber heute dein Geburtstag ist, will ich nicht fluchen. Guschtl, du bist doch jetzt beinahe ein erwachsener Christ – was soll denn aus dir werden?«

»Ja«, sagte der Gustl nachdenklich, »daran hab' ich auch schon manchmal gedacht.«

»Wirklich?« fragte der Pfarrer ironisch, »alle Achtung!« Er konnte sich immer noch nicht beruhigen. »Und was haben sich der Herr Sumser also gedacht?«

»Nichts . . .«

»Gut! Optime! Nichts! Sieht dir ähnlich, Lausbub! Aber

ich will dir etwas sagen: Pfarrer wirst du, und auf der Stelle! Hast gehört?«

»Ja.« Augustin machte ein klägliches Gesicht. Zornige Menschen taten ihm schrecklich weh, und wenn der Oheim bestimmt hätte, er solle Scharfrichter werden, so würde er in diesem Augenblick um des lieben Friedens willen ebenso unbedenklich ja gesagt haben.

Auf den geistlichen Herrn machte diese bedingungslose Gefügigkeit den besten Eindruck, und sein stürmisches Gemüt begann ruhiger zu werden. Er sagte also: »Das heißt: Wenn du magst. Du magst doch?«

»Nein«, antwortete der Gustl.

Knöpfle sah ihn verblüfft an. Was sollte er nun wieder davon halten? Er setzte sich auf das Sofa und zog Augustin neben sich. »Vernünftig, Augustin! Bedenke: Du hast keine Eltern und hast kein Geld. Willst du alles umsonst gelernt haben? Willst du Fischer werden? Da hätten wir uns die Mühe sparen können. Der Kurator vom fürstbischöflichen Seminar in Meersburg ist ein guter Freund von mir und wird dir leicht eine Freistelle verschaffen. Zudem – wenn du schon im Seminar bist, brauchst du ja noch lange nicht geistlich zu werden, wenn's dich reut...«

So sprach der Pfarrer lange, eindringlich und ernsthaft mit Augustin, bis er schließlich zustimmend seufzte. Zum ersten Mal in dieser Stunde fühlte Augustin, daß irgend etwas leer war in ihm, daß ihm tief drinnen etwas fehlte. Es war ihm bänglich und unbehaglich zumute. So verhangen und schwül wie an einem Föhntage, an dem man trotz Wolken und Sturmheulen doch weit, weit ins Land hineinsehen kann und spürt, daß sich etwas auseinanderfalten und daß der Schnee zergehen muß. So - so - - dem Gustl liefen die dicken Tränen aus den Augen. Er war nicht glücklich.

Der Pfarrer nahm sich der Sache mit Eifer an und erreichte, was er wollte: Augustin bekam eine Freistelle im Meersburger Seminar.
Einen Winter noch blieb er in Wasserburg. Zu Ostern aber wurde seine kleine Kiste gepackt, und Augustin Sumser tat den ersten Schritt in die Fremde - denn alles, was sich nicht in einer Stunde von Wasserburg aus erreichen ließ, bedeutete für ihn Fremde, mochte er nun in Konstanz sein oder Konstantinopel.
Frühmorgens bestieg er das Schiff, das zweimal wöchentlich von Lindau am Ufer entlang nach Konstanz fuhr.
Der Tag wollte herrlich werden, aber auf dem Wasser lag noch ein dichter Nebel, golddurchblendet von den Strahlen der verschleierten Sonne.
Nur wenige Leute waren auf dem Schiffe, das von den Ruderern langsam nach Westen getrieben wurde, immer in Rufweite des dunstverdeckten Strandes.
Augustin fühlte einen Druck auf seinem Herzen. Wehmut, weil er so machtlos das Schicksal auf sich nehmen mußte, das andere für ihn bestimmt hatten. Mußte? Gezwungen hatte ihn wohl niemand . . . aber was sollte er denn tun?
Mit einem Mal kam ihm ein schrecklicher Lebensüberdruß, ohne daß er recht sagen konnte, warum das eigentlich so sei. Am liebsten wäre er auf der Stelle tot gewesen! Keinen Vater, keine Mutter, keine Hei-

mat... Aber schließlich war ja der gute Pfarrer Knöpfle, der ihn herzlich liebte und für ihn sorgte... ja... es war wohl nicht gar so schlimm; denn wenn der Pfarrer nicht gewesen wäre, so würde Augustin Sumser vielleicht noch heute in Mittenwald als Hüterbub sitzen und kaum seinen Namen schreiben können. Nein, er hatte bei alledem doch Glück gehabt. Immerhin: der Gustl verspürte eine tiefe Wehmut. Zwar stürzte er sich nicht ins Wasser – es wäre wohl auch recht kalt gewesen darin –, aber er setzte sich abseits auf seine Kleiderkiste und merkte, wie ihm die Augen überliefen vor lauter Weltschmerz. Da saß er nun, unbeholfen, einsam und grenzenlos bekümmert wie ein junger Hund und weinte vor sich hin, bis er sich ordentlich erleichtert fühlte.

Im alten Buchhorn legte das Schiff für eine halbe Stunde an. Neue Leute stiegen ein. Der Gustl drückte sich in seinen Winkel; zum Troste fand er ein großes Butterbrot in seiner Tasche, und dieses brachte ihn in eine versöhnlichere Stimmung. Zudem hatte die Frühlingssonne den Morgennebel aufgefressen, und der ganze wundervolle Garten um den Bodensee schimmerte in Tau, wie ein Mädchen unter trocknenden Tränen lächelt.

Da begann sich der Gustl unter trocknenden Tränen in diese schöne Welt hineinzulächeln. Sein leichter Sinn kam wieder obenauf. Es war doch nicht so schlimm – nein, es war doch nicht so schlimm.

Immer frühlingsfröhlicher wurde das Ufer, immer strahlender der See. Weit im Westen glänzten die alten Türme von Konstanz auf. Augustin begann diese fremde Gegend mit erwachender Neugier zu betrachten und erinnerte sich an das, was er über Konstanz gelernt hatte. An Immenstaad kamen sie vorüber und an Hagnau, und dann wuchsen die kleinen sanften Uferhügel größer und steiler heran, bedeckt mit sonnenvollen Weingärten; auf ihren Gipfeln trugen sie Wachttürme, als hätten die alten Römer sie gebaut – und endlich tauchte, hoch auf dunklen Felsen, das Meersburger Schloß auf.

Am Strande duckten sich die Häuser des Fleckens hin, untertänig und bescheiden, fürliebnehmend mit dem schmalen Streifen Erde, der ihnen zwischen dem See und dem jäh hochschießenden Schloßberge belassen worden war. Droben aber, trotzig und stolz, thronte die uralte Burg des sagenhaften Königs Dagobert; neben ihr, mit freieren, modischeren Linien, das neue Schloß des Fürstbischofs und das langgestreckte rötliche Gebäude des Seminars.

Dem Gustl, der neun Jahre lang nur die Wasserburgischen Wiesen und Obstgärten gesehen hatte, wurde fast schwindlig, als er an die kühnen Felsen und Mauern hinaufschaute.

An der Schiffslände nahm er seine kleine Kiste auf die Schulter und kletterte mit klopfendem Herzen die Treppe des Burgwegs empor. Er fragte sich durch den winkligen und lindenschattigen Schloßhof und gab seinen Brief dem Pförtner, der unter dem Torweg saß und gähnte.

Nach einer Weile durfte er eintreten und wurde zu dem geistlichen Herrn geführt, der die Schule regierte.

»Ei!« sagte der Kurator, »da haben wir ihn ja, den lieben

Augustin!« und dann fragte er ihn aus nach allem, was er wissen wollte.

Der Gustl war recht vergnügt über den freundlichen Empfang und antwortete mit Freimut, so daß er den angenehmsten Eindruck machte.

Der Kurator führte ihn selber in die große, helle Stube, die er nun mit elf anderen Schülern bewohnen sollte, zeigte ihm seinen Schrank, ermahnte ihn zu allem Guten und empfahl ihn im übrigen der Fürsorge seiner neuen Kameraden, die wohlerzogen herumstanden und ihn begafften.

Nichtsdestoweniger erhob sich ein ziemliches Gejohle, als sich die Türe hinter dem geistlichen Herrn geschlossen hatte. Aber weil Augustin einen halben Kopf größer war als die anderen, blieb alles in Frieden, und nach zwei Stunden waren sie gute Freunde geworden.

Der Gustl hatte seine kostbare gute Laune bereits vollkommen wiedergefunden. Am besten gefiel ihm, daß die beiden Fenster der Stube nach dem See hinunterschauten, der in himmelschöner Blankheit vor den Schweizer Bergen lag, betupft mit winzigen Fischerbooten. Augustin steckte seinen vorwitzigen Kopf zum Fenster hinaus und sah den turmhohen, senkrechten Felsen unter sich, aus dem die Mauern des Hauses wuchsen. Dies behagte seinem romantischen Herzen ungemein, und er wußte schon, was er in seiner Freizeit tun würde; hier am Fenster sitzen und in die blaue Welt hinausträumen. Dem Augustin Sumser ging es zu Meersburg recht wohl, und seine Augen und Ohren öffneten sich für mancherlei Neues.

Den Unterricht erledigte er nebenbei, wie er es gewohnt war, und zog sich mit herablassender Gewandtheit aus allen Schlingen, die ihm die lästige Wißbegier der Lehrer legte. Die Schüler wurden gründlich überwacht, und so kam man bald dahinter, daß der Sumser sich zwar eines guten Betragens, aber auch einer geradezu gen Himmel stinkenden Faulheit befleißigte – sozusagen! Jedoch man konnte nicht heran an ihn, und da er niemals eine Antwort schuldig blieb, so mußte man ihm, wenngleich mit gerunzelter Stirne, auch eine gute Fleißzensur ausstellen, obwohl man es besser wußte. Aber da war nichts zu machen.

Das meiste jedoch lernte er außerhalb des Unterrichts. Der gute Pfarrer Knöpfle in seiner Wasserburger Weltabgeschiedenheit hatte ihm zwar den Rheinübergang Cäsars beigebracht, daß aber in Frankreich eben jetzt das Königtum gestürzt wurde, daß alles drunter und drüber ging und daß Europa in seinen Grundfesten zu zittern begann – davon hatte Augustin Sumser so gut wie nichts gehört. Nun, jetzt erfuhr er es, und es wirkte gewaltig auf ihn. Plötzlich ging ihm auf, weshalb er in der vergangenen Zeit bisweilen eine ziellose Unzufriedenheit gespürt hatte: in seinem Herzen flackerte der Wunsch nach der Welt, nach Taten. Hier waren sie ja, blutige, schreckliche, unerhörte – große Taten! Augustin erhitzte seine Phantasie an ihnen – aber dann sank er plötzlich wieder in sich zusammen. Der Wunsch flackerte eben doch nur, er war kein starkes Feuer; und gleich kam wieder die andere Seite obenauf: seine Faulheit und die stille Liebe für Ruhe und friedlichen Genuß.

Er war wieder einmal nicht glücklich – der Widerstreit

seiner zwei Seelen warf ihn hin und her. Heute beschloß er zu fliehen und von Frankreich aus die Welt auf den Kopf zu stellen, und morgen erklärte er, das einzig Erstrebenswerte sei eine baumumblühte, winkeleinsame Pfarrei am Ende der Welt oder in Wasserburg. Und aus all den Konflikten ergab sich, daß Augustin Sumser weder auf den Marschallstab noch auf den Meßkelch, sondern wieder einmal auf gar nichts losstrebte. Aber so war er. Im April des Jahres 1792 - der Gustl war kaum in Meersburg angekommen - erklärte Frankreich den Krieg an Österreich.

Am Bodensee war der Schrecken darüber sozusagen nur theoretisch, denn die Grenze lag weit jenseits des Schwarzwaldes, und man ließ sich damals überhaupt nicht gern aus der Ruhe bringen. Immerhin aber wirkte die Nachricht aufregend, daß die Freie Stadt Lindau dem Kaiser eine Heeresmacht von einem Offizier und elf Mann zu Hilfe geschickt habe. Der Gustl wälzte abermals die feurigsten Pläne! Aber wenn er sich dann vorstellte, daß im Kriege geschossen würde und daß man dabei verteufelt leicht ein Loch in die Haut bekommen könne, schob er seine Begeisterung doch lieber ebenfalls auf ein theoretisches Geleise, zumal es den Franzosen anfangs recht übel erging. Sollte man sich in das gefährliche, stürmende Meer der Weltgeschichte so blindlings hineinstürzen? Ach nein - der Gustl blieb doch lieber am Ufer, schon des besseren Überblickes halber.

»Am Ufer, ja!« sagte er, nicht ohne Großartigkeit, »ich steh' überhaupt erst am Ufer. Aber wartet nur, bis es soweit ist!«

Einer antwortete: »Bei dir wird's nie soweit sein, Augustin. Dazu bist du ja viel zu faul.«
Augustin warf ihm zwar einen hoheitsvollen Blick zu, innerlich aber gestand er sich, daß jener möglicherweise recht haben könnte.
Der Krieg ging weiter, und die Weltgeschichte ging weiter – auch ohne Augustins tätige Beihilfe. Das beruhigte ihn sehr, zumal er mit dieser Weiterentwicklung keineswegs einverstanden war. Im folgenden Jahre, 1793, kamen immer schrecklichere Nachrichten über den Rhein: der Wohlfahrtsausschuß wütete, die Guillotine biß in tausend adelige Nacken und verschonte auch den König nicht. Nein, diese Revolution verlor die Sympathie Augustin Sumsers vollkommen, und er begann zu erwägen, ob es nicht edler sei, wenn er mit dem österreichischen Heere zu Felde ziehe, um den bluttriefenden französischen Ungeheuern das Handwerk zu legen. Während er noch mit diesem Gedanken kämpfte, ereignete sich etwas, das ihn die Weltgeschichte und alle hochflatternden Pläne vergessen ließ und ihn wieder zu dem hilflosen hundejungen Menschlein herabdrückte, das er in Wirklichkeit war.
Das Lindauer Botenschiff brachte ihm einen Brief, der die Schrift der Rosl zeigte.
Fröhlich, wie immer, wenn er einen Brief bekam, hatte der Gustl den Umschlag aufgebrochen – und nun las er und wurde sehr bleich. Dann saß er am Tische, starrte mit seinen großen braunen Augen über das Papier hinweg, als stünde das Leben selber in seiner ganzen nackten Grausamkeit vor ihm und sagte: »No, auf mich ar-

men Loder fallt halt alles, alles her...« Und dann weinte er.

Der freundliche, gute Pfarrer Knöpfle zu Wasserburg war im fünfzigsten Jahre seines Lebens an einem Schlagflusse gestorben.

Nachdem sich der Gustl ein wenig gefaßt hatte, ging er zum Kurator, meldete ihm sein Unglück und erhielt zwei Wochen Urlaub.

»Mein armer, armer Gustl!« sagte der geistliche Herr voll heißen Mitleids und legte ihm die Hand auf die Schulter, »mußt es halt tragen und dir einen Trost im Himmel suchen. Aber hart greift dich's Leben an...«

»Ich mein' halt«, sagte Augustin wehmütig nickend, »jetzt kann mir nimmer viel passieren. Der Vater tot, die Mutter tot, der Onkel tot - nun bin ich ganz allein auf der Welt. Mir kann keiner mehr wegsterben, ja.«

Der Kurator schaute ihn an und war tief im Herzen verwundert. Daß der Sumser sich mit diesem Gedanken trösten würde, hatte er freilich nicht erwartet. Ein merkwürdiger Mensch, dieser Sumser... der richtige liebe Augustin, den das Leben nicht unterkriegen konnte, auch wenn alles hin war. Der sich auch aus dem traurigsten Mißgeschick noch ein groteskes Stücklein Gutes herausklaubte...

Am Spätnachmittag machte sich Augustin auf den Weg. Er wanderte langsam auf der Straße dahin, die das Nordufer des Sees säumt, und war in einer ernsten, wunderlichen Stimmung.

Der große Spiegel zu seiner Rechten und die Gipfel in der Ferne leuchteten im warmen Lichte, glommen und verglommen sacht.

So ganz still und sommerabendeinsam wurde die Welt unter dem veilchenfarbenen Himmel, auf den noch kleine rote Wolken hingetupft waren, die nun auch leise das Leuchten vergaßen und in den milden Schlummer hinüberdämmerten. Die Kühe läuteten sich von der Weide heim, in den Dörfern schlugen die Riegel vor die Türen - und dann versickerte der Abend in eine märchenschöne Mondnacht, die silbergrün und durchsichtig über der Erde schwebte.
Augustin wanderte und wanderte.
Es deuchte ihn: die Welt sei viel schöner, wenn alles Leben schlummerte. Viel friedlicher und reiner und ganz unberührt von allem Leide.
Er blickte um sich, atmete und sann über diesen Gedanken. Er fand so viel Trost und linde Erkenntnis darin, daß ihm war, als sänke seine schwere Traurigkeit wie ein dicker schwarzer Mantel von seinen Schultern, und er schritt wie geläutert und leicht in dieser wunderbaren, silberklar fließenden Luft.
Die Erde war schön, die Erde war schön... sie konnte ja nichts dafür, daß das Leben den Gustl so grausam anfaßte. Und lieber Gott! Sterben mußten schließlich alle Menschen einmal - Augustin schämte sich sogleich dieses zynischen Gedankens -, aber er mußte sich doch eingestehen, daß dieser Gedanke richtig war.
Nun schüttelte er den Kopf über sich selber.
Er wanderte die ganze Nacht hindurch und kam im Morgengrauen nach Wasserburg.
Sehr traurig war nun, was er hier fand - begräbnisfertig und schwarz, ja, das ganze Pfarrhaus war schwarz

und unordentlich wie eine tote Amsel. Aber auch dieser und der folgende Tag gingen vorbei, der gute Pfarrer wurde begraben, und viele Menschen weinten um ihn, keiner aber herzlicher und dankbarer als Augustin. Dann saß er allein in einem Winkel und überdachte, was nun geschehen müsse.

Er war jetzt sechzehn Jahre alt.

Genau wußte er nur eines, daß er nicht geistlich werden würde. Wer wollte ihm jetzt noch in sein Leben reden? Ach, selbst wenn er es sich gewünscht hätte - es wäre doch keiner dagewesen, der es getan hätte! Denn wer konnte wohl den Wunsch oder die Pflicht haben, sich um Augustin Sumser zu kümmern?

Vierzehn Tage lang saß er am Seeufer, träumte und suchte nach einem Entschlusse. Und am Ende dieser freien Zeit packte er allerhand Dinge, die er vielleicht einmal würde gebrauchen können, in einen Sack, nahm die leichte Last auf den Rücken, verabschiedete sich von der weinenden Rosl - die bei dem Nachfolger des guten Pfarrers blieb - und fuhr mit dem Botenschiff nach Meersburg zurück.

In Meersburg meldete er sich bei dem Kurator. Der sagte: »Mein Sohn, du hast nun niemanden mehr auf dieser Welt als die Schule, die deine Heimat bedeutet. Sei guten Mutes; jeder will dir wohl; bleibe also getrost und danke Gott, daß er dir in allem deinem Unglück eine Zuflucht geschenkt hat.«

»Nein!« sagte Augustin.

Der geistliche Herr sah ihn verblüfft an und wußte nicht, ob er das Wort richtig verstanden hatte. Aber Augustin Sumser sagte noch einmal: »Nein!« und er ge-

dächte nicht, hierzubleiben, und bäte um seine Entlassung. Aber warum?
Die Erde, zögerte Augustin, die Erde sei so schön ... ach, hinaus ...
Der Kurator wurde zornig. Er redete von schwarzem Undank und von den Schlingen des Teufels und von Dummejungeneinfällen. Und der Sumser solle machen, daß er auf sein Zimmer käme, und wenn er sich weiterhin so gut aufführe wie bisher, so wolle er, der Kurator, diese Stunde vergeben und vergessen.
Daraufhin ging Augustin Sumser ganz still und ohne Widerspruch in sein Zimmer, schloß seinen mitgebrachten Sack in den Kasten und setzte sich an das offene Fenster.
Wenn jemand kam, um nach Ordnung zu sehen, war er ganz vergraben in die Annalen des Tacitus – abends aber, als sie schon im Bette lagen und die Nachtkontrolle vorüber war, zündete er noch einmal das Licht an und sagte zu den elf Genossen: »Leutln!« sagte er, »wer will was?«
»Ich! Ich! Ich!«
Da schloß der Sumser seinen Kasten auf, langte daraus zwei große Flaschen voll Schwarzwälder Kirschwasser und ließ sie die Runde machen.
Es gab einen mühsam unterdrückten Jubel, und der Gustl nickte dazu und lächelte.
Zwei Stunden später lagen die elf benebelt und schnarchend auf dem Rücken und rührten sich nimmer.
Allein Augustin war noch wach und nüchtern, denn er hatte nur so viel getrunken, wie er brauchte, um Mut zu bekommen.

Nun holte er aus dem Sack ein sehr langes und dünnes Seil und band es ans Fensterkreuz. Von seinen Sachen stopfte er in den geleerten Sack, was irgend hineingehen wollte, schnürte ihn zu einem Packen und hängte ihn mit einem Strick auf seinen Rücken.

Dann prüfte er noch einmal den Knoten am Fensterkreuz, löschte das Licht aus und begann die Reise in die schwarze Tiefe.

Ganz langsam ließ er sich hinabgleiten und tastete hinwieder, ob die Grundmauer noch nicht zu Ende sei. Schließlich bekam er einen Felsvorsprung unter die Füße und verschnaufte einen Augenblick. Dann, halb rutschend, halb kletternd, überwand er auch den Felsen. Eine Hand setzte er am Seile behutsam unter die andere und spürte schon an dem warmen Dunste, der ihm von unten entgegenkam, daß Erdreich nahe sein müsse – da baumelte er plötzlich mit den Beinen haltlos in der Luft: das Seil war zu Ende. »Bis hierher«, dachte er, »war's eine Kleinigkeit. Jetzt kommt das Glück – oder nicht.«

Und er ließ sich fallen und plumpste nach zwei Sekunden auf die Erde. Wäre der Boden eben gewesen, so wäre dieser Fall vielleicht bös ausgegangen: so aber senkte sich auch der Weinberg noch steil hinab, und der Gustl hatte gar keine Zeit, sich einen Knochen zu brechen, sondern er kugelte und rutschte und blieb schließlich heil vor einem großen Steine liegen.

»So weit wären wir!« sagte er und lachte unvorsichtig laut.

»Nun auf und davon, Sumser! Weg vom Ufer!« Und er begann seine Wanderung nach der schönen Erde.

# *Die Spieldose*

Augustin Sumser lief weislich nicht die Straße am See entlang, sondern er schlug sich in die Wälder ein wenig landeinwärts. Daß man ihn verfolgen lassen würde, glaubte er nicht; immerhin aber konnte ein wenig Vorsicht nicht schaden.

Im Morgengrauen war er bereits ein ganz anderer Mensch geworden – so tatkräftig bediente er sich seiner glücklichen Gabe, fatale Dinge geschwind zu vergessen. Nichts mehr von Angst, Unruhe, schlechtem Gewissen – nur Leichtigkeit war in seiner Seele, und sein Herz gaukelte in den erstrahlenden Tag hinein wie ein Schmetterling. In seiner Tasche fühlte er ein paar Gulden – was konnte ihm geschehen? Er dachte an den weisen Diogenes, der auch schon zu der Erkenntnis gekommen war, daß derjenige am reichsten ist, der nichts besitzt, denn er kann nichts verlieren.

Also?

Augustin Sumser hüpfte und galoppierte wie ein Kälbchen.

Er machte sich nicht die mindeste Sorge, am wenigsten darüber, was aus ihm werden würde. Aber einen großen und starken Vorsatz hatte er: immer nur so zu leben, wie es ihm selber paßte; und da es niemanden gab,

dem er mit diesem Vorsatz in die Quere kommen konnte, fand er ihn keineswegs unmoralisch. – Hatte er nicht eine Menge gelernt, war er nicht jung und gesund und zufrieden? Also? Immer wieder kam ihm diese Frage »Also?« und jedesmal erhöhte sie seine gute Laune, so daß er schließlich vor lauter Fröhlichkeit fast die Erde unter seinen Füßen verloren hätte und geradewegs in den Himmel spaziert wäre, wo zweifellos ein ganzes Regiment pausbäckiger Putten auf ihn wartete und ihm, mit Geigen und Violen, sein Leiblied entgegenspielte, das Lied, das eigens für ihn geschaffen zu sein schien: Ach, du lieber Augustin . . .!
Ein leeres Gefühl im Magen zog ihn wieder auf die Erde zurück. Er aß ein wenig von dem kleinen Vorrate, den er eingepackt hatte, und lief neubeschwingt weiter. Über Markdorf, Tettnang und Langen pirschte er sich an Lindau heran – denn, daß er zunächst nach Lindau müsse, war ein selbstverständlicher Gedanke.
Als er aber endlich sich von Norden her wieder dem See näherte und schon die Stadt auf der Insel sah, kamen ihm doch Zweifel. Sorglos sein und unvorsichtig sein sind zweierlei Dinge . . . Zwar hatte der Meersburger Bischof in der Freien Stadt nichts zu sagen – aber wer konnte wissen, ob nicht am Tore Widerwärtigkeiten entständen für einen, der keinen ordentlichen Paß hatte?
Nein, Augustin Sumser würde keine Dummheiten machen! Lindau blieb ihm unverloren, auch wenn er es jetzt noch nicht betrat. Die Sonne neigte sich schon, und er war müde geworden; also schaute er nach einem Gasthause um und fand in dieser Zeit der reifen

Gräser ein sehr billiges und äußerst bequemes, nämlich einen freundlichen Heustadel, der einsam am Rande eines Wäldchens stand und offenbar darauf wartete, den Wanderer aufzunehmen.

Also ging Augustin quer über die gemähte Wiese, versicherte sich, daß niemand in der Nähe sei, und machte sich im Heu ein wundervolles Bett zurecht. Dann aß er ein wenig Brot und Wurst, betrachtete zum Nachtisch den Sonnenuntergang und ließ sich, als die ersten Sterne zu glitzern begannen, langsam zurücksinken, ganz tief hinein in das süße Heu. Augustin schlief mit der Überzeugung ein, daß niemand glücklicher sein könnte, als er es war. Heiliger Diogenes! Der große Alexander war eines kläglichen Todes gestorben... den König von Frankreich hatten sie geköpft... also?

In der Morgenstunde kroch er aus seinem warmen Lager, wie ein Schmetterling aus seiner Puppenhülle kriecht, wischte sich die Halme von den Kleidern und begann, noch viel leichteren Sinnes als gestern, in die Welt hineinzuwandern. Über Nacht war ihm aufgegangen, was zu tun sei; ganz plötzlich war das gekommen, er wußte selbst nicht: hatte er geträumt oder halbwach gelegen. Aber jetzt, im klaren Lichte des Tages, erwog er die Eingebung in Ruhe und Vernunft und beschloß, ihr zu folgen.

Und dieses war der große Gedanke: Augustin Sumser wollte nach Mittenwald.

Nicht daß er den Ort, wo seine harmlosen Kinderjahre ein so bitteres Ende gefunden hatten, besonders liebte; er hatte auch keine Freunde mehr dort; aber er traute sich zu, in Mittenwald die Steine zu finden, aus denen

er sein Leben nach seinem Geschmack würde aufbauen können. Die Mittenwalder Geigen waren seit der Zeit des Matthias Klotz berühmt. Und das paßte dem Gustl gerade: sauber an den geschweiften Körpern der Instrumente herumarbeiten, hübsche geschwungene Köpfe dazu schnitzen, selber ein wenig musizieren – warum sollte er, wenn ihm sein Himmel voller Geigen hing, nicht selber noch ein paar dazuhängen? Seine Pläne waren damit keineswegs zu Ende, aber Augustin war nicht der Mensch, sich über eine allzu ferne Zukunft den Kopf zu zerbrechen; es genügte ihm, das Nahe deutlich zu sehen. Und schließlich: wenn es wider Erwarten mit dem Geigenbauen gar nicht gehen wollte, so war er doch eine Zeitlang vom Bodensee fort, und über die Meersburger Geschichte würde unterdessen Gras gewachsen sein.
Alles dies durchdachte der Gustl ernsthaft und lief dabei, fast ohne auf den Weg zu achten, an das Seeufer und nach Bregenz hinüber.
Dort setzte er sich vor ein altes Gasthaus am Hafen, löffelte eine Brotsuppe in seinen nüchternen Magen und nahm dabei Abschied von dem über alle Begriffe silberglitzernden See, der sich vor seinen Augen ins Grenzenlose hinausdehnte. Lindau sah er liegen und weiter nach Westen alle die lieblichen baumgrünen Uferplätze, die jahrelang seine Heimat bedeutet hatten: Allwind, Wasserburg, Nonnenhorn...
»Zahlen!« sagte der Gustl überlaut und knallte einen Gulden auf den Tisch. Er wollte sich von diesem wehmütigen Augenblicke durchaus nicht unterkriegen lassen. Dann ging er eilig davon und wagte nicht, sich

noch einmal umzuschauen nach dem großen Wasser, von dem er wußte, daß es ihn nimmer loslassen würde. Ordentlich leicht wurde es ihm ums Herz, als er die hohe Bergkette des Pfänders zwischen sich und dem See wußte, denn nun war eine Mauer da, die ihm den Rückweg verwehrte.

Eine Woche lang war Augustin unterwegs. Er wanderte durch das Gebirge auf den wenigen Pfaden, die es damals gab; denn den Menschen jener Zeit war es noch nicht eingefallen, zum Vergnügen auf die Alpenberge zu steigen oder gar Wege dahin anzulegen. Deshalb schwebte noch die ganze herrliche Einsamkeit auf Adlerfittichen um die Gipfel und über den Tälern. Nur auf den unteren Matten wandelten buntgescheckte Kühe mit Glocken um den Hals, deren sanftes Geläute fast so schön war wie das leise Klingen der Wellen am Bodensee.

Nicht einen Kreuzer gab der Gustl aus. War er des Abends in der Nähe eines Bauernhofes, so trat er als fahrender Schüler sittsam ein und fragte: ob nicht ein Brief zu schreiben sei – denn er könne ausgezeichnet schreiben; meist hatte er mit dieser Anfrage Glück und verdiente sich außer Abendbrot und Nachtlager noch ein wenig Geld mit seinen Künsten. Oder aber er begann vom Kriegsschauplatze zu erzählen (von dem er eben komme) und erfand zum Wohlgefallen der staunenden Bauern die haarsträubendsten Geschichten. Am Morgen erhielt er dann eine Wegzehrung und trollte mit dem Bewußtsein von dannen, daß das Geldverdienen eine sehr einfache Sache sei – vorausgesetzt, daß man immer genug Dumme findet. Auch das Mittagessen pflegte er sich auf ähnliche Weise zu verschaffen, und wenn er an einem Gartenzaun angenehme Backsteinkäse im Schatten trocknen sah, so machte es ihm leider keine Gewissensbisse, wenn er sich ein tüchtiges Stück herunterschnitt und die nächste halbe Stunde in etwas eiligerem Schritte marschierte. Er hatte eben sehr wenig Moral, dieser Sumser.

Endlich fand er sich ins Loisachtal und wußte nun, daß es nicht mehr weit sei bis Partenkirchen. Der erste Kreis seines Lebens war geschlossen. Augustin kehrte an den Punkt zurück, von dem er vor einem runden Dutzend Jahren ausgegangen war. Und eben dieser Punkt sollte wiederum ein Anfang werden; aber er gedachte nicht, einen zweiten Kreis zu beschreiben, sondern hoffte, stillvergnügt wie ein eigenwilliger Komet, der sich den Teufel um das kopernikanische Weltsystem schert, auf einer großartigen Hyperbelbahn in das All hinauszufliegen und den Zurückbleibenden statt eines Kometenschweifes eine mindestens ebenso lange Nase zu machen.

Es blieb dem Gustl aber nicht allzuviel Zeit, sich mit diesen unternehmenden Gedanken zu beschäftigen, denn er mußte sich wieder einmal über etwas wundern, während er auf der Straße von Partenkirchen nach Mittenwald dahinschlenderte. Es war dies die uralte Rottstraße, der Weg, auf dem seit Jahrhunderten ungezähltes Kaufmannsgut von München und Augsburg über die Alpenpässe hinüber nach Bozen und Italien gewandert war und umgekehrt. Die Zunft der Rottfuhrleute hatte von jeher ihren Sitz in Mittenwald gehabt. Als der Gustl noch Gänse hütete, war die Straße recht einsam gewesen, denn andere Wege hatten sich mit der Zeit geöffnet. Jetzt aber knarrten die schweren Fuhrwerke wieder mit eleganten Reisekutschen um die Wette, als ob dieser Weg der einzige sei, der über die Alpen führte. Der Krieg! dachte Augustin, der Krieg! Je weiter man nach Westen kam, desto gefährlicher wurde die Nähe des Kriegsschauplatzes – also suchten sich die Reisenden und Kaufleute diese östliche Straße aus, um in einiger Sicherheit zu sein. Augustin Sumser erkannte dies und war recht zufrieden darüber; denn er meinte: nun würde Mittenwald nicht mehr ganz so vergessen und still in seinen Bergmatten liegen. Daß aber der neue Reiseverkehr für ihn noch seine besondere Bedeutung haben sollte, wußte er heute freilich noch nicht.

Unterdessen war er an die Stelle gekommen, die das Gesteig heißt, weil der Weg hier bergan geht. Und um einen Felsen bog der Gustl – und sah im sanften Tale sein Mittenwald, friedlich wie der Himmel und wahrhaftig ganz ebenso voller Baßgeigen! Denn in allen Hausgärtlein hingen die frischlackierten Geigen und Bässe an Bindfäden in der Sonne und vollführten, während die Wärme und ein leichter Wind sie trockneten, blitzend und baumelnd den artigsten Tanz. Wenn zwei Reihen nebeneinander hingen, sah es aus, als ob ein Menuett getanzt würde: ganz im Takte drehten sie sich, wehten vor und wehten zurück und begannen ihre Erdenleben so lustig, wie es sich für eine ordentliche Geige gehört. Und Augustins Herz tanzte fröhlich mit.

Als er aber in den Markt hinunterkam, geschah es, daß ein kleiner Riß durch seine hellklingende Seele ging.

Der erste Mensch, dem er begegnete, war eine junge Bäuerin; der Gustl erkannte sie wohl: als er noch Gänse hütete, war sie Stalldirn auf dem Hofe gewesen. Nun schritt sie an ihm vorüber, sagte grüß Gott und wußte nimmer, wer er sei. Da fiel ihm wieder ein, wie sehr allein er auf der Welt war, und es fehlte wenig, so hätte er die Ohren recht jämmerlich hangen lassen. Zum Glück aber trat er eben in diesem Augenblick auf die breite Straße, die sich von der Kirche aus an dem alten Wirtshaus zur Post vorbeidehnt, und hatte wieder einen Anlaß, zu schauen und sich zu freuen, weil die Häuser hier gar so stattlich geworden waren. Das Wirtshaus mit seinem gewölbten Torgang und den vielen Fenstern im hohen Straßengiebel sah ganz stadtmäßig aus, und vor der Türe hielten zwei vornehme Reisekutschen. Anderseits freilich verlor der Gustl den Mut, sich unter diese feinen Leute zu wagen und in der Post zu wohnen, wie er eigentlich gewollt hatte; er dachte weniger an die feinen Leute als an seinen scholarenhaft schmalen Geldbeutel. Aber schließlich: schickte es sich wohl für einen Geigenmacherlehrling, wie ein Lord zu logieren?
Dabei fiel ihm ein, weshalb er eigentlich hierher gekommen sei!
Kurz entschlossen bog er von der Hauptstraße in eine Seitengasse ab; lauter freundliche kleine Häuser standen da nebeneinander in der Sonne; jedes hatte einen winzigen Garten um sich, wie Kinder eine Kette aus Kuhblumen um den Hals tragen, und in jedem Gärtlein war das Geblitz und Gebaumel der frischlackierten und gefirnißten Geigen.

Auf den Lautenmacher Tiefenbrunner konnte sich der Gustl noch wohl besinnen, einen großen, stillen Mann mit blauen Augen und einem viereckten Holzknechtbart. Hier mußte er wohnen.
Augustin trat in die Werkstatt und erkannte den Tiefenbrunner gleich, wiewohl die Jahre ihm nun Schnee in Haar und Bart geweht hatten. Da stand er an der Hobelbank, in Kniehosen und blauen Strümpfen, eine pelzverbrämte Schlegelkappe auf dem Kopfe, und hatte einen großen grünen Schurz umgebunden. Nun ging er auf den jungen Fremden zu und sagte: Bitt' schön, und womit er dienen könne ...
»O mei!« antwortete der Gustl, »dienen! Kennt Ihr mich auch nimmer, Meister?«
Der andere blickte ihn an.
»Ich bin ja der Sumser, von der Sumservevi am Berg ...«
»Ja, da schau her!« staunte der Tiefenbrunner aufleuchtend und gab ihm die Hand. »Ein feiner Herr ist er geworden, der Gustl –«
Augustin schüttelte lachend den Kopf. »Nix mit Herr!« und soundso – und ob der Meister ihn in die Lehre nehmen wolle?
»Hm –«
Der Gustl hörte schon, worauf dieses »Hm!« hinauswollte, und dachte an die hundert Gulden, das elterliche Erbteil, das die Pfarrerrosl in Wasserburg für ihn aufbewahrte. »Ich kann's schon zahlen!« sagte er ruhig.
Der Geigenmacher leuchtete wieder auf. So? Die Zeiten waren halt gar schlecht, und das Leben würde immer teurer – ja ...

Augustin nickte verständnisvoll, und nach einer halben Stunde waren sie übereingekommen, daß der Meister ihn während der nächsten drei Jahre seine Kunst lehren und ihm Wohnung und Verpflegung geben würde; dafür zahlte der Gustl im voraus fünfundzwanzig Gulden. Die Meisterin war damit einverstanden. – Gut!
Dann bekam Augustin Sumser eine winzige Kammer, zog alte Kleider an und war wieder einmal bei guten Leuten zu Hause.
Er schlug den Kalender auf und wollte den Tag seines Einzuges anstreichen. Es war der achtundzwanzigste August . . . Er lachte: am achtundzwanzigsten August war er schon einmal in Mittenwald angekommen!

Aus war es mit der Faulheit!
Augustin war Lehrling, und Augustin wollte sein Lehrgeld nicht umsonst bezahlt haben. Es hätte auch wenig geholfen, wenn er gar zu faul gewesen wäre, denn er mußte ja doch von morgens bis abends in der Werkstatt sein, und wenn er schon da war, so war es zweifellos gescheiter und erfreulicher, tätig zu sein, als müßig umherzustehen und sich ausschelten zu lassen.
Zudem machte diese Art der Arbeit wahrhaftig Vergnügen, und es war natürlich, daß ein Mensch wie der Gustl, der das Lernen gelernt hatte, den dritten Teil der Zeit zum Begreifen brauchte, wie die anderen. Es dauerte nicht lange, bis der Tiefenbrunner ihm nur noch die schwierigsten Dinge überließ, zu denen Verstand und guter Geschmack gehörten, außerdem aber Seelenruhe und große Sorgfalt. Niemand konnte mit dem Greifzirkel und der Ziehklinge besser umgehen als Au-

gustin, und niemand zog mit dem Umreißmesser die Linie für das Gangl und das Grabl hübscher und sauberer als er. Und wenn die Geige endlich weißfertig war und wohl klang, nahm sie der Gustl an sich, tat den gewöhnlichen Spirituslack beiseite und begann, das Instrument mit dem feinsten Öllack zu behandeln; keiner außer ihm hätte sich diese Mühe gemacht, er aber polierte tagelang mit unendlicher Geduld an dem feinen Körper, und der Verleger Neuner machte Augen wie Suppenteller, als ihm die erste von Augustin gepflegte Geige abgeliefert wurde.
So liefen die Monate, und der Gustl wünschte sich nichts Besseres. Zumal im Winter, wenn der Schnee draußen bis über den Fensterstock lag und man die Haustüre am Morgen kaum öffnen konnte, war eine herrliche Gemütlichkeit in der warmen Werkstatt, und der schweigsame Meister hatte Stunden, in denen er den Mund auftat und zu erzählen begann. Vom »Fluch« erzählte er, der fetten Bergwiese, auf der der »unrechte Mann« umgeht, vom Ritter Bärenklau, den der Teufel aus der Seefelder Kirche holen wollte und der sich zu seinem Glücke so fest an die Kommunionbank anklammerte, daß noch heutigentags die Eindrücke seiner Finger in dem alten Holz zu sehen sind, vom Höllenkapellelein auf dem Burgberg, wo der Klammgeist funkensprühend auf den Wanderer lauert, um ihn in die brodelnde Leutasch hinabzustürzen. Und ganz besonders eindringlich berichtete der Tiefenbrunner vom Draxlergirgl. Das war ein gewalttätiger Mensch, ein Draherer und Schürzenjäger, Augustin! Eines Nachts aber, da er wieder einmal gegen die Haustüren der

schlafenden Bürger lärmte, geschah etwas Seltsames: seine Knochen reckten sich, ein zottiger Pelz wuchs ihm über die Haut, und sein großes Maul wurde zum Rachen; da stand er nun, der wilde Draxlergirgl, und war nichts anderes als ein unmäßig großer und greulicher Bär, der wie der Teufel im Lande hauste und alles verschlang, was sich nach dem Abendläuten auf die Straße hinauswagte. Die entsetzten Menschen aber riefen einen weisen Jesuitenpater aus Bozen, der das Untier mit kräftigen Sprüchen bis ins hinterste Karwendeltal bannte.
»Ja, so geht's!« sagte der Tiefenbrunner regelmäßig am Ende dieser Geschichte und warf dabei ebenso regelmäßig einen Blick auf den Augustin Sumser, der freilich tat, als ob er davon nichts bemerkte.
Der Meister wußte, warum er ihn so ansah. Denn leider führte dieser Augustin Sumser, so brav und fleißig er ansonsten war, einen sogenannten Lebenswandel! Nicht, daß er besonders sündhaft gewesen wäre. Es beklagte sich auch niemand über ihn. Aber so nach Feierabend verschwand der Gustl bisweilen, der Teufel mochte wissen wohin... Und wenn er wiederkam, hätte man glauben sollen, er sei durchfroren und schneenaß. Aber davon war nichts zu sehen. Die Meisterin fragte ihn – jedoch: wer konnte etwas gegen den Gustl ausrichten? Er rutschte einem aus den Händen wie ein Aal, verlor nie das schöne Gleichmaß seiner Seele – und sagte nichts, aber auch schon gar nichts. Einen anderen Lehrling hätte der Tiefenbrunner einfach bei den Ohren genommen und ihm gehörig seine Meinung klargemacht. Augustin war davor sicher;

denn erstens war er weit über das Lehrlingsalter hinaus, und zweitens hatte er etwas in seiner Gelehrsamkeit und in seinen feinen Händen und in seinen klugen lustigen Augen, das den Meister stillschweigen hieß. Dieser liebe Augustin stand über ihm, ohne daß sie je ein Wort darüber verloren hätten.

Wo er in diesen geheimnisvollen Abendstunden steckte, hätte nur die kleine braune Gschwendermarie sagen können - aber die hütete sich wohl, es zu tun. Denn der Gustl saß in ihrer Kammer. Sie wagten kein Licht anzuzünden, damit niemand es merkte, fühlten sich jedoch durch die Dunkelheit nicht weiter gestört.

Es war halt so gekommen, wie es gewöhnlich kommt, und man braucht kein Wort darüber zu verlieren, weder ein Wort des Wohlwollens, denn das könnte leicht ein öffentliches Ärgernis geben, noch eines der Entrüstung, denn diese Abendstunden waren ein recht harmloses Vergnügen - und wer's nicht glaubt, zahlt einen Taler.

Dem Gustl gefiel die Gschwendermarie. Und außerdem hatte er eine Unruhe in sich, eine Unruhe - manchmal dachte er, er würde krank davon. Er lief in der Werkstatt herum wie ein Eichkatzl im Käfig, warf Hobel und Zirkel durcheinander, machte Kratzer auf eine fertig polierte Laute und fand sich selber dabei nahezu unausstehlich. Dann war er schwarzgallig und faul, dann wieder wollt' er Bäume ausreißen. Sogar das Tabakrauchen gewöhnte er sich in dieser Zeit an, das er sonst nicht leiden mochte; aber jetzt verschaffte es ihm eine gewisse Beruhigung.

Bei alledem war er merkwürdigerweise nicht eigentlich

unglücklich. Nur unruhig und voll Wünschen nach etwas noch nie Dagewesenem. Wäre der gute Pfarrer Knöpfle noch an seiner Seite gestanden, so hätte ihm der Gustl von den Aufregungen seines Herzens erzählen können. Nun aber mußte er sich einen andern zum Vertrauten aussuchen, und das war eben die Gschwendermarie. Sie hatte ein hübsches, frisches Gesicht, trug die braunen Zöpfe um den Kopf gewunden und roch stets nach frischer Wäsche, was dem Gustl ganz besonders angenehm war; zudem waren ihre Hände – denn sie wusch nur feine Sachen für die durchreisenden Fremden – keine groben und harten Bauernhände, sondern sie waren weich und weiß. Augustin verstand es, mit geradezu diabolischer Schlauheit zu ihrem Hause und in ihre Kammer zu kommen, ohne daß eine Seele etwas davon merkte; denn er wußte, daß es andernfalls ein großes Gerede geben würde, und das wäre ihm um so fataler gewesen, als sich die beiden glaublicherweise nichts vorzuwerfen hatten. Sondern sie saßen im Dunkeln nebeneinander, hielten sich bei der Hand und führten ihre beiden merkwürdigen Seelen irgendwo spazieren, ohne daß dabei viel geredet wurde. Sie fühlten die gleiche Unruhe und Beklommenheit, aber keiner getraute sich, sie zu offenbaren, weil er fürchtete, der andere würde ihn auslachen.
Der Gustl spürte, daß diese Abendstunden nicht dazu beitrugen, ihn zu beruhigen – trotzdem wartete er von einer zur andern. Etwas in ihm stimmte nicht.
Als der Schnee schmolz, wurde es noch viel schlimmer. Augustin hätte sich nicht gewundert, wenn er eines Tages auseinandergeplatzt wäre wie eine der prallen brau-

nen Kastanienknospen, die um die Kirche glänzten. Die Gschwendermarie genügte ihm nicht mehr. Er ließ sie schnöde im Stich und rannte stundenlang durch die Wiesen und an den Berghängen entlang, wo der Seidelbast blühte und die Enziane ihre blauen Augen auftaten.

Am allerniederträchtigsten aber war ein Sonntagnachmittag, der mit schweren graublauen Wolken und voll von dem heißen Atem des Föhns daherkam. Augustin hatte ins Laintal hinaufklettern wollen, aber nach einer Viertelstunde ging ihm die Luft aus, und er setzte sich mißmutig auf einen Stein, von dem aus er auf Mittenwald hinabsehen konnte. Es war ganz schrecklich. Alles in der Welt war von einer unbarmherzigen Klarheit. Das Karwendel stand vor ihm, so nah und deutlich, als ob es überhaupt keine Luft gäbe. Überall rieselten die Tauwässer unter den Felsen und unter den Rasen. Der Föhn jaulte wie ein geprügelter Hund. In Augustins Herzen war ein unsägliches Durcheinander von Heiß und Kalt. Und manchmal schwieg das Sturmheulen plötzlich, und in der großen, unheimlich klaren Stille hörte der Gustl das Quinkelieren der Geigen und das Grunzen der Bässe aus dem Dorfe herauf; denn heute war Tanz, und die Burschen tanzten, und die Mädchen tanzten, und natürlich tanzte auch die Gschwendermarie. Nur der dumme Augustin saß in seiner ganzen Albernheit da heroben am Berg und wußte nicht, was er mit sich anfangen sollte.

Es war einfach zum Zerspringen, und der Gustl machte seinem gepreßten Herzen dadurch Luft, daß er plötzlich ebenso zu jaulen und zu heulen begann wie der

Föhn, aber nicht einmal bei diesem unschuldigen Vergnügen hatte er Erfolg, denn der Föhn fuhr ihn zornig an, packte ihn und rollte ihn kurzerhand ein Stück bergab, so daß er naß und ziemlich zerschunden aufstand und für diesen Tag mit der Welt gründlich zerfallen blieb.

Am gleichen Nachmittage, zur gleichen Stunde, da Augustin Sumser seine frühlingsrumorigen Stimmübungen anstellte, kam auf der Rottstraße eine ungewöhnlich große und vornehme Reisekutsche heran, deren Dach so mit Koffern gepanzert war, daß sie fast ausschaute wie eine Festung auf Rädern.
In dieser Kutsche saß außer der Kammerjungfer Ketty, die sich durch nichts von anderen Jungfern unterschied, Lady Anna Holiday.
Lady Anna Holiday lehnte bequem in ihrer Ecke, ein schäferhaftes Seidenband und zwei lange blonde Ringellocken lagen auf ihrer rechten Schulter; sie las im »Grandison«.
Natürlich hatte sie blaue Augen und einen kleinen, schmallippigen Mund. Merkwürdig jedoch wurde ihr Gesicht durch die Nase, die zwar leidlich gerade, aber so kurz war, daß man, wenn man sie von vorn betrachtete, nur die zwei niedlichen Nasenlöcher sah, die immer katzenmäßig zu wittern schienen und einen ungemein abweisenden und empörten Ausdruck annehmen konnten, besonders, wenn Lady Anna den Kopf ein wenig in den Nacken warf, wie sie es fremden Leuten und Landschaften gegenüber zu tun pflegte.
Die Lady war an diesem Nachmittag nicht in der be-

sten Laune, denn sie hatte sich über Verschiedenes ärgern müssen, vor allem über das Wetter, das um diese Jahreszeit noch hier im Gebirge herrschte und ihr alle Pläne verdarb. Anna Holiday brachte nämlich etwas mit, wovon man in Bayern und vollends im Hochstift Freising (zu dem Mittenwald damals gehörte) nichts ahnte: den Sport. Sie hatte alle großen Berge Schottlands ganz allein erstiegen und sich damit einen Ruf in der englischen Gesellschaft errungen. Im Gegensatz zu der sonstigen britischen Gepflogenheit hielt sie weder Böhmen für eine wüste Insel noch die Alpen für Nebenflüsse der Nordsee, sondern sie hatte recht gute geographische Kenntnisse und außerdem Entdeckerehrgeiz und sehr viel Geld – drei Elemente, die vollkommen für einen Spleen ausreichten. Also hatte sie beschlossen, die Alpen zu erforschen. Und Mittenwald sollte ihr Standquartier werden.

Je mehr sie sich aber ihrem Ziele näherte, desto peinlicher mehrten sich Schnee, Wildnis und schlechtes Wetter, und auf den Bergen sah sie so viel Winter, daß sie erkannte: sie sei um wenigstens sechs Wochen zu früh gekommen. Deshalb also geriet sie in bitterböse Laune, preßte die Lippen aufeinander und schnupperte mit ihren niedlichen Naslöchern zornig in die Gegend hinaus. »Ketty!« sagte sie scharf, »mache kein so dummes Gesicht. Ich habe dir schon tausendmal gesagt, daß ich dumme Gesichter nicht leiden kann.«

Dann las sie weiter.

Aber nach fünf Minuten sah sie wieder auf. »Ketty! Sieh nicht so naseweise aus. Du hast keinerlei Berechtigung, naseweis auszusehen. Gib mir etwas zu essen. Nein, gib

mir nichts zu essen. Wir müssen gleich da sein. Packe zusammen, schnell!«
Die Kutsche hielt vor der Post in Mittenwald. Der Wirt kam eilends aus dem Haus und öffnete den Schlag.
»Haben Sie«, fragte Mylady hochnäsig und übrigens in recht vortrefflichem Deutsch, »haben Sie die vier Zimmer für mich fertig? Gut. Warum liegt hier noch Schnee?«
»Nur auf den Bergen, Euer Gnaden . . .«, sagte der Wirt einigermaßen verblüfft.
»Eben! Warum?«
»Er wird halt noch nicht weggetaut sein . . .«
»Wahrscheinlich!« sagte Anna Holiday zornig, stieg aus und zwängte dabei einen Reifrock aus der Kutsche, der so umfangreich war, daß man sich wundern mußte, wie noch etwas außer ihm in dem Wagen Platz gehabt haben könne. Sie ließ sich von der Jungfer ein pelziges Paket in den Arm geben, in dem der Wirt bei genauerer Betrachtung eine schlafende blaue Angorakatze erkannte, und begab sich in ihre Gemächer, wo sie zunächst die Katze ins Bett legte und sämtliche Fenster aufriß.
»Warum stehen Sie hier?«
Der Wirt schaute sie an. Mylady hatte eine eigentümliche Art zu fragen . . .
Sie streckte den Kopf hinaus und deutete nach einer fernen Spitze.
»Der Wetterstein –«
»Wetterstein, well. Waren Sie schon da?«
»Wo?«
»Auf dem Wetterschwein.«

»Wetterstein –«
»Well.«
»Ich? Nein.«
»Warum nicht?«
»Den Deppen möcht' ich sehen, der da hinaufgeht.«
»Deppen? What's Deppen? Ich werde hinaufgehen.«
»Ja so!« sagte der Wirt, und da Myladys Mitteilungsbedürfnis befriedigt zu sein schien, machte er einen Kratzfuß, zog sich zurück und dachte: narrische Liesel.
Lady Anna bemerkte in ihrem Notizbuche: »Depp: likely an enthusiastic alpinist.«
Unterdessen schleppte der Kutscher mit Ketty ein Dutzend Koffer heran, denen innerhalb der folgenden drei Stunden so viel England entquoll, daß der Wirt am Abend seine Stuben kaum wiedererkannte. Da die Fremde jedoch für einen Monat vorauszahlte, nahm er keinen Anstoß an der Veränderung seines Hauses und ließ sich sogar von der blauen Katze Purr widerstandslos kratzen, welche, entgegen ihrer sonstigen Schläfrigkeit, wütend auf jeden losfuhr, der das Zimmer zu betreten wagte.
Mylady breitete eine große Karte der Alpen über den Tisch und begann sie zu studieren. Sie hatte sich nun einmal ihren Plan in den Kopf gesetzt und würde sich vor sich selber geschämt haben, wenn sie ihn nicht ausgeführt hätte. So lange noch der Schnee bis zu den Wäldern herunter lag, war daran freilich nicht zu denken. Es blieb ihr also weiter nichts übrig, als zu warten, bis der Frühling wirklich kam.
Gut, sie würde warten.
»Ketty! Setze den Stickrahmen zusammen. Lege alle

meine Bücher auf den Tisch am Fenster. Und die Patiencekarten, Ketty!«
Das Warten begann.
Lady Anna Holiday war der festen Überzeugung, daß sie es länger aushalten werde als der Schnee.

Dieser Föhn war die letzte große Auseinandersetzung zwischen Winter und Frühling gewesen. Nach ein paar regnerischen Ruhetagen kam eine aufrichtige Wärme ins Tal, und die Sonne warf einen bunten Schleier von Blumen über die Wiesen.
Augustin Sumser dachte, daß wohl am Bodensee jetzt schon die Kirschbäume blühten, und er geriet in eine sanfte Wehmut. Auch in ihm hatte der schwüle Föhn nachgelassen, und statt der unbestimmten Ruhelosigkeit trug er einen kräftigen, strahlenden Frühling in seinem Herzen. Aber zur Gschwendermarie ging er doch nicht wieder; denn er fürchtete sich zu langweilen, und außerdem hatte sich das Mädel einen richtigen Liebhaber angeschafft, so daß der Gustl die üblen Folgen eines Abendbesuches sehr deutlich voraussehen konnte.
Am Bodensee blühten die Kirschbäume...
Vielleicht auch der See selber... Denn manchmal blüht dieser See wahrhaftig. Wenigstens pflegen die Menschen so zu sagen, wenn der gelbe Blütenstaub aus den Uferwäldern über das Wasser hingeweht wird und sich sacht auf den Spiegel niedersenkt, so daß große, schwimmende, goldene Inseln wie Teppiche auf den Wellen schaukeln. Wenn Augustin Sumser nicht so sehr vernünftig gewesen wäre, so hätte er, in diesen Tagen

und diesen Erinnerungen, weiß Gott sein Bündel gepackt und wäre auf und davon gegangen, vor lauter Sehnsucht nach den hellen Ufern seiner Jungenjahre. So aber sagte er sich, daß dies ein sehr dummer Streich sein würde; denn er hatte noch nicht so viel gelernt, um sich sein Brot allein mit Geigenbauen zu verdienen, und von den drei Jahren, die er vorausbezahlt hatte, sollte dem Tiefenbrunner kein Tag geschenkt werden. Zu guter Letzt ließ es sich ja in Mittenwald aushalten, zwischen diesen ewigschönen Bergen ...
Aber etwas mußte geschehen bei so vielen Sehnsüchten! Der Gustl begann Spaziergänge, so sammetpfotig und aufmerksam wie ein Kater im Mai, und brachte jedesmal die Überzeugung mit nach Hause, daß er zu spät gekommen sei. Wenn irgendwo in der Dämmerung ein Mädchen am Zaune sichtbar wurde, so konnte man sicher sein, daß auf der anderen Seite des Zaunes ein Mannsgebild stand, Kreuzsternlaudonelement, es hätte einer zum Menschenfeind werden können dabei!
Eines Morgens aber schien sich das Schicksal besonnen zu haben.
Augustin wanderte gerade mit einer Kraxe voll fertiger Geigen zur Neunerschen Kompagnie hinüber, wo er die Instrumente abliefern wollte. Und eben, als er um die Ecke bog, trat ein recht hübsches Fräulein auf ihn zu und sagte:
»Please –«
»Ha?« fragte der Gustl, blieb stehen und betrachtete die appetitliche Jungfer.
Darauf erzählte sie ihm etwas in einer Sprache, die er für Englisch hielt und von der er kein Wort verstand. Er

teilte ihr dies im schönsten Schriftdeutsch mit und bewirkte dadurch, daß sie nun ihrerseits den Kopf heftig schüttelte. Worauf sie sich freundlich anlächelten.
Augustin dachte: ob wohl je etwas Dümmeres als der Turmbau zu Babel unternommen worden sei? Dann aber gab er dem Mädchen mit seinen Händen, seiner Taschenuhr und sämtlichen Hilfsmitteln, die ihm gerade einfielen, zu verstehen, daß er augenblicklich keine Zeit habe, die genußreiche Unterhaltung fortzusetzen, daß sie aber – o Sumser! – heute abend um acht Uhr an eben dieser Ecke auf ihn warten solle. Sie nickte, hielt ihm acht von ihren Fingern unter die Augen und sagte: »Yes!«, und dieses Wort bildete einstweilen den Grundstock für Augustins Kenntnis der englischen Sprache. Am Abend lernte er bereits mehr. Denn es war ein sehr schöner und ein sehr lehrreicher Abend. Ketty kam pünktlich. Der Gustl wanderte stolz mit ihr zum Dorfe hinaus und tat, als ob er die neugierigen Blicke nicht sähe, die ihn verfolgten; er hielt dies für eine genügende Rache an den vielen Mädchen, die sich nicht um ihn gekümmert hatten.
Die Unterhaltung sah zunächst sehr sonderbar aus, aber die beiden waren so eifrig dabei, daß sie das Komische daran nicht bemerkten. Ketty bedeutete dem Gustl, daß sie ihn angesprochen habe, weil er offenbar ein Instrumentenmacher sei?
»Yes!« sagte Augustin fließend.
Gut, Mylady habe eine Music-Box, die offenbar auf der Reise zerbrochen sei und die er reparieren sollte.
»Music-Box?« fragte er ratlos.
Ketty beschrieb ihm diesen Gegenstand so eindringlich

sie irgend konnte, aber ganz klar wurde ihm das Ding dennoch nicht.

Denn Augustin Sumser hatte zufällig in seinem ganzen Leben noch nie eine Spieldose gesehen, weder in Wasserburg noch im Seminar, und in Mittenwald befaßte man sich nicht mit dem Bau von mechanischen Instrumenten. Schließlich aber konnte er nicht umhin, zu begreifen, daß eine Music-Box ein Kasten sei, in dem sich etwas drehte, und dieses Etwas Musik machte. Er versprach, am nächsten Tag in die Post zu kommen und sich das Wunderding zu betrachten – und damit wäre die Unterredung eigentlich zu Ende gewesen. Augustin meinte jedoch, daß sie jetzt erst richtig anfange, und Ketty schien ähnliche Gedanken zu haben, denn sie begleitete ihn immer weiter auf der Straße nach Scharnitz zu, obgleich es bereits ganz dunkel geworden war und schon der Mond Anstalten machte, über die Berge zu steigen.

Der Gustl stellte sehr bald fest, daß Ketty zwar nicht nach frischer Wäsche wie die Gschwendermarie, wohl aber nach Lavendel duftete, und dies gefiel ihm außerordentlich; denn bei seiner sündhaften Veranlagung war er nun einmal für Parfüme sehr empfänglich. Er schnupperte sich an sie heran wie ein Jagdhund, und da sich diese durchtriebene Person das lavendeldurchgeistigte Schnupftuch berechnenderweise in den Busenausschnitt gesteckt hatte, geriet Augustin leider auf eine schiefe Ebene, sozusagen. Diese Ebene wurde immer schiefer, und schließlich ging der Mond auf und lächelte verständnisvoll auf die ganze Bescherung herunter, denn ihm war das nichts Neues.

Augustin Sumser begleitete Ketty zum Dorfe zurück in dem Bewußtsein, daß er seine Kenntnisse im Englischen bedeutend vermehrt habe. Dann legte sich dieser unmoralische Mensch samt seiner endlich wiedergefundenen Seelenruhe schlafen.

»Ich habe«, berichtete die Jungfer Ketty anderntags der stickenden Lady Anna, »ich habe jemanden gefunden, der die Spieldose wieder instandsetzen wird.«
Mylady nickte.
»Er steht draußen.«
»Führe ihn also herein!« sagte Anna Holiday in einem Tone, der aus Verstimmung und Langeweile gemischt war. Denn sie langweilte sich ebenso schrecklich wie hartnäckig. Augustin trat in die Stube. Er trug außer seinem besten Anzug auch seine besten Manieren zur Schau, und man sah ihm nicht an, daß ihn die kleine Ketty im Vorzimmer noch eben abgeküßt hatte.
Mylady legte, wie sie es fremden Subjekten gegenüber immer tat, den Kopf zurück und naslöcherte ihn sehr von oben herab an.
»Ihr Name!«
»Sumser.«
»Sind Sie Instrumentenmacher?«
»Gegenwärtig.«
»Warum gegenwärtig?«
»Ich war es nicht immer«, antwortete Augustin und erzählte, daß er auf dem Meersburger Seminar gewesen sei. Die hochmütigen Naslöcher ärgerten ihn ein bißchen, und er hielt es für gut, seine Meriten nicht in den Schatten zu stellen.

Und wirklich sagte Mylady zu ihrer Jungfer: »Zeige also Mr. Sumser die Spieldose!« Ketty brachte den Kasten, stellte ihn auf den Tisch am Fenster und klappte den Deckel auf. Der Gustl betrachtete das Ding mit einem sachverständigen Gesicht, obwohl es für ihn wahrhaftig etwas völlig Unbekanntes war. Er sah eine Messingwalze, über deren blanke Oberfläche viele winzige Zähnchen unregelmäßig verstreut waren. Diese Zähnchen mußten, wenn sich die Walze drehte, die Zinken eines klingenden Metallkammes anreißen, und so kam das Spiel zustande. Augustin begriff das. Er faßte die Walze und drehte behutsam. Ach!
Bei den ersten Tönen vergaß er Mylady samt ihrer Jungfer, vergaß er Mittenwald und das Geigenmachen!
Was war dies für eine süße kleine Musik! Sie perlte unter seinen Fingern auf wie die silbernen Bläschen im Wasser. Sie war weder heroisch noch ergreifend, sondern sie murmelte, plätscherte und sang, ganz leise, wie die murmelnden, plätschernden, singenden Wellen im Bodensee...
Eine silberne, zärtliche, verliebte Musik, die ihm einen kleinen Schauer über den Rücken laufen ließ und ihm mit sanften Fingern die Augen zustreichelte.
Die Wellen im See, die Träume am blühenden Ufer...
Augustin drehte die Walze, hielt die Augen geschlossen und trank das zärtliche Spiel in sich hinein, ein glückseliges Lächeln auf den Lippen. Er hat einen recht hübschen Kopf, dachte Anna Holiday und blieb geduldig, ganz wider ihre Gewohnheit, bis dieser

merkwürdige junge Deutsche das Stück zu Ende gespielt hatte.
Das war vielleicht der wichtigste Augenblick in Augustin Sumsers ganzem Leben.
Er wußte, daß er sich von dieser Musik nie mehr würde trennen können. Denn sie hatte den gleichen Klang wie sein Herz.
Und ganz deutlich stand in diesem Augenblick auch sein Leben vor ihm; er würde nie etwas anderes tun, als den Klang seines Herzens in solche zärtliche kleine Spieldosen hineinzulegen - sie würden Kindern gleichen, morgenrosenroten Putten, denen er ein Stück seiner leichtbeschwingten Seele mitgab . . .
»Nun?« fragte Mylady.
Augustin Sumser erwachte. »Das Triebwerk ist in Ordnung«, sagte er kühnlich, »die Feder wird gebrochen sein. Wenn Sie erlauben, nehme ich den Kasten mit.«
Anna Holiday nickte zufrieden.
»Ich hoffe, der Schaden läßt sich heilen. Das Instrument stammt aus England?«
»Ja.«
»Werden solche Spieldosen wohl auch bei uns gemacht?«
»Darüber ist mir nichts bekannt. Aber warum nicht?«
»Ja, warum nicht?« fragte Augustin und entflatterte bereits wieder in die Zukunft. Daheim wachte er eifersüchtig über den Kasten, und es war ihm sehr lieb, daß der Meister geringschätzig auf das mechanische Spielzeug herabsah. Der Gustl nahm die Walze heraus und entdeckte sehr bald, daß wirklich die Triebfeder gebrochen war, und zwar am äußersten Ende, so daß er sie

nur ein wenig zu verkürzen brauchte, um das Werk wieder in Ordnung zu bringen.
Trotzdem aber trug Augustin den Kasten keineswegs sogleich wieder zu Lady Anna zurück. Sondern er saß den ganzen Tag bis tief in die Nacht hinein vor der Spieldose und betrachtete alles genau. Wichtige Teile zeichnete er sich ab, und besonders gründlich untersuchte er den Holzkasten selber, dessen Maße er studierte, um zu sehen, ob er vielleicht eine für den Wohlklang besonders günstige Bauart habe. Er konnte nichts dergleichen finden, das Gehäuse war sauber, aber ohne akustisches Verständnis gearbeitet. Augustin Sumser freute sich darüber ungemein. Wenn man für den Kasten ausgesucht klingende Hölzer verwenden und die Form nach den Grundsätzen des Geigenbaues bestimmen würde, so müßte sich eine um vieles bessere Klangwirkung erzielen lassen.
In einem kleinen Hefte vermerkte er alles, was er gefunden oder nicht gefunden hatte, warf seine Glossen an den Rand und war fertig mit seinen Untersuchungen, als eben die Mitternacht an die Kirchenuhr schlug.
Aber der Gustl ging noch nicht schlafen. Er blieb am Tische sitzen, den Kopf in die Hand gestützt, und träumte in den mattgoldenen Schimmer der Kerze hinein.
Es war eine beschlossene Sache: Augustin Sumser wurde Spieldosenmacher.
Nicht Fabrikant – o nein! Ganz allein wollte er alles herstellen, soweit es irgend möglich war. Sorgfältig und mit der größten Liebe. Jedes Werk sollte ein Stück von seiner Seele mitbekommen. Sogar die Walzen würden

seine eigene Arbeit sein – die ganz besonders! Er wollte sie roh kaufen und dann mit einem kleinen Meißel die Zähnchen herausheben, welche bei der Spieldose dieselbe Bedeutung hatten wie beim Spinett die Tasten. Je geschickter man sie anordnete, desto hübscher würde das Musikstück sein. Es gehörte eine ordentliche Komposition dazu, und Augustin war überzeugt, daß er dies fertigbringen werde. Kleine Schäferlieder, Liebeslieder, Reiterlieder. So wie dieses englische »Green Sleeves«, von dem Lady Anna gesagt hatte, es stamme aus der Zeit der Königin Elisabeth, und das der Gustl jetzt zum hundertsten Male spielen ließ. »Augustin!« sagte der Tiefenbrunner und trat mit der Schlafhaube wie ein weißes Gespenst in die Werkstatt. »Schau zu, daß du ins Bett kommst, Hallodri! Die Kerzen kost' drei Kreuzer. Eine solche Verschwendung halten die fünfundzwanzig Gulden nimmer lang aus, die du mir gezahlt hast. No?«
»Ich geh schon . . .«, sagte der Gustl. Und dachte: daß er es auch nimmer lang aushalten würde in Mittenwald. Er hatte gelernt, was er gebrauchen konnte. Ne nimis!

Augustin gab die Spieldose schweren Herzens zurück und versäumte nicht zu sagen: die Reparatur sei so schwierig gewesen, daß er bis Mitternacht darüber gesessen habe.
»Oh!« sagte Anna Holiday gerührt, »Ketty! Noch eine Tasse! Mr. Sumser wird seinen Tee mit mir nehmen.«
Der Gustl wußte die Ehre zu schätzen. Guter Pfarrer Knöpfle! dachte er, was würdest du sagen, wenn du mich mit einer richtigen Lady Tee trinken sähest? Du

würdest sagen: »Siehst du, Guschtl, was die Bildung nützt!«
Und du würdest recht haben damit.
Anna Holiday begann: »Der Schnee auf den Bergen wird immer weniger.«
»Ja«, antwortete er sachlich und ahnte nichts Böses.
Aber Mylady fragte unvermittelt weiter: »Sind Sie ein Depp?«
Augustin schaute sie an. Dies war offenbar die englische Art, Teegespräche zu führen, und sie war zweifellos recht eigentümlich! Aber gut erzogen, schluckte er die Holidaysche Höflichkeit hinunter und erwiderte sanftmütig: »Mitunter schon.«
»Warum machen Sie ein solches Gesicht?«
»Man wird in Deutschland ziemlich selten danach gefragt, Mylady.«
»Ich kann es mir denken. Ihr seid noch weit zurück. Aber Bergsteigen ist nun einmal meine Passion.«
Bergsteigen? Es dämmerte Augustin, daß hier ein Mißverständnis vorliegen müsse, und er begann ganz unerlaubt zu lachen.
»Wie?« sagte Anna Holiday, und das Staunen war auf ihrer Seite. »Ketty! Warum lacht Mr. Sumser?«
»I don't know...«, knurrte Ketty, die eben das Teebrett hinaustragen wollte. Sie war in schlimmer Laune.
Aber Augustin klärte die Geschichte auf.
»Oh!« rief Mylady entsetzt, »oh dieser Wirt! Oh, dieser Elende! Ketty!«
Ketty hatte das Zimmer verlassen und erschien wider ihre Gewohnheit auch nicht mehr. Sondern sie stand

recht malerisch gebückt nebenan und hielt ihr kleines Ohr an das Schlüsselloch. Sie kannte Anna Holiday.
»Ketty!«
Nichts.
»Sie scheint fortgelaufen zu sein –« Mylady lehnte sich in ihrem Sessel zurück und fächelte sich mit ihrem Schnupftuche, dem ein Moschusduft entströmte, dick wie eine Hagelwolke und für Augustin leider auch ebenso bedrohlich. Er schnupperte schon wieder in diesem verderblichen Nebel herum.
»Ich habe mich schrecklich gelangweilt«, sagte Anna Holiday, »heute ist der erste nette Tag.« Sie lächelte den armen Gustl an, der schon ganz kalte Hände bekam vor lauter Moschus und Benommenheit.
»Ich kam hierher, um auf die Berge zu steigen, und sie waren noch tief im Schnee. Unterdessen ist es besser geworden. Bedeutend besser. Warum rühren Sie immer mit dem Löffel in der Tasse herum?«
»Ja!« sagte Augustin sinnreich. »Was riecht hier so?«
»Mein Taschentuch!« sagte sie und warf es ihm über den Tisch.
»Mh –« Da saß er nun und wußte nicht aus noch ein. Ketty am Schlüsselloch dachte: Er ist doch noch sehr dumm, God save him! und nahm vorsichtshalber die Türklinke in die Hand.
»Mein Taschentuch!« verlangte Mylady und streckte den Arm aus.
Augustin stand auf, ging um den Tisch herum, um es zurückzugeben – und in diesem Augenblick trat Ketty mit merklichem Geräusch ins Zimmer. »Sie hätten sich nicht zu bemühen brauchen!« sagte Anna Holiday zu

Mr. Sumser und hob die Naslöcher in die Höhe. »Es war eine sehr angenehme Unterhaltung. Ich danke Ihnen.«
Er verbeugte sich, Ketty gab ihm seine Mütze, öffnete ihm die Tür und ließ ihn hinaus, wobei sie ihm ein »Awful monster!« ins Ohr zischte. Der Gustl hatte von ihrer Liebenswürdigkeit jedoch nicht den vollen Genuß, da er diese Worte infolge seiner mangelhaften Kenntnis des Englischen nicht verstand.
Er ging durch den wundervollen Frühlingsnachmittag heim, völlig benebelt von Moschus und dieser neuen Art der Weiblichkeit, die so locker saß wie der verhängnisvolle Apfel am Baum der Erkenntnis – lieblich anzusehen und um so angenehmer, als ihm niemand verboten hatte, davon zu essen. An den guten Pfarrer Knöpfle freilich konnte er in diesem Zusammenhange nicht mehr denken, ohne ein unbehagliches Gefühl zu bekommen; in Wasserburg war das Leben doch bedeutend weniger gefährlich gewesen.
Trotzdem – wenn dem Gustl auch die neuen Erlebnisse in den Kopf stiegen, so verlor er den Kopf doch keineswegs. Eben weil er nicht vergaß, wer er war, erlaubte er sich die Meinung, daß ein so armes Hascherl wie er die Annehmlichkeiten des Lebens genießen dürfe, wo sie sich ihm boten. Wenn es ihm wieder einmal schlecht ginge und wenn wieder einmal alles hin sein würde, so würde er wenigstens einen Vorrat von Erinnerungen an bessere Tage besitzen ... Am Abend wartete er auf Ketty – aber sie kam nicht. Augustin ärgerte sich nicht. Denn wozu?
Statt ihrer ging die braune Gschwendermarie vorüber

wie von ungefähr und sagte beiläufig: »Einen feinen Umgang hast du, Gustl . . .«
»Schon möglich«, antwortete er gelassen.
»Da kann unsereins freilich nimmer mittun. Spitzen vorn und Spitzen hinten –«
»Und Spitzen oben und Spitzen unten. Hast du überhaupt einmal mitgetan? Also!«
Da drehte sie sich mit einem zornigen Schwung herum und ließ ihn stehen. Augustin lächelte mit dem Gefühle befriedigter Rache hinter ihr drein. Nun hatten sie es, alle miteinander, und durften sich ärgern!
Eine Woche lang hörte er weder von Mylady noch von ihrer Jungfer etwas und beschied sich mit dem Gedanken, daß die erwähnten schlechten Tage bereits angebrochen seien.
Eines Morgens jedoch geriet Mittenwald in große Aufregung.
In aller Frühe war Lady Anna Holiday durch das Dorf gegangen, um sich das Karwendel zu besehen (wie sie dem Wirte gesagt hatte). Dabei wäre nun freilich nichts gewesen, denn die Mittenwalder ließen jedem seinen Sparren. Das Aufregende an der Sache war der Anzug, den Mylady sich erlaubt hatte!
Sie hatte eine seidene Zipfelhaube auf dem Kopfe gehabt. Eine Leinenbluse, wie sie die Matrosen trugen. Einen Rucksack. Einen ganz kurzen Rock, der sicheren Nachrichten zufolge kaum bis an die Knie gereicht hatte. Und weiter abwärts nichts als Beine, die in rehbraunen Gamaschen staken. Glaublicherweise waren sie kerzengerade und obendrein sehr wohlgeformt.
Und solches geschah Anno 1795 in dem Gebiete des

erzbischöflichen Hochstifts Freising! Zipfelhaube! Beine!

Die Aufregung war gewaltig. Die alten Weiber wünschten Pech und Feuer über das friedliche Tal, falls sich niemand gegen diesen unsittlichen Frevel auflehnen würde. Die jungen taten das gleiche und mit um so größerem Nachdruck, als sie bemerken mußten, daß ihre Männer sich merklich parteilos verhielten, besonders diejenigen, die Mylady in ihrem schamlosen Aufzuge selber gesehen hatten. Es begab sich eine Abordnung ins Pfarrhaus, die lediglich - wiederum sehr merkwürdigerweise - aus Frauen bestand. Der Pfarrer Sebastian Kuchler hörte die schreckliche Geschichte mit wachsendem Erstaunen und schnupfte dabei immer heftiger, um sein Gehirn in die nötige Regsamkeit zu versetzen. Einerseits freute er sich über den löblichen Eifer seiner Herde, alles Fleischliche zu verdammen. Anderseits sagte ihm sein Gerechtigkeitssinn, daß man im Reifrock nicht wohl auf die Berge steigen könne, und wenn Anna Holiday zufällig hübsche Beine hatte, so konnte man ihr aus dieser Tatsache allein noch keinen Vorwurf machen. Überhaupt war sie keine Deutsche, sondern eine Engländerin. Und in diesem Punkte setzte der kluge Pfarrer Sebastian Kuchler den Hebel ein, durch welchen er die aufgeregte Gemeinde wieder in ruhigere Bahnen zurückzubringen gedachte. Nach einer Stunde hatte er die Deputation von der Richtigkeit des folgenden Kettenschlusses überzeugt: Mylady ist eine Engländerin; alle Engländer sind verrückt; Verrückte kann man für ihre Handlungen nicht verantwortlich machen; also -!

Sebastian Kuchler war ein sehr liberaler Mensch. Und die Frauenzimmer gingen verblüfft nach Hause, hilflos gegen die Gewalt der Logik. Ihre Männer grinsten.
Am Mittag waren alle Suppen in Mittenwald versalzen. Da grinsten sie nicht mehr.
Sondern es gab in allen Häusern von Mittenwald Krakeel. Teller flogen an Köpfe und Wände, Fäuste krachten auf die Tischplatten, Tränen flossen, und die Wirtshäuser machten gute Geschäfte, weil die Ehemänner ihren Kummer hinunterspülen mußten.
Das alles hatten Lady Anna Holidays hübsche Beine auf dem Gewissen – wofern man bei etwas derart Sündhaftem überhaupt von Gewissen reden kann –, und es war wieder ein Beweis für die alte Wahrheit, daß die nebensächlichsten Dinge oft die tiefste Wirkung auf den Gang der Weltgeschichte ausüben.
Augustin bedauerte es sehr, daß er nicht zu denen gehörte, die Mylady in ihrem aufregenden Anzuge gesehen hatten. Er dachte sich das sehr hübsch und teilte die Empörung der Mittenwalder Frauen keineswegs. Überhaupt: Anna Holiday war seinem Seelengleichgewicht gefährlich zu nahe gekommen – so nahe, daß er bei dem Gedanken an Ketty nicht das Vergnügen und die verlangende Unruhe empfand, die er eigentlich hätte haben sollen. Zwar traf er sie noch zweimal und hatte keinen Grund, sich bei ihr über einen Mangel an Liebenswürdigkeiten zu beklagen – aber es war seit jenem Nachmittag ein kleiner Stachel in seinem Herzen zurückgeblieben, und er gab sich keine Mühe, ihn zu entfernen. Ketty bemerkte dies deutlich – und schwieg betrübt: so ging es meistens. Der Gedanke, daß Anna

Holiday offenbar ebensowenig taugte wie sie selber, war ihr nur ein geringer Trost.
Außerdem hatte Augustin an bessere Dinge als an Kammerjungfrauen zu denken. Sein Vorhaben, Spieldosen herzustellen, ging ihm beständig im Kopfe herum (und so war wenigstens etwas Beständiges an diesem Sumser). Täglich studierte er seine Aufzeichnungen und glaubte bald zu bemerken, daß er wichtige Einzelheiten nicht notiert habe. Er mußte also unbedingt das englische Werk noch einmal in die Hände bekommen.
Das wäre ein leichtes gewesen, wenn Ketty ihm seine Saumseligkeit als Liebhaber nicht verübelt hätte. So aber war sie im Laufe der Zeit recht zornig auf ihn geworden. Mylady hatte einen alten Gemsenjäger gefunden, der sie um vieles Geld bei ihren Klettereien begleitete; sie war nur selten in Mittenwald. Dreimal versuchte Augustin Ketty zu bewegen, daß sie ihn in Myladys Zimmer einließe, und jedesmal wies sie ihn empört ab.
»Warte, du kleine Katze!« sagte er beim dritten Male zu ihr, brach alle Verhandlungen kurz ab und ging davon mit dem besten Vorsatze, sich nimmer mit dieser widerborstigen Person abzugeben.
Unterdessen gewannen seine Pläne immer festere Gestalt. Er war überzeugt, daß die Klangschönheit der Spieldosen sich verdoppeln würde, wenn man, wie bei den Geigen, den Boden und die Seiten des Gehäuses aus Ahorn und den Deckel aus Fichtenholz herstellte.
Aber gerade in diesem wichtigen Punkt stieß er auf Schwierigkeiten. Die Mittenwalder Geigenmacher wachten eifersüchtig über ihren Vorrat an guten Höl-

zern, der sich vom Vater auf den Sohn vererbte. Weder der Tiefenbrunner noch die anderen wollten ihm etwas verkaufen.

Augustin zuckte die Achseln und begann, sich selber um Hölzer zu kümmern. Am Ferchensee, dunkelgrün und todeinsam vor der Wettersteinwand, wurde eben zu jener Zeit ein Teil des alten Waldes geschlagen, der wie eine Pelzverbrämung und ein Saum um den Fuß des Gebirgsstockes lag. Es führte ein verstrüppter Holzweg dahin, und Augustin benützte seine Sonntage, um die Stämme am Ferchensee zu prüfen. Die lagen so, wie sie von ihren Felsen und Hängen herabgestürzt waren, wirr durcheinander, schwebten bisweilen halb in der Luft oder tauchten schon unter den grünen Spiegel. Der Gustl zog ein kleines Beil aus dem Rucksack, kletterte im Holzschlage herum, klopfte die gefällten Stämme ab und besah ihre Schnittflächen. Er hatte ein feines, geübtes Ohr und hörte am Klang, ob die Bäume für seine Zwecke taugten. Aber er war nie recht zufrieden. Drei Sonntage hintereinander mühte er sich in der Sommerhitze und dem schwülen Harzdufte des frischen Holzes ab, ohne zu finden, was er suchte.

Am vierten Sonntag entdeckte er glücklich einen helltönenden, regelmäßig gewachsenen Stamm und geriet darob in seine beste Laune. Mit List und Kraft wälzte er ihn vollends aus seiner Schwebelage und sah ihn in den See hinaus abtorkeln. Dann zog sich der Gustl aus, stieg in das Wasser, das ihm bis zu den Hüften reichte, und schob die träge schwimmende Beute am Ufer entlang, so weit es gehen wollte, bis in eine versteckte kleine Bucht. Darauf holte er seine Kleider, trocknete sich in der Sonne und überlegte, was zu tun sei. Daß er den Baum, mit dem er so große Mühe gehabt hatte, auch noch obendrein bezahle, konnte billig niemand von ihm verlangen. Einstweilen zog er ihn so weit ans Ufer heraus, daß die Wellen ihn nicht mehr fortzuschleppen vermochten. Da lag er gut! Das andere würde sich finden. Augustin Sumser kam sich wieder einmal sehr gescheit vor.

Er langte sein Vesperbrot aus dem Rucksack, legte sich ins Gras und genoß jenes Gefühl der tiefsten Zufriedenheit, das verderbte Menschen nach einer geglückten Missetat gemeinhin zu haben pflegen.

Ha! An dieser Stelle würde er den Baum in klafterlange Stücke zersägen und diese mit einem Handschlitten zu Tal bringen. Daß jemand ihn überraschte, war bei der völligen Einsamkeit des Ufers, zumal am Sonntag, undenkbar. Es sei denn, daß einer so verrückt wäre, über den Wetterstein herunterzukommen ...

»Lächerlicher Einfall!« dachte der Gustl – und eben in diesem Augenblick hörte er hinter sich ein Knacken und Brechen in den Büschen.

Er fuhr herum.

Da war schon der Teufel, den er in Gedanken an die Wand gemalt hatte. Er trug eine seidene Zipfelhaube, ein ganz kurzes Röckchen und an den schlanken Beinen rehbraune Gamaschen – von einem Pferdefuß war nicht das mindeste zu sehen.

Der Gustl hatte eben noch Zeit, in seine Hosen zu fahren.

»Oh!« sagte Anna Holiday.

Sakradi! dachte Augustin.

»Oh!« sagte Anna Holiday wieder, aber weniger erschrocken, denn nun erkannte sie ihn. »Mr. Sumser! Warum haben Sie kein Hemd an?« Was wollte man auf eine solche Frage antworten? Mylady hatte eine merkwürdige Art von Wißbegier. Daß er eine Fichte gestohlen hatte, konnte Gustl nicht wohl als Entschuldigung anführen. Es war dies einer der wenigen Augenblicke in seinem Leben, in denen ihn die ruhige Schlagfertigkeit verließ. »Mylady sind in den Bergen gewesen?« fragte er schließlich. »Ja«, antwortete sie und setzte sich unweit von ihm ins Gras.
»Es war das letztemal. Eure Berge sind abscheulich, man kann nicht allein hinauf. Eure Leute sind auch abscheulich, denn keiner hat mich länger als zwei Tage begleiten wollen. Alles ist abscheulich. Übermorgen reise ich nach Verona.« Und dann hob sie ihre Naslöcher und übersah den armen Gustl völlig.
»Wenn Sie erlauben«, sagte er nach einer Weile, »werde ich mich vollends anziehen . . .«
»Gut, ich gehe um diesen Felsen. Wenn Sie erlauben, werde ich mich vollends ausziehen.«
»Wie?«
»Es ist heiß. Ich werde hier baden. Ich halte Sie für einen Gentleman, Mr. Sumser.«
Der Gustl hatte zwar von den Obliegenheiten eines Gentleman nur eine unklare Vorstellung, begriff jedoch vollkommen, was er tun oder vielmehr nicht tun sollte. Eigentlich ist es niederträchtig! dachte er, nickte aber ganz demütig. Sie trennten sich, und wahrhaftig war Augustin Sumser ein so großer Esel, daß er sich langsam ankleidete, gewissenhaft auf seinem Platze blieb

und den dunkelgrünen Wasserspiegel betrachtete. Von der anderen Seite des Felsens kamen leise Wellenringe über das Wasser gelaufen, aber so sanft und leise sie auch waren, so stieß doch jeder einen blauen Fleck an Augustins Herz. Schließlich saß er, völlig zerwühlt, als ein Märtyrer seiner Ehrenhaftigkeit da, klammerte sich an das Beil, das er in den Rucksack zurücklegen wollte, und getraute sich nicht einmal mehr auf den See zu schauen, um die infamen kleinen Wellen nicht sehen zu müssen, die sich da heranschlängelten.
Es war eine ganze elende halbe Stunde.
Und dann - ja, dann kam Anna Holiday zurück, sah ihn angestrengt im Grase sitzen und sagte -
Um der Wahrheit die Ehre zu geben: sie sagte nichts. Aber das war auch gar nicht notwendig, denn man konnte ihr deutlich genug ansehen, was sie dachte.
Der Gustl spürte ihren Blick und stöhnte erkenntnisvoll.
»Das hat keinen Zweck. Nehmen Sie lieber meinen Rucksack und begleiten Sie mich. *Das* werden Sie doch können?«
Dann warf sie auf ihre besondere Art den Kopf in den Nacken, daß der klägliche Gustl völlig zusammenknickte und neben ihr herlief, als hätte sie ihn an einer wirklichen Leine. Er kam sich entsetzlich dumm vor. Aber er erinnerte sich auch seines Grundsatzes: jede Dummheit nur einmal zu begehen.
Als sie endlich in die »Post« kamen, begrüßte ihn Ketty mit recht grünen Katzenaugen und sah aus, als ob sie ihm am liebsten ins Gesicht gesprungen wäre.

»Packe die Koffer, Ketty. Übermorgen reisen wir.«
Da fiel ihm ein, daß er mit Lady Anna Holiday noch nicht fertig sei. Die Spieldose!
Und Augustin Sumser ließ alle Rücksichten auf das, was er für wohlerzogen hielt, beiseite und bat Mylady geradeheraus, ihn zum Tee bei sich zu behalten. Die kurze Zeit, die ihm blieb, machte den Gustl plötzlich tatkräftig und entschlossen. Und außerdem sah er Kettys grüne Augen und dachte zum zweiten Male: »Warte, du kleine Katze!«

Der vielgeliebte Augustin verließ das Gasthaus »Zur Post« erst am andern Morgen.
Die verschlafenen Häuser sahen ihn recht vorwurfsvoll an, und er sagte sich selber, daß er ein ganz verkommenes Subjekt sei.
Aber unter dem Arm trug er einen kleinen Kasten. Es war die Spieldose.
Anna Holiday hatte sie ihm als Andenken geschenkt.
Den ganzen Tag stand Augustin herum, als hätte ihn einer vor den Kopf geschlagen. Nicht ein klarer Gedanke kam ihm. Es war ein ganz abscheulicher Zustand, und wenn es auf moralischem Gebiete saure Heringe gäbe, so würde er sicher ein halbes Dutzend davon gegessen haben.
Zeitig abends ging er zu Bett und schlief sich einen Teil seiner ruhigen Seelenverfassung wieder an.
Als er aufwachte, weil ihm die Sonne auf die Nase schien, mußte er die Entdeckung machen, daß er in Anna Holiday schrecklich verliebt sei und vorläufig an nichts anderes denken könne als an sie.

Er stahl sich eine Viertelstunde weg und lief, ohne daß der Tiefenbrunner es merkte, nach der »Post«.
Lady Anna Holiday war mit dem Morgengrauen abgereist.
»So?« sagte der liebe Augustin.
So, so . . .
Abgereist . . .
Augustin Sumser ging nach Hause zurück.
Und was tat er?
Er pfiff.
Er pfiff trotz aller Wehmut und trotzdem ihm das Blut heiß im Herzen zusammenlief. Er pfiff das Lied, das eigens für ihn gemacht zu sein schien: Ach, du lieber Augustin . . .
Er pfiff unterwegs, an der Hobelbank, bis zum Tischgebet. Das waren vier Stunden. Und nach dem Essen fing er gleich wieder an: Ach, du lieber Augustin . . .
Und dabei geriet er schließlich in eine so sanfte, wehmütige, erinnerungssüße Duselei, daß er allen Jammer und alle Sünden vergaß und über das Leid im langsamen Dreivierteltakt hinwegkam, dieser Sumser.
Der Tiefenbrunner wußte schon, was es geschlagen hatte, und störte ihn nicht, obwohl er durch den ewigen Landler an den Rand des Wahnsinns gebracht wurde. Nur abends, als der Gustl sogar die Treppe zu seiner Schlafkammer im Dreivierteltakt hinaufstieg, rief er ihm bescheiden nach: »War's denn gar so schön, Gustl?«
»Ach . . .!« sagte Augustin summend . . . ach, du lieber Augustin, Augustin, Augustin . . . (denn er hatte den Text bereits völlig vergessen) – und dann hatte er einen

lichten Augenblick, lehnte sich über das Treppengeländer und rief hinunter: »Alles is hin, alles is hin . . .!«
Die Folge war, daß der Gustl in den nächsten Wochen wie ein Roß arbeitete, um über Anna Holiday hinwegzukommen. Es gelang ihm auch, und von der leichtsinnigen blonden Lady blieb ihm nur noch ein ungreifbares, rosenrotes Bild der Erinnerung, ohne Schatten und ohne Bitterkeit. Und eine sehr greifbare Spieldose.
Diese Spieldose kannte er nun in- und auswendig. Alles, was er tat und lernte, tat und lernte er nur im Hinblick darauf, ob er es wohl für seine zukünftige Arbeit werde brauchen können. Im übrigen war er untadelhaft, so daß der Meister sich nicht über ihn beklagen durfte.
Der Sommer schlich langsam aus dem grünen Tal fort. Ein feuerroter bayerischer Herbst brannte in den Wäldern. Dann war auch das vorbei. Augustin ließ seine Sonntage nicht ungenützt: er hatte den weiland gestohlenen Baum in klafterlange Stücke gesägt. Die waren nun von Sonne und Luft einigermaßen getrocknet, und als der erste Schnee gefallen war, zerrte der Gustl mit großer Mühe einen Handschlitten durch die kalte Nacht, um seine Beute nach und nach in Sicherheit zu bringen.
Aber es schien, als ob das Schicksal so viel selbstverständliche Seelenruhe bei so viel Verderbtheit denn doch nicht dulden wolle:
Augustin fand den Tatort leer. Sein schöner Ster Holz war verschwunden. Es war wieder einmal alles hin. Nicht einmal anzeigen konnte er den Diebstahl, ohne sich nicht selber als Dieb zu offenbaren!

Da stand er nun mit seinem Schlitten unter dem Sternenhimmel, fror und dachte über die Schlechtigkeit der Welt nach – denn der Einfall, über seine eigene nachzudenken, kam ihm nicht.

Ein wenig abseits sah er etwas Schwarzes im Schnee liegen. Es war ein Klotz seines gestohlenen Baumes.

»Na!« sagte der Gustl und lud ihn auf den Schlitten, »ganz umsonst bin ich doch nicht da heraufgeklettert. Auch gut. Schließlich: man soll nicht allzuviel verlangen. Wie hätt' ich die vielen Bretter an den Bodensee bringen sollen?« Und er machte sich auf den Heimweg, bereits wieder zufrieden mit dem Schicksal, das ihm wenigstens noch einen Brocken zugeworfen hatte von der reichlichen Mahlzeit, die ihm entgangen war.

Im Dorf ließ er den Block der Länge nach fein zerschneiden und bekam gezählte neununddreißig Bretter, dünn wie ein Pappdeckel und eines schöner als das andere, ohne Wirbel und Äste. Sie werden eine Weile reichen, dachte er und baute sie sorgfältig auf dem Trockenspeicher auf, damit er sie im Frühjahr verarbeiten könne. Denn es war eine beschlossene Sache: Augustin Sumser würde am Bodensee sein, wenn die Kirschbäume blühten.

## *Das Ende vom Lied*

Erst als Augustin Sumser das grüne Mittenwalder Tal verlassen hatte und sich wiederum nach Westen wandte, spürte er, wie einsam und voll unbekümmerten Friedens das Leben im Dorfe gewesen war, trotz Rottstraße und Spieldose.
Es war ja Krieg, immer noch Krieg.
Mit jeder Meile, die er dem Bodensee entgegenging, fühlte er es deutlicher. Die Menschen bekamen einen gespannten, unruhigen Zug im Gesicht und lasen die Zeitungen, von denen der Gustl, solange er beim Tiefenbrunner gewesen war, nichts gesehen hatte. In den Wirtshäusern hockten sie beieinander und redeten nicht über Saat und Vieh, sondern über die Kriegsläufte, und eines Abends hörte Augustin zum ersten Male den Namen, der sich über Europa erhob wie ein heranrückendes Gewitterrollen: Bonaparte! Deutschland hätte nichts zu fürchten gehabt. Jourdan und Moreau waren von Erzherzog Karl an den Rhein zurückgedrängt worden. In Italien zwar stieg der Stern Bonapartes über den geschlagenen österreichischen Heeren – aber Italien war weit. Dennoch trugen die Wissenden tiefe Furchen auf der Stirn und sprachen von Verrat: Preußen hatte mit Frankreich den Sonderfrieden zu Ba-

sel geschlossen, die Hohenzollern hatten die Rücksicht auf das Ganze dem eigenen Vorteil geopfert, und Süddeutschland sah sich von dem klugen Bruder jenseits des Mains im Stiche gelassen.

Alles dies hörte der Gustl im »Hirschen« zu Reutte von einem Kalendermann, ließ sich's beweisen und fing sogleich an, die Preußen gründlich zu hassen, vielleicht etwas gründlicher, als unbedingt notwendig gewesen wäre. Und da dies seine erste politische Empfindung war, grub sie sich tief ein, und er vergaß ihrer in seinem ganzen Leben nicht. Daß freilich der Kalendermann gute französische Franken in der Tasche hatte, wußte Augustin nicht. Jedoch: was Preußen, was Österreich! Augustin Sumser reiste nach Lindau, und Lindau war weder preußisch noch österreichisch, sondern es war eine Freie Reichsstadt und hatte bislang vom Kriege nur wenig verspürt. Und überhaupt war er Spieldosenmacher und kein Staatsmann, und die da oben sollten nur zusehen, wie sie mit der Weltgeschichte fertig würden; er wußte sich Besseres.

Wo in Lindau die Dammgasse auf den Hafenplatz mündet, steht ein winziges, uraltes, gelbes Haus; auf dem vorgebauten ersten Stockwerke sitzt das hohe, spitzgiebelige Dach, und das ganze Ding schaut in die Welt, als ob es sein Lebtag nur lustige Leute gesehen habe.

Es war undenkbar, daß der liebe Augustin dieses Häuschen erblickte, ohne sogleich der Überzeugung zu sein, es habe all die Jahrhunderte her auf ihn, nur auf ihn gewartet.

Mit einem Herzen voll Seligkeit hatte er seinen Bodensee wiedergesehen. Es war zwar ein wenig später geworden, als er gewollt, und die Kirschbäume trugen statt ihrer weißen Blütenhemdchen schon das grüne, rotgetupfte Gewand des Sommers. Aber das änderte nichts an Augustins Glück.

Einen Tag lang hatte er in dem Wasserburger Pfarrhause freundliche Aufnahme gefunden, wo die Rosl noch immer herrschte. Dem Nachfolger des guten Oheims Knöpfle gefiel der Gustl, und er hätte ihn gern länger bei sich gesehen. Augustin aber hatte keine Ruhe. Gleich fuhr er nach Lindau hinüber, durchwanderte die Stadt nach einer hübschen und billigen Wohnung und entschloß sich in dem Augenblicke, da er das gelbe Häuschen in der Dammgasse sah. Er war dahin gewiesen worden; es hieß, der Fischer, dem das Haus gehörte, wolle ein Zimmer vermieten.

Augustin fand den Alten, wie er in biblischer Gelassenheit vor seiner Tür saß und an seinem Netze flickte.

Der Gustl setzte sich zu ihm und verschaffte sich bei dem Mann, da er sogleich über die schlechten Zeiten zu klagen begann, das Ansehen eines weltverständigen Jünglings. Ganz richtig: die Zeiten waren miserabel! Der Krieg, ja der Krieg . . . Der Teufel sollte den Fischfang holen: Die Netze wurden leerer von Jahr zu Jahr; die Felchen vollends waren heuer fast ganz ausgeblieben. Überhaupt! Man mußte schauen, wo man das Geld herbekam.

Nun, sagte der Gustl, er würde was darum geben, wenn er in einem so hübschen Hause wohnen könnte.

Das könnte der Herr leicht haben! antwortete der Alte. Das ganze Haus gäb' er her, wenn nur für ihn und seine

Frau noch ein wenig Platz bliebe. So? Augustin ging vorsichtig weiter, klug wie eine Schlange, denn es kam ihm darauf an, seine Wohnung recht billig zu haben. Die Verhandlungen zogen sich dadurch zwar in die Länge, aber er konnte mit dem Erfolg zufrieden sein: Er mietete das ganze erste Stockwerk. Der Fischer behielt das Erdgeschoß.

Das ganze obere Stockwerk – das klang ungemein großartig. In Wirklichkeit aber waren das zwei kleinwinzige Zimmer – so puppenhaft war das Haus. Zwei Zimmer um einen Preis, dessen sich Augustin hinterher fast selber schämte, so gering war er.

Abgemacht.

Er schlief die letzte Nacht in Wasserburg, ließ sich von der Rosl die fünfundsiebzig Gulden geben, die von seinem Erbteil noch übrig waren, und betrat am ersten Juli des Jahres 1796 in weihevoller Stimmung endgültig den Lindauer Boden. Was er sich als Kind vorgenommen hatte: in Lindau zu wohnen, das hatte er nun erreicht. Außerdem freilich noch nichts – aber der Gustl war weise und bescheiden.

Der Bürgermeister von Mittenwald hatte ihm einen wunderschönen Paß ausgestellt. Da auch seine übrigen Papiere in Ordnung waren, hätten die Behörden gegen seinen Aufenthalt in der Freien Stadt nichts einzuwenden gehabt, und deshalb wäre nichts von seinem Einzug in Lindau zu sagen gewesen. Aber dieser Augustin Sumser mußte nun einmal bei allem, was er tat, etwas Besonderes haben, und so ging es auch hier. Die zweitausend Menschenseelen, die auf der Insel lebten, waren allesamt lutherisch; nicht einmal ein Jude war dar-

unter. Und nun kam dieser Sumser und beanspruchte eine Extrawurst, insofern nämlich der Magistratsschreiber bei ihm in der Rubrik »Konfession« nicht einfach eine Unterführung hinsetzen konnte, wie bei allen anderen Leuten, sondern er mußte hinschreiben »katholisch«, und das störte das harmonische Bild seiner Liste und trug dem Gustl eine dahingehende Bemerkung ein. Augustin versicherte jedoch unaufgefordert, daß er keinerlei gegenreformatorische Umtriebe, sondern lediglich Spieldosen machen, und daß er die Glaubensfreiheit Lindaus in keiner Weise gefährden wollte.
Alsdann hielt er Einzug in seine Wohnung.
Dies war sehr einfach. Denn sein ganzes Gepäck bestand aus einem Rucksack und einem großen Bündel, und die zwei Stuben waren vollkommen leer. So leer, daß nicht einmal ein Stäubchen auf dem Fußboden zu sehen war.
Besagter Einzug bestand also lediglich darin, daß Augustin Sumser seinen Rucksack und sein Bündel hübsch nebeneinander in eine Ecke legte.
Dann beschaute er vergnügt seine vier Wände - nichts weiter als Wände! -, trat ans Fenster, erblickte den Hafen und sagte händereibend: »Es ist fabelhaft gemütlich bei mir!« Endlich aber entschloß er sich doch, dem Ernste des Lebens etwas weniger leichtfertig gegenüberzutreten. Zwei vollkommen leere Stuben waren vielleicht doch ein bißchen wenig für ein restloses Glück. Augustin prüfte die Lage. Der vordere Raum mit seinen zwei Fenstern eignete sich prachtvoll zur Werkstatt, der hintere wurde zum Schlafzimmer ernannt.
Der Gustl überlegte: Was brauchte man zu einer Ein-

richtung? Dabei fiel ihm eine solche Menge von Gegenständen ein, daß er ein wohlhabender Mann hätte sein müssen, um alles zu kaufen, was ihm wünschenswert erschien. Er kam bald zur Erkenntnis, daß der Weg, den er eingeschlagen hatte, verkehrt sei. Umgekehrt mußte er vorgehen, um zu einem vernünftigen Ergebnis zu kommen: Was konnte man für fünfundzwanzig Gulden kaufen?

(Denn fünfzig wollte er übrigbehalten.)

Und eine Viertelstunde später erstand er bei einem christlichen Tandler in der Salzgasse folgende Dinge: ein fertiges Bett, einen Tisch, zwei Stühle, einen Kleiderrechen, eine Kommode, eine Waschschüssel, einen Leuchter. Dafür gab er achtzehn Gulden aus. Um zwei Gulden kaufte er ein paar notwendige Kleinigkeiten: Tintenfaß und einiges Eßgeschirr. Am Nachmittag verschaffte ihm der Händler eine sehr alte, aber durchaus brauchbare Hobelbank um drei Gulden, und auf diese Weise wurde es Augustin möglich, sogar noch eine Art von Fenstervorhängen aus grobem Bauernleinen zu kaufen, ohne die festgesetzte Summe von fünfundzwanzig Gulden wesentlich zu überschreiten. Der Fischer half ihm, alle diese Dinge heimzukarren, und Augustin machte sich mit unglaublichem Vergnügen an die Einrichtung seiner Stuben. Ein Stuhl und die Hobelbank kamen in die Werkstatt, alles andere in das Schlafzimmer. Die Vorhänge wurden aufgenagelt, nicht sehr sachgemäß, dafür aber um so haltbarer. Aus Rucksack und Bündel kramte er ein paar Bilder und einen kleinen Spiegel, die er der Rosl abgebettelt hatte, hängte die Kleider an den Rechen, legte die Wäsche in die Kom-

mode und sagte bereits zum zweiten Mal an diesem Tage: »Es ist fabelhaft gemütlich bei mir!«
Er steckte die Hände in die Hosentaschen und wanderte glückselig in seinem neuen Reiche hin und her, zufrieden bis in den letzten Winkel seines Herzens. Zur Einweihung stellte er Anna Holidays Spieldose auf den Tisch und ließ sie Musik machen. Unterdessen saß er am offenen Fenster, betrachtete den See, der im Abendschein leuchtete, und war überzeugt, daß es auf der ganzen Welt niemanden gäbe, mit dem er tauschen möchte. Denn obwohl Augustin Sumser den Genüssen des Lebens von Natur aus keineswegs abgeneigt war, hatte er doch die glückliche Gabe, mit dem Geringsten zufrieden zu sein, wenn es nicht anders ging. Auch heute war er sich über die Kärglichkeit seines Hausrates vollkommen klar; aber er schaute nicht darauf, sondern auf die gute Seite dieser Tatsache, nämlich: daß er sein eigener Herr war und endlich sein eigenes Leben führen konnte.
Als der See verlosch, ging er zu den Fischersleuten hinunter, die ihn um ein Weniges an ihren Mahlzeiten teilnehmen ließen. Dann lief er noch durch ein paar Gassen und legte sich schließlich samt seinem glückseligen Herzen schlafen. Freilich hatte er nur einen Strohsack unter sich, und statt einer angenehmen Daunendecke begnügte er sich mit einer Pferdedecke; er fand jedoch, daß diese Pferdedecke allen anderen vorzuziehen sei; denn sie hatte eine ganz wunderschöne Kante, so daß man lustig sein mußte, wenn man sie nur anschaute.
Als er am Morgen die Augen aufschlug, sah er an der weißen Stubendecke über sich die spielenden Spiegel-

lichter, die der See durch die Fensterläden hereinkringelte – und er freute sich alsogleich wieder, begann seinen Tag mit Lachen und Summen und musterte abermals seinen neuen Besitz, der sich im hellen Licht recht anständig ausnahm. Dann holte er Papier und Feder und tat den ersten Zug für seinen Beruf, indem er bei einer preußischen Firma, die er noch während seines Aufenthaltes in Mittenwald ausfindig gemacht hatte, ein halbes Dutzend Messingwalzen von der und der Größe und der und der Beschaffenheit bestellte; ferner gab er dem Tiefenbrunner seine neue Wohnung an und bat ihn, die neununddreißig Bretter schleunigst zu schicken. »In Lindau«, schrieb er, »ist es herrlich! Jeden Abend vor dem Zubettgehen gehe ich noch einmal an den Hafen.«

Und dann dehnte er sein Geschäft sogleich weiter aus, denn die fünfzig Gulden, die er noch hatte, duldeten keine Faulheit. Am Brotplatz, schräg gegenüber den Brotlauben, fand er einen Uhrmacher. Es war ein junger Mann, kürzlich erst verheiratet, ein rechter Tüftler, aber von ebenso unternehmender Gesinnung wie Augustin. Er hieß Stotz. Diesem trug der Gustl seine Pläne vor. Stotz nickte beifällig, und das Ende der Unterredung war, daß er sich bereit erklärte, dem Gustl alles zu liefern, was er für die Triebwerke seiner Spieldosen brauchte. Bei ihm ergänzte Augustin auch sein feines Handwerkszeug, dessen wichtigste Teile er aus Mittenwald mitgebracht hatte.

Nachdem auch dies erledigt war, hatte er einstweilen nichts zu tun, als auf die Hölzer zu warten, die ihm der Tiefenbrunner schicken würde: Ahorn und Fichte. Er benützte diese Zeit, um sich gründlich in seine neue Heimat hineinzufinden. Das war freilich nicht schwer, denn in drei Viertelstunden konnte er leicht um die ganze Insel samt ihren vierhundert Häusern herumgehen.

Und das tat er immer wieder und freute sich über die schöne, einsame Stadt im Wasser.

Eigentlich waren es damals noch zwei Inseln, getrennt durch einen schmalen Wassergraben, zusammengeschlossen aber durch den gemeinsamen Festungswall mit seinen Schanzen und Türmen wie durch ein zackiges Halsband. Die östliche Insel, nahe dem Lande und mit ihm durch die einzige Holzbrücke verbunden, trug die Stadt auf ihrem flachen Rücken. Die westliche dagegen, die nach dem See und den Schweizer Bergen hinausschaute, war ein großer, segensschwerer Weingarten, in dem nur wenige Winzerhäuschen verstreut standen – ein Garten, durch dessen Raine viele geschlängelte, verschwiegene Pfade führten und an dessen Ufern ein Spazierweg neben der wehrhaften Mauer entlang lief.

Jetzt standen die Kanonen mit weiten Mäulern längs der Mauer; aber diese Mäuler schienen nicht sonderlich blutgierig aufgerissen zu sein – es war eher, als ob sie gähnten. Die Kanonen hatten das ewige Postenstehen satt, sie hatten den Krieg satt. Die Lindauer hatten den Krieg auch satt. Der Handel litt schwer darunter. Es war ein ungemütlicher Zustand, er machte einen mißmutig. Rund um die Stadt lagen die Schanzen vorgebaut in der Sommersonne: das Neue Werk, die Hurenschanze, der Pulverturm, das Fuchsloch, die Gerberschanze, und sie sahen recht drohend aus. Aber die hübschen Lindauer Stadtsoldaten mit ihren blauen Röcken, weißen Westen und weißen Hosen hatten schon lange keine Lust mehr, ebenfalls in der Sonne zu stehen. Sie hatten sich allmählich verlaufen, trugen lieber ihr schlichtes Bürgerkleid und gingen ihrem Handwerk nach. Und auf den großen Kanonenrohren saßen die Kinder rittlings und schrien »Bum, bum!«, damit sich die Stadt doch auf irgendeine Weise daran beteiligte, den schlimmen Napoleon unterzukriegen.

Er war schon recht fad, der ewige Krieg... Die Preußen, ja, die Preußen waren halt wieder einmal die Schlaueren gewesen! Sie hatten zu Basel ihren eigenen Frieden gemacht und sahen mit Ruhe zu, wie Moreau von neuem über den Rhein nach Süddeutschland vorrückte.

Wenn der Gustl abends sehr bescheiden und niemandem bekannt sein Viertel Wein trank, hörte er die Bürger ganz laut davon reden: daß man endlich einen Mut haben und es den Preußen nachmachen solle! Der Gustl erlaubte sich, als er diese böse Wirkung des bösen Beispiels sah, eine Privatmeinung und dachte: die Malefizpreußen! – aber er behielt sie klugerweise für sich. Indessen kam durch die öffentliche Meinung der Stein ins Rollen: Der Herzog Eugen von Württemberg schloß im Juli seinen Sonderfrieden mit Moreau, und Lindau folgte bereitwillig der Einladung, das gleiche zu tun. Die Stadt gedachte, dadurch aller Schwierigkeiten ledig zu werden. Aber es kam sehr bald ganz anders.

Zunächst freilich war die Freude groß, und man glaubte, ebenso klug gewesen zu sein wie die Preußen.

Jeder einsichtige Lindauer trank sich einen Rausch an und Augustin Sumser sogar einen besonderen, teils zur Gesellschaft, teils auch, weil eben an diesem Tage des Friedensschlusses seine Hölzer und seine Messingwalzen angekommen waren und er nun die Arbeit beginnen konnte; der Tiefenbrunner, der ihm herzlich zugetan war, hatte ihm eine hübsche Gitarre mitgeschickt, auf deren Deckel sauber die Worte eingebrannt standen »Dem lieben Augustin«. Und als nun die Gesellschaft, die sich am Tage des Friedensschlusses im »Lamm« versammelt hatte, immer lustiger wurde und die Polizeistunde immer gründlicher mißachtete, lief der Gustl, bereits nicht mehr ganz nüchtern, nach Hause und holte seine Gitarre, mit der er als Geigen- und Lautenmacher gut umzugehen wußte.

Im »Lamm« stieg er auf einen Stuhl und präludierte so kunstvoll, daß die Bürger sich wohlgefällig um ihn scharten, die Schoppengläser in der Hand, und im Takte mitsummten und stampften. Und dann kam der Gustl in virtuosen Kadenzen auf seinen ewig geliebten Landler und sang dazu einen ganz neuen Text:

>   Ach, du lieber Augustin,
>   alles is hin, alles is hin:
>   d'Schuh san hin, 's G'wand is hin,
>   's Geld is hin, 's Land is hin,
>   ach, du lieber Augustin,
>   alles is hin!

In seinem boshaften Übermute sagte er damit den Lindauern, was er von ihrem feinen Friedensschlusse

nach preußischem Muster hielt, aber er fürchtete sich nicht vor den Folgen seiner Offenheit, denn er sah: sie hatten alle schon das Gesicht voll Rausch, der neue Text paßte ihnen gerade. Und wahrhaftig jauchzte die ganze Bande, schrie »Vivat!«, wiederholte das schöne Lied, bis es auch in die langsamsten Gehirne eingerammt war, spottete ihrer selbst und wußte nicht wie.
Der Gustl wurde der Held dieser Nacht, mußte sich ungezählte Schoppen zahlen lassen, geriet in eine herrliche Laune, spielte und sang, so oft man's von ihm verlangte, und sank schließlich vollkommen glückselig und ebenso vollkommen betrunken mit unnachahmlicher Grazie von dem Stuhle, auf dem er gerade zum fünfzigsten Male das neue Augustinlied zum besten gegeben hatte. Er zog den Kopf zwischen die Schultern und dachte noch: Wenn es nur gut ausgeht! – Im selben Augenblick fühlte er sich von kräftigen Armen aufgefangen, schloß zufrieden die Augen – da schlief er auch schon wie ein Murmeltier.
Er wachte am hellichten Tage auf, und zwar in einer Dachkammer und auf einem Bette, die ihm beide durchaus unbekannt waren.
»O sakra, sakra!« seufzte er in sich hinein.
Am Fenster saß ein Mädchen und nähte. Augustin erinnerte sich, daß er dieses Gesicht und dieses braune Haar schon einmal gesehen hatte... »Was ist es denn?« sagte er, »wo sind wir denn? Einen Kopf hab' ich wie ein Wasserschaffl, und die Haar' tun mir so weh – o mei!«
»Ach, du lieber Augustin!« nickte das Mädchen am Fenster und hielt zum Einfädeln die Nadel gegen das Licht.

Fängt die auch schon an! dachte er und stellte sich auf seine Füße. Es fiel ihm dabei verschiedenes ein: Ach, du lieber Augustin!... Natürlich!... das war ja gestern abend gewesen. Die Friedensfeier!
»Da ist der Rock, Gustl, ich hab dir einen Knopf drangenäht!« sagte das Mädel und gab ihm eine blaue Jacke, die er als sein Eigentum erkannte. Duzen tut sie mich auch! dachte er wieder, zog den Rock an und schaute an sich herunter. Die Weste, die Kniehosen, die hübschen schwarzen Strümpfe und die neuen Schnallenschuhe – es war alles da; in einer Räuberhöhle schien er also nicht zu sein. Und dann betrachtete er das Mädchen und erinnerte sich endlich: das war ja die Loni aus dem »Lamm«...
»Na also!« sagte sie und lachte. »Aber so viel betrinken darfst dich nimmer, Guschtl! Es tut keinem gut. Und jetzt schau, daß du weiterkommst, b'soffenes Mannsbild, elendiges, liebes!«
Auweh! dachte Herr Augustin Sumser, mit der schein' ich etwas gehabt zu haben! Wenn ich nur erst draußen wär'! Aber laut sagte er: »Nichts für ungut, und ich danke für die freundliche Aufnahme. Adjes!«
Damit wischte er geschwind aus der Türe, ohne sich um das verblüffte Gesicht der Loni zu kümmern, stolperte vier steile Holzstiegen hinunter und lief nach Hause.
Er war in einer ganz schrecklichen Aschermittwochstimmung, und außer dem bitteren Rest, der ihm von dem verflogenen Wein geblieben war, machte ihm noch die Loni besonders Kopfweh.
Im Laufe des Tages konnte er sich damit trösten, daß

er nicht der einzige in Lindau war, der einen Kater hatte. Die gesamte Bürgerschaft war nach ihrem Freudentaumel recht fatal geweckt worden. Denn jetzt erst wurden die Friedensbedingungen bekannt, auf die der Rat sich eingelassen hatte. Es war kein Friede, sondern eine völlige Unterwerfung, und außerdem durfte Lindau mit den anderen schwäbischen Städten fünfundzwanzig Millionen Gulden an die Franzosen bezahlen ... Fünfundzwanzig Millionen Gulden!
Alle brummenden Schädel beglotzten diese Zahl, die gleich einem wirklichen Kater mit gesträubtem Schwanz dahockte und den Wohlstand wie einen Hering zu verschlucken drohte. Was würde übrigbleiben? Und mitten aus dieser aschgrauen Ratlosigkeit erhob sich vor den brummenden Schädeln eine Erinnerung an die vergangene Nacht, eine Melodie, ein Landler, und in allen Häusern von Lindau fing es an zu summen:

> Ach, du lieber Augustin,
> alles is hin, alles is hin,
> d'Schuh san hin, 's Gwand is hin,
> 's Geld is hin, 's Land is hin,
> ach, du lieber Augustin,
> alles is hin ...

Dieser verteufelte Kerl mit seiner Gitarre! Recht hatte er gehabt, so recht!
Augustin Sumser war mit einem Schlage populär.
Wohin er kam, überall fing es gleich an zu summen: Ach, du lieber Augustin ...
Er lachte.

Die Bürger lachten auch, aber sauersüß, nickten ihm zu und kratzten sich hinter den beträchtlichen Ohren: Ach, du lieber Augustin ...

Unterdessen begann in dem kleinen gelben Hause an der Dammgasse ein fleißiges Arbeiten. Der Gustl hatte es eilig, seine erste Spieldose fertigzubekommen, denn sein Geld schwand schneller, als ihm lieb war.
Seine geschickten Hände fanden sich leicht durch den Irrgarten von Rädern und Federn, und auch das Gehäuse, dessen Form er schon lange im Kopfe hatte, machte ihm keine Schwierigkeit. Blieb nur noch die Walze zu bearbeiten. Er überlegte keinen Augenblick, welches Stück er in das blanke Messing graben sollte: natürlich den lieben Augustin! Erst brachte er die Melodie als einfaches Thema, und dann ließ er eine Variation folgen. Es war keine Kleinigkeit, aber schließlich kam er auch damit zuwege. Mit rechtem Herzklopfen schraubte er die Walze an ihren Platz und setzte sich beklommen auf den Stuhl, als solle ein peinliches Halsgericht ihm sein Urteil sprechen.
Endlich drückte er den Knopf.
Ein leises Drehen begann in dem Kasten – und dann perlte es darin, reizend, leuchtend und geordnet wie die farbigen Glasstückchen in einem Kaleidoskop, immer wechselnd, immer neu und mit einer entzückend altväterischen Grazie.
»Das haben wir wieder einmal fein gemacht!« sagte der Gustl strahlend, das Herz zum Zerspringen voll Glückseligkeit.
Die Spieldose war ein wirkliches Kunstwerk.

Kein Kunstwerk von jener Erhabenheit, die einen Schauer aus den tiefsten Gründen des Seins wie ein Sternengewand um die Schultern trägt – sondern eines aus der freundlichen Schäferlandschaft einer Rokokoseele, wo die Akazien in die blaue Luft hineinflimmern, wo schneeweiße Schäfchen rosenrote Bänder mit silbernen Schellen um den Hals tragen und wo die schöne Phyllis mit Stöckelschuhen und Reifrock nur deshalb Hirtin spielt, um ihren Damon recht ungestört küssen zu können.

Es war nichts anderes als ein liebenswürdiger Ausdruck der Seele Augustin Sumsers, der dem Leben so leichtsinnig immer eine angenehme Seite abgewann. Nein – es war wirklich und wahrhaftig nicht erhaben! Es war, als Bild einer Welt, die es nie gegeben hatte, nicht einmal echt, und ein unerbittlicher Griesgram hätte es einfach eine niederträchtige Lebenslüge nennen können. Aber wenn es auch diese anmutige Schäferwelt niemals gegeben hatte, so bestand sie doch in Augustin Sumsers leichter Seele, und er brachte es fertig, sie ganz wunderhübsch abzubilden. Und eben deshalb war diese Spieldose ein Kunstwerk.

Am innigsten freute sich der Gustl über den Klang. Er ließ Anna Holidays Spielwerk laufen, verglich und nickte tiefzufrieden. Er war nicht umsonst in Mittenwald in die Lehre gegangen. Seine Rechnung stimmte.

Er geriet darüber in eine Laune, in der er die ganze Welt hätte umarmen mögen. Seine Musik beglückte ihn so und ging ihm so ins Blut, daß ihm die Stube plötzlich viel zu eng wurde. Draußen stand der blaue Himmel über dem silbernen See. Die Arbeit war getan. Augustin riß sich die Werkelschürze vom Leib und zog seine besten Kleider an. Er gedachte auszufliegen – ja, fliegen mußte seine vergnügte Seele.

Auf der Treppe kam ihm Loni entgegen und trug seine Gitarre unter dem Arm, die schon seit zwei Wochen im Wirtshaus gelegen hatte, ohne daß sich jemand darum kümmerte. Der Loni war das angenehm gewesen, denn nun hatte sie einen Vorwand, um diesen lieben Augustin zu besuchen, über den sich bereits die ganze Stadt freute und der sich damals so merkwürdig geschwind empfohlen hatte.

An einem anderen Tage hätte der Gustl über diesen Besuch vielleicht ein schiefes Gesicht gezogen. Aber heute, in dieser beglückten und grenzenlos weitherzigen Stunde, war ihm schon alles recht.

»Loni!« sagte er und fiel ihr zwei Stufen hinunter um den Hals, »geh her, Engel, Wollschaf! Dea ex machina! Du sollst sehen, was ich gemacht hab'!«

Jemand, der weniger stämmig gewesen wäre als die Loni, hätte durch diese Begrüßung jegliches Gleichgewicht verloren. Aber die Loni hatte den Gustl schon einmal vier Stiegen hinaufgetragen, sie hielt auch diesen Anprall aus.

In der Stube mußte sie sich ganz andächtig auf den Stuhl setzen und dem Kunstwerke Augustins zuhören. Es gefiel ihr außerordentlich, und wenn er auch merkte, daß sie nicht alle Vorzüge der Spieldose zu würdigen verstand, so fühlte er doch die große Achtung und Bewunderung, mit der sie ihn und seine Arbeit betrachtete. Er war damit zufrieden und klappte den Kasten zu.

Aber die Loni schien das Feld nicht so geschwind räumen zu wollen. Da saß sie, mitten in der Stube, frisch, rund und prallgesund, in einem vielfältigen dunkelroten Rock, mit weißen Strümpfen, eingezwängt in ein Samtmieder, die sonderbare kleine Bockelhaube auf dem braunen Haar.

»Eigentlich«, dachte der Gustl, »eigentlich ist sie hübsch . . .«

»Recht großartig möbliert bist du nicht«, sagte die Loni, stand von dem Stuhle auf und betrachtete die Bilder an den Wänden.

»Ich hab' schon noch einen Stuhl«, antwortete er, »aber der steht nebenan. Übrigens genügt dieser eine vollkommen.«

Damit setzte er sich und zog sie auf seine Knie, um ihr zu beweisen, wie recht er hatte. Sie ließ es sich gern gefallen, denn dazu war sie hergekommen.

»Loni«, sagte er ungemein zärtlich, »du mußt mir helfen, die Spieldose zu verkaufen.«

»So?« fragte sie und setzte sich ganz steil auf, »so? Ihr Mannsbilder seid schon die Richtigen! Wenn ihr was wollt, könnt ihr schön tun, und dann - heidi! Es ist einer wie der andere.«

»Du scheinst es zu wissen«, erwiderte er und verschaffte sich damit ein moralisches Übergewicht, denn sie mußte diesen Hieb wohl oder übel hinnehmen. »Ich werde heute abend zu euch hinaufkommen und den Kasten mitbringen. Einer muß ihn kaufen, oder wenigstens -«

»Nicht heute. Ich bin ja nicht droben heute, weil ich Ausgang hab' -«

»Ah so!« sagte Augustin, »freie Zeit! Wir werden zusammen spazierengehen.«
Sie strahlte ihn an.
Und dann wanderten sie selbander über Äschach auf den Hoyerberg. Es kam dem Gustl vor, als sei er in den letzten Wochen ein Wahrzeichen der Stadt geworden, wie der Mangenturm oder die große Linde am Stift – wer ihn sah, zwinkerte ihm aus den Augenwinkeln zu, und auf der Brücke unterbrachen ein paar Buben ihre Rauferei und sangen hinter ihm drein: Ach, du lieber Augustin . . .! Er freute sich. Die Loni wuchs um einen Zoll, vor Stolz über ihren Begleiter.
Es war ein wundervoller Nachmittag, so gläsern, wie nur der Bodensee seinen Himmel über sich aufbauen kann. Auf den Feldern sanken schon die Halme unter Sensenschnitt. Der Säntis leuchtete wie Silber in der Sonne, weiße Segel standen auf dem mattblauen Wasser.
Augustin redete wenig. Er ließ diese ganze Herrlichkeit in sein weitoffenes Herz und hing in dem Sommerflimmern der Wiesen wie ein Falter.
Oben auf dem Hoyerberg setzte er sich neben das Mädchen ins Gras und schwieg weiter. Noch nie hatte er inniger gefühlt, daß die hingebendste Weltlichkeit und die tiefste, andächtigste Frömmigkeit eins miteinander seien. Er dachte nicht darüber nach, denn denken konnte er nicht, so eingeschläfert war er von der Süße dieser Gotteswelt; aber er wußte es.
Kaum, daß er die Loni schwatzen hörte. Er nickte hin und wieder, das mußte ihr genügen.
»Du!« sagte sie endlich.
»Hm?«

»Wo bist du mit deinen Gedanken?«
»Ich bin überhaupt nirgends«, antwortete er, »ich schwebe. Ich bin Baum, Blume, Welle, alles. Ich ziehe den Geist aus der Erde wie die Rebe hier. Ich sehe, wie die Welt atmet. Ich höre – na?«
Augustin Sumser fuhr aus seinen Schwärmereien auf. Die Loni spitzte die Ohren.
In Äschach trommelte es. Und da flog ein Trompetenstoß über die Gärten herauf –
Die beiden sahen einander an.
»Mir scheint«, sagte Augustin bedenklich, »der Frieden ist ausgebrochen. Die Österreicher rühren sich!« Er stand auf. Die Loni war zornig auf die Weltgeschichte, die ihr in diese Schäferstunde rücksichtslos hineinpfuschte.
Aber der Gustl lachte. »Jetzt haben sie es! Loni, ich glaub' fast, die Freie Reichsstadt Lindau soll mit Militärmusik zu Grabe getragen werden. Das müssen wir uns anschauen.« Sie liefen der Stadt zu.
Wahrhaftig: in Äschach zogen die Österreicher durch die Straßen, in ihren schönen weißen Uniformen, kriegsmäßig ausgerüstet. An der Brücke, die nach Lindau hinüberführt, machten sie halt. Die Stadt hielt das Tor geschlossen.
»Na!« sagte Augustin und besah die blanken kaiserlichen Kanonenrohre, die begehrlich nach der Insel hinglotzten.
Der General Wolf stellte die Lindauer vor die Wahl, entweder das Tor zu öffnen oder ihre Stadt als feindliche Festung belagern und beschießen zu lassen. Ob Lindau eigentlich deutsch oder welsch sei?

Das hatten sie von ihrem Sonderfrieden.
Eine halbe Stunde später knarrte das Tor auf, und die Österreicher rückten ein. Alle Geschütze auf den Wällen, alle Waffen, sogar die Säbel der hübschen Stadtsoldaten mußten abgeliefert werden und wurden eilends nach Bregenz geschafft. Außerdem hatten die Bürger bis zum Abend siebzigtausend Gulden Kontribution zu zahlen ... Augustin Sumser, seine Loni am Arm, spazierte hinter dem letzten Österreicher über die Brücke. Er gönnte es den Lindauern, daß die Strafe so geschwind gekommen war; jetzt durften sie nach zwei Seiten bezahlen und mußten sich überdies gefallen lassen, was demjenigen beliebte, der jeweils der Stärkere war.
Die Bürger ließen die Ohren aufs jammervollste hangen und wurden blaß, wenn sie einen weißen Waffenrock erblickten.
Der Gustl kaufte noch schnell ein paar Lebensmittel, denn die Preise begannen bereits in die Höhe zu schnellen.
Dann ging er mit der Loni nach Hause. Kein Abendläuten, kein Zapfenstreich heute! Statt dessen stellte der Gustl recht frech seine Spieldose ans offene Fenster und ließ sie hinausklingen: Ach, du lieber Augustin ...!
Weil niemand mehr auf die Straße durfte, mußte die Loni wohl oder übel bei ihm bleiben – ein Umstand, der ihre feindlichen Gefühle gegen das österreichische Heer wesentlich milderte. Sie trug den Stuhl zu seinem Genossen ins Schlafzimmer, deckte den Tisch, so gut sich dies mit Augustins Habseligkeiten machen ließ, und der Gustl, der diese weibliche Ordnung und Für-

sorge heute doppelt angenehm empfand, ließ es sich mit Wohlbehagen gefallen.

Zwar hatte er die tugendhaftesten Vorsätze gehabt, aber er sah ein, daß die Weltgeschichte es offenbar anders wollte, und es fiel ihm nicht ein, sich gegen das Schicksal zu sträuben, noch dazu, wenn es so hübsch und vielversprechend war wie die Loni.

Und also kam es, daß Augustin Sumser wahrscheinlich der einzige Mensch in Lindau war, der aus diesem Schreckenstag eine Annehmlichkeit herauszog, ein rosenrotes Band aus einem Haufen von Trümmern und Fetzen.

In der Morgensonne wachte er plötzlich auf. Er fühlte den warmen, ruhigen Atem des Mädchens an seiner Schulter.

Die Stiege herauf aber kam Sporengeklirr, und da ging schon die Werkstattüre auf, die der leichtsinnige Gustl nicht einmal zugeriegelt hatte.

Der Gustl sprang sehr eilig aus dem Bette, hörte die schlaftrunkene Loni etwas Unfreundliches murmeln, stand in seinem kurzen Hemd mitten in der Stube und rieb sich die Augen. Denn in der Türe erschien ein leibhaftiger französischer Chasseurleutnant.

Ein elegantes Kerlchen, sauber beisammen, kein Sansculotte, sondern ein Offizier, dem man das Ancien régime auf zehn Schritte ansah.

Er erfaßte die Lage sogleich, lächelte den verblüfften Augustin ein wenig an und sagte: »Excusez, monsieur!« Dann trat er in die Werkstatt zurück.

»Gleich!« sagte der Gustl und fuhr in seine Hosen.

Die Loni riß endlich die Augen auf. »Was ist, Guschtl?«

»Einquartierung bekomm' ich –«
Es gab ihr einen Ruck. »Jessas! Meine Tugend!«
»Halt's Maul!« sagte der Gustl, sehr mit sich beschäftigt, »ich werd' schon sorgen, daß deine Tugend unversehrt bleibt!«
Dann ging er zu dem Leutnant hinaus und freute sich, daß er beim guten Pfarrer Knöpfle und in Meersburg ein so ordentliches Französisch gelernt hatte.
Wahre Kavaliere verstehen einander in heiklen Lagen bewundernswert gut.
Der Chasseur ließ also alles Martialische beiseite, entschuldigte sich noch einmal und legte dem Gustl nahe, daß es vorteilhafter sei, bei derartigen Gelegenheiten die Türe zu verschließen. Im übrigen solle Monsieur Sumser nur nicht erschrecken. Die Franzosen seien auf die Nachricht von der Besetzung Lindaus beflügelt herbeigeeilt, und es sei ihnen, wie er sähe, geglückt, die Stadt zu befreien. Das heißt: die Österreicher hätten sich schleunigst und ohne Kampf von der Insel zurückgezogen: auf dem Land wird noch ein bißchen geschossen, mais cela n'importe. Der Chasseur war ein artiger Mann. »Wir sind Ihre Freunde und Befreier. Ich glaubte hier ein Quartier zu finden. Bei dem beschränkten Raum freilich – ich denke nicht daran, Madame in Verlegenheit zu setzen –«
»Allerdings«, sagte Monsieur Sumser, »wir werden überdies in wenigen Tagen eine ganz andere Einquartierung bekommen – Madame – Sie verstehen?«
»Um Gottes willen!« sagte der Leutnant, »ich gratuliere Ihnen im voraus!«
Er empfahl sich auf die höflichste Weise der Welt.

Der Gustl wartete, bis die Haustüre zuschlug. Dann fing er unmäßig an zu lachen und setzte sich zu Madame aufs Bett. »Loni«, sagte er, »du hast mir die Ruhe meines Hauses gerettet! Ich werde es dir nie vergessen. Aber sei so gut und richte dich nicht nach dem, was ich dem Leutnant gesagt habe!«

»Ich hab' ja kein Wort verstanden von eurem Geschnatter!«

»Desto besser!«

»Aber«, sagte sie, »wie kommen die Franzosen da herein? Gestern waren's doch noch Österreicher?«

»Ja!« nickte er und zog die Brauen hoch, »der saubere Friede! Hin und her, heute der – morgen der. Und am Schluß? Alles is hin, alles is hin. Das ist das Ende vom Lied.«

# *Duett in der Dämmerung*

Die Zeiten blieben schlecht. Je nachdem das Kriegsglück wechselte, lagen die Franzosen oder die Österreicher in der machtlosen Stadt. Aber das Leben, das sich wunderlicherweise auch durch die schlimmsten Hagelschläge des Schicksals nicht ausrotten läßt, ging trotzdem weiter. Sogar Augustin Sumser, dieses allernichtsnutzigste Glied der menschlichen Gesellschaft – denn wozu braucht die Welt, zumal in Kriegszeiten, Musik? –, lebte weiter. Ja, er lebte gar nicht einmal schlecht weiter! Seine erste Spieldose hatte er sehr bald verkauft, und zwar an einen Arzt, der bei dem Adel des Bodenseeufers sehr beliebt war und dessen Teegesellschaften von vielen wohlhabenden Leuten besucht wurden. Bei ihm sahen und hörten diese Leute Augustins Werk. Es dauerte nicht lange, so erhielt der Gustl einen neuen Auftrag. Diesmal grub er ein französisches Schäferlied in die Walze, und das glückte ihm fast noch besser als sein einfacher Landler. Die Damen waren entzückt, und Augustin bekam die fast unglaubliche Summe von vierzig Gulden für seine Spieldose!
»So!« sagte er, ungemein befriedigt, »das langt eine Weile.«

In der nächsten Woche bekam er drei neue Bestellungen. Aber was tat dieser Sumser?
Er nahm sie zwar an, ließ sich aber auf keine Frist ein und dachte gar nicht daran, zu arbeiten.
Es war genau wie damals, als er rechnen lernen sollte: Ehrgeiz hatte er nicht für einen roten Heller, und das Geld mißachtete er in einer Weise, die des Diogenes würdig gewesen wäre. Er besaß jetzt vierzig Gulden und wußte, daß er nur zu arbeiten brauchte, um weitere dreimal vierzig zu verdienen. Gut!
Das Geld in seinem Beutel würde für wenigstens zehn Wochen ausreichen, und in diesen zehn Wochen machte Augustin Sumser auch nicht einen Finger krumm. Die Lilien auf dem Felde wurden gelb vor Neid, wenn der Gustl an ihnen vorüberging: sie fühlten, daß da einer war, der womöglich noch sorgloser lebte als sie.
Und er lebte, abgesehen von der Politik, die sein heimliches Steckenpferd war und bisweilen ungute Gedanken in ihm aufkommen ließ, recht glücklich.
Die Loni blieb ihm treu, solange es ging.
Als es nicht mehr ging, wurde sie ihm untreu. Der Gustl regte sich darüber nicht im geringsten auf, kündigte ihr in aller Ruhe die Freundschaft und lebte einspännig weiter. Er lief den Frauen nicht nach, er nicht!
Überdies hatte er nie sehr an ihr gehangen; der Gedanke an Mylady verdarb ihm den Geschmack an weißen Wollstrümpfen; es war ein wenig Gift in seinem Herzen geblieben seit seiner ersten Liebe, ein angenehmes und süßes Gift, der Wunsch nach sehr viel Zivilisation und Wohlgewaschenheit; und da er dies nicht ha-

ben konnte, blieb er gern allein. Er kaufte eine Handvoll Moschus und versteckte die Körner wie Ostereier in allen Winkeln seiner Stube; seitdem fiel es ihm leicht, sich einzuspinnen in seinen Erinnerungen – daß er dabei sacht in immer hagestolzigere Bahnen kam, merkte er nicht. Aber seine Freunde im »Lamm« merkten es, denn Augustin ließ sich immer seltener blicken. Er lief bei schönem Wetter durch das Land, oder er ruderte sich langsam über den geliebten See, oder er saß, wie er schon zu Wasserburg getan hatte, auf einer Ufermauer, lauschte auf das Klingen der Wellen und träumte. Die Welt war so schön, daß er blumenhaft still ganz in ihr aufging; seine Freunde sagten daher, er führe ein recht weltabgewandtes Leben. Bei schlechtem Wetter blieb er daheim und las. Wahrhaftig, Augustin Sumser hatte es mit dem Studieren bekommen! Irgendwer lieh ihm die »Leiden des jungen Werther«. Er las den Roman in einer Nacht und am folgenden Tage zum zweiten Male. Darauf begann er plötzlich zu arbeiten, hatte eine Woche später die erste der bestellten Spieldosen fertig und kaufte sich um zwanzig Gulden alle Werke des weimarischen Ministers von Goethe, die Dramen Schillers und Geßners »Idyllen«. Für die anderen zwanzig Gulden ließ er sich einen neuen Anzug machen, der demjenigen des jungen Werther ziemlich ähnlich war und in dem seine hübsche Gestalt aufs vorteilhafteste zur Geltung kam.

So geriet Augustin Sumser in die sentimentalste Zeit seines Lebens hinein und vergaß darüber beinahe seinen leichten Sinn. Die Einsamkeit, die früher nur zufällig gewesen, war ihm jetzt tief erwünscht, und in seiner

unbekümmert schäferhaften Seele ging eben jene Wandlung vor sich, die einige Jahrzehnte vorher die leichte Seele des Rokoko durch Rousseaus Werke erlebt hatte. Und endlich merkte er, daß das Rokoko gestorben sei!
Der Zeitgeist hatte sich gewandelt; er lebte nicht mehr im Menuettschritte, sondern er marschierte in den Bataillonen Napoleons und schluchzte an tausend Gräbern; er tändelte nicht mehr, sondern er weinte. Schnörkel und Goldtressen verschwanden, Reifröcke und Perücken verfielen dem Lose, das ihre reizende Verlogenheit verdiente. Die große, fließende Linie trat an ihre Stelle, streng und sentimental zugleich. Die Männer ließen von Tressenbesatz, Spitzenjabot und Seidenstrümpfen und bekehrten sich zu dem einfachen Frack. Die Frauen trugen das unter dem Busen leichtgegürtete griechische Gewand. Die Welt wurde schlicht und empfand heroisch. Leider war Augustin Sumser gar nicht heroisch veranlagt. Er fühlte, daß dies nicht zeitgemäß war, und stand der neuen großen Linie verlegen und unbehaglich gegenüber. In seinem heimlichsten Herzen flatterten eben doch noch Rosenbänder, klangen doch noch Schäferschalmeien, sangen doch noch die süßen, silbernen, kleinen Wellen des Sees. Er fühlte sich fremd unter den Menschen und geriet darob in eine Traurigkeit, deren Grund er selbst nicht kannte, die ihm jedoch recht wohltat. Und so wählte er, ganz unbewußt und nur der Neigung seines Herzens folgend, diejenige Seite der neuen Zeit für sich, die in seinem augenblicklichen Zustand am besten für ihn paßte: die Sentimentalität.

Weil er über sein eigenes Leben nicht klagen konnte, begann er, das Leben im allgemeinen recht miserabel zu finden und flüchtete sich an den Busen der Einsamkeit und der Natur; behaglich unter Apfelbäumen ins Gras gestreckt, las er »Kabale und Liebe« und bemerkte erst jetzt, wie schlecht einerseits und wie edel andererseits die Menschen sind.
Er seufzte, verbrachte mehrere Stunden täglich in unnennbarer Rührung und war in dieser wehmütigen Verfassung recht glücklich.
Es wäre ihm vielleicht nicht schwergefallen, Elegien zu dichten, aber dazu war er zu faul. Seiner nächsten Spieldose hauchte er ein entzückendes Andante pastorale ein, dessen Thema er zwar Carulli gestohlen, aber so selbständig mit Empfindsamkeit bearbeitet hatte, daß es ihm beim Zuhören war, als tröpfelte sein eigenes Herzblut langsam in einen Junisonnenuntergang hinein. Er konnte sich von dem Werke nicht trennen, obwohl es zu den bestellten gehörte, sondern behielt es. Denn allzuviel von seiner Seele wollte er nicht hergeben.
Im Oktober 1797 wurde zwischen Napoleon und Österreich der Friede zu Campo Formio geschlossen, und Deutschland hatte einstweilen Ruhe.
Die Stadt Lindau wurde endlich von der fremden Besatzung frei, aber sie hatte keine Ursache, das Ende des Krieges mit Freudenfesten zu feiern; ihre Finanzen waren durch die dauernden Einquartierungen und Kontributionen so zerrüttet, daß sie fast ihren gesamten Besitz auf dem Festlande verkaufen mußte und arm wie eine Wassermaus sich auf ihrer Insel hinter den zwecklosen Mauern und Schanzen versteckte.

Immerhin: Es war Friede geworden.
Wegen der kläglichen Lage der Stadt schrieb der Rat eine Menge neuer Steuern aus und tat damit nicht nur den Bürgern, sondern auch dem zahlenfeindlichen Augustin Sumser sehr weh. Denn der Gustl hatte wieder einmal gelebt, ohne zu rechnen, leider auch ohne zu arbeiten, und nun wußte er nicht, woher er seine Steuern nehmen sollte. Der Steuereinnehmer war ein ungemein grimmiger Mann, der sich schon über den bloßen Namen Sumser ärgerte, da er fand, daß dieser in die schweren Zeiten keineswegs hineinpaßte; Augustin stellte ihm zwar vor, daß er allein die Finanzen nicht wesentlich verbessern könne – aber der Grimmige bestand auf seinem Schein und drohte mit einer Pfändung. Der Gustl seufzte. Seine üble Meinung vom Leben war doch durchaus berechtigt! Und mit wundem Herzen entschloß er sich, seine schöne Spieldose mit dem Andante pastorale endlich zu verkaufen, um den Nachstellungen der Staatsgewalt zu entgehen.
Aber billig würde er sie nicht hergeben! Der Uhrmacher Stotz versprach, das Geschäft in die Wege zu leiten.
Der Uhrmacher hatte das Amt, allwöchentlich sämtliche Uhren im Stift aufzuziehen, und er hoffte, Augustins Werk dort unterzubringen.
Dieses adelige Damenstift zu Lindau war ein seltsames Ding.
Als es zu Zeiten Karls des Großen gegründet wurde, war es ein Nonnenkloster wie hundert andere auch. Die Adelsgeschlechter am Bodensee beschenkten es reich, und allmählich wurde es Gepflogenheit, daß nur

Fräulein aus diesem Adel in das Kloster aufgenommen wurden. Sie mußten die Aufnahme hoch bezahlen, aber dafür kamen sie in eine recht feudale Gesellschaft; und weil die Fräulein für ihr gutes Geld auch etwas haben wollten, wurde das Leben im Kloster immer lustiger; und wenn es ihnen trotz alledem zu langweilig erschien, ließen sie sich Urlaub geben. Gewöhnlich kamen sie von diesem Urlaub nicht zurück, denn sie hatten geheiratet, und ihre Ehemänner konnten, bei aller Rücksicht, denn doch nicht gut in das Nonnenkloster aufgenommen werden.
Diejenigen aber, die durchaus keinen Mann finden konnten oder wollten, vergnügten sich auf ihre Weise. Zum Beispiel stickten sie mit feinen, blassen, adligen Händen die allerkostbarsten Bilderteppiche, auf denen zwar nicht der Einzug in Jerusalem und der Sturm auf dem See Genezareth, wohl aber die Geschichte von Samson und Dalila zu sehen war, und die Historien von David und der schönen Sunamitin, und von Salomo und seinen moabitischen Weibern, wie dies im ersten Buche der Könige geschrieben steht. Weswegen unter dem gemeinen und unverständigen Volke auch sehr bald allerhand böswillige obloquia et murmurationes umliefen, um die sich die Damen freilich nicht kümmerten; sondern sie führten ihr Leben weiter und erregten damit bei verständigen Leuten kein Ärgernis, sondern Wohlgefallen, wie denn auch der galante Kaiser Max sich der schönen Frauen von Lindau stets mit Vergnügen erinnerte. So wurde aus dem Nonnenkloster mit den Jahrhunderten ein freiweltliches Damenstift, das jedoch an seinen uralten Vorrechten zäh fest-

hielt und an dessen Spitze noch immer eine Fürstäbtissin stand.

Zu der Zeit, da der Uhrmacher Stotz die Spieldose Augustins im Stift verkaufen wollte, regierte dort als Fürstäbtissin die siebzehnjährige Friederike, Reichsgräfin von Bretzenheim, eine natürliche Tochter des Kurfürsten Karl Theodor von Bayern.

Sie lebte mit den wenigen Kapitulardamen, die aus besseren Jahren übriggeblieben waren, recht einsam. Die Zeiten hatten ein zu ernstes Gesicht für Lustbarkeiten, das Stift war ein verlorener Posten in dem ganz lutherisch gewordenen Lindau und lag obendrein mit der Stadt im ewigen Hader wegen der lächerlichsten Kleinigkeiten, so daß die Damen es vorzogen, ihr schönes Kloster neben der Hauptwache so selten wie möglich zu verlassen.

Sie tranken Tee, schrieben Briefe, machten Handarbeiten, klatschten ein wenig und langweilten sich viel.

Besonders der Freitag war fatal, denn freitags gab es Fische, und Fische mochten sie nicht. Zum Troste hatten sie sich den Uhrmacher Stotz für Freitag bestellt, damit er die Zeit auf dem laufenden hielte. Wenn er seines Amtes gewaltet hatte, bekam er eine Tasse Tee und mußte erzählen, was sich in der vergangenen Woche Neues begeben hatte. Und eben bei dieser Gelegenheit brachte er die Rede auf Augustin Sumser. »Ein Künstler!« sagte er und richtete seine Augen entzückt in die Unendlichkeit, denn der Gustl hatte ihm einen Gulden versprochen, wenn das Geschäft zustande käme, »ein Künstler! Die Welt reißt sich um seine Werke, und es ist ein Vorzug, wenn man eines davon bekommt; denn

Herr Sumser arbeitet so ungemein sorgfältig, daß seine Produktion leider nur sehr beschränkt ist. Was das Musikalische anbetrifft –«
»Ist er jung?« fragte das Fräulein Antonie von Enzberg.
»Ja.«
»Verheiratet?« fragte Karoline von Westernach.
»Nein.«
»Hübsch?« fragte Sophie von Ungelter. »Soviel ich beurteilen kann –«
Und die junge Fürstäbtissin meinte: »Er soll halt einmal herkommen. Sie sehen ja, Stotz, daß meine Damen vor Neugier bersten.«
»Fi donc!« sagten die drei anderen und beugten sich mit roten Köpfen über ihre Stickereien.
Als Stotz gegangen war, sah die Westernach entrüstet ihre Äbtissin an. »Du kompromittierst uns, Friederike! Du bist unmöglich mit deiner Naseweisheit! Was geht uns ein Spieldosenmacher an, der überdies Sumser heißt?«
»Das ist eure Sache«, erwiderte Friederike, »ihr wolltet wissen, ob er jung, verheiratet und hübsch ist. Also werden wir ihn ansehen. Vielleicht langweilen wir uns einmal nur dreiundzwanzig Stunden am Tage statt vierundzwanzig. Das wäre schon etwas. Außerdem bin ich die Äbtissin und habe für euch zu sorgen. Himmel, es ist schon sechs Uhr! Marsch in die Kirche!« Augustin Sumser wurde von dem Uhrmacher sogleich über das Geschehene unterrichtet. Er ließ ein paar Tage verstreichen und putzte sich dann aufs sorgfältigste heraus. Er zog die sehr engen sanftgelben Pantalons an, hübsche Stiefeletten und einen schwarzvioletten Frack, dessen

Kragen aufgerichtet war und den Kopf wie eine würdevolle Balustrade umgab. Eine weiße Halsbinde, die bis ans Kinn reichte, und ein ins Kolossalische geschweifter Zylinderhut vervollständigten den höfischen Eindruck. Der Gustl gefiel sich, als er sich nicht ohne Schwierigkeiten in seinem kleinen Spiegel betrachtete – obwohl er sich zugleich ein bißchen komisch vorkam. Er packte die Spieldose ein, stellte sie aber im letzten Augenblick wieder auf den Tisch; denn es fiel ihm ein, daß er die Rolle durchführen müsse, die Stotz ihm angewiesen hatte: er würde den Kasten nur aus Gefälligkeit und keinesfalls um des Geldes willen hergeben.
Zur Teestunde wanderte er nach dem Stift. Als er auf den Markt kam und von der Ecke des Cavazzen aus das Kloster sah, erinnerte er sich des Tages, da er mit dem guten Pfarrer Knöpfle hier gestanden und zugeschaut hatte, wie die damalige Fürstäbtissin einem armen Schelm aus seiner hochnotpeinlichen Lage half. Hoffentlich, dachte er und fühlte nach seinem leeren Geldbeutel, geht es mir heute ebenso.
Im übrigen: Wer hätte damals geahnt, Gustl, daß du einmal die Fürstäbtissin besuchst? Der gute Pfarrer Knöpfle sicher nicht. Nun, man kann recht zufrieden sein.
Und mit so gehobenem Selbstbewußtsein betrat er das vornehme Gebäude.
Man führte ihn über Treppen und Korridore nach dem alten Refektorium, einem hohen Raume mit großen Fenstern, die über die niedrigen Dächer der Fischergasse hinweg nach dem See schauten. Es war seit langem nichts mehr von nonnenhafter Frömmigkeit in

dem Gemache zu spüren. Feine Möbel mit geschnörkelten Goldfüßen und mattblauen Damastbezügen standen vor venezianischen Spiegeln, in den Kristallprismen des Kronleuchters funkelte der Nachmittag, und wie eine feine, unsichtbare Wolke hing ein Moschusduft über allem. Es roch – ach! nach Anna Holiday.
An einem runden Tisch saß die junge Fürstäbtissin mit ihren drei Damen. Jede hatte ein kleines Elfenbeinschiffchen in den Fingern: sie häkelten Frivolitäten.
Augustin Sumser wußte, daß er angemeldet worden sei, und trat nun mit seiner liebenswürdigsten Verbeugung in den Salon.
Nur die Äbtissin hob das Gesicht – die drei Damen arbeiteten eifrig weiter.
»Ah, Herr Sumser –«, sagte sie, so würdevoll es ihre siebzehn Jahre irgendwie erlaubten, »treten Sie doch näher. Nehmen Sie Platz. Der Uhrmacher hat Sie uns empfohlen. Man spricht von Ihnen. Sie sind ein Künstler.«
Augustin verneigte sich im Sitzen, ließ die Äbtissin in ihrer Konversation weiterplätschern und betrachtete sie aufmerksam.
Friederike von Bretzenheim war, ungeachtet ihrer fürstlichen und kirchlichen Würde, ein schönes Mädchen, schöner noch durch das leichte fließende Gewand, das in seiner klassischen Ruhe seltsam abstach von dem blassen, unregelmäßigen Gesichtchen. Es schien, als ob dieses Gesicht wie eine unwesentliche Fassung um die großen dunklen Augen herumgearbeitet sei von einem geschickten Silberschmiede, der wohl wußte, daß man

die Aufmerksamkeit nicht durch kleine Nebensachen von dem schimmernden Mittelpunkt ablenken dürfe. Augustin ließ sich auch wirklich nicht ablenken, weder durch das Gespräch noch die krausen schwarzen Locken des Mädchens, die, ein wenig à la sauvage, den Kopf umrahmten, sondern er sah mit dem Ausdruck der höflichsten Aufmerksamkeit unverwandt in diese schönen Augen.

»Sie wollten uns Ihre Spieldose zeigen, nicht wahr? Wenn sie mir gefällt – und ich glaube bestimmt, daß sie mir gefallen wird –, kaufe ich sie; ich bin ungeschickt für Musik, aber ich liebe sie sehr –«

»Meine Liebe«, sagte da die Ungelter in einem ganz rapiden Französisch, »wenn du auch repräsentieren mußt, so brauchst du uns andere deshalb doch nicht wie kleine Kinder in der Ecke stehen zu lassen. Es ist ungezogen. Wir wollen auch etwas von ihm haben, wenn er auch dumm ist wie ein Fisch und immer nur ›ja‹ sagt. Und mache ihm nicht so verliebte Augen!«

»Aber Madame!« sagte Augustin Sumser da plötzlich in einem ebenso geschwinden und ebenso guten Französisch, »Sie vergessen, daß ich nicht der Uhrmacher Stotz bin. Ich möchte vorschlagen, die Unterhandlungen auch weiterhin in deutscher Sprache –«

Die Ungelter tat einen Schreckensschrei und schnellte in die Höhe.

Sie warf die Teetasse um, raffte ihre Häkelei zusammen und rannte aus dem Zimmer. Die Westernach und die Enzberg liefen mit puterroten Köpfen hinter ihr her und drängten sich neben ihr zur Türe hinaus, hilflos und albern wie Tauben, unter die der Habicht gestoßen ist.

Dann war eine große Stille in dem weiten Raume.
Die kleine Fürstäbtissin saß regungslos da, gar nicht sehr fürstlich, sondern als ein grenzenlos beschämtes und verlegenes Mädchen, und versteckte ihr Gesicht hinter den Händen.
»Gnädigste Frau Äbtissin«, sagte der Gustl endlich mit der sanftesten Ergebenheit, deren er nach diesem Siege fähig war, »ich wäre untröstlich, wenn ich Sie in Verlegenheit gebracht haben sollte. Aber da man mir vorwarf, daß ich dumm sei wie ein Fisch –«
Friederike verbarg sich hartnäckig weiter hinter ihren Händen.
»Sie sehen mich in Verzweiflung! Ich schwöre Ihnen, daß ich von dieser Minute an kein Wort Französisch mehr verstehe, wenn Sie es wünschen. Sie sind zornig auf mich! Ich glaube fast –«, sagte Augustin wirklich erschrocken, denn er sah, daß ihre Schultern zuckten. – Er stand auf.
»Ach!« sagte sie da und ließ die Hände in den Schoß sinken.
Sie lachte ja! Die kleine Fürstäbtissin lachte!
Der Gustl schaute ganz verblüfft zu ihr hinab und sie zu ihm hinauf – und lachte – ihre Stimme hüpfte wie eine Amsel über den Tisch. »Nun haben Sie mich düpiert!« sagte Augustin. »So ist es immer: zum Schlusse sind die Männer doch die Düpierten.«
»Setzen Sie sich nur wieder!« sagte sie, beruhigte sich allmählich und bemühte sich, ihre frühere Würdigkeit wiederzufinden. »Es geschah der Ungelter ja so recht ... Sie glauben gar nicht, wie ich mich freue – in dieser Hinsicht! Anderseits ist es eine ganz unmögliche

Geschichte – lieber Herr Sumser, Sie werden doch nicht in der Stadt –?«
Der Gustl setzte seine ehrbarste Miene auf. »Sie kränken mich, gnädigste Frau! Ich werde schweigen wie ein Grab, wie ein ganzer Friedhof!«
»Versprechen Sie mir's?«
»Ich schwöre! Alles, was Sie befehlen!« antwortete Augustin ganz heilig, ergriff ihre Hand und erlaubte sich einen Kuß auf die feinen Finger.
»Das gehört nicht dazu!« Sie zog die Hand schleunigst zurück und schwieg.
Leider! dachte Augustin und seufzte.
Die übermütige Laune, in die ihn das Erlebnis mit der Ungelter versetzt hatte, begann zu verfliegen, und er sank in die leise Schwermut zurück, die seit ein paar Monaten wie ein Schleier über ihm lag.
»Sie werden uns wieder besuchen?« fragte endlich Friederike. »Sie werden uns die Spieldose verkaufen?«
»Ihnen – ja. Sie wird in guten Händen sein bei Ihnen.«
Und Augustin Sumser holte seinen großen Zylinderhut unter dem Stuhle hervor, auf dem er saß. Er stand auf, verbeugte sich vor Ihro Fürstlichen Gnaden und ging langsam nach Hause – samt seinem großen Zylinder.
Diesen hängte er an den Nagel, der aus dem Türpfosten ragte, und begann eine lange Wanderung durch seine zwei Stuben, hin und her, hin und her ... und dachte dabei an die junge Äbtissin, oder vielmehr an Friederike von Bretzenheim, und endlich nur noch an Friederike. Er dachte: Ein Glück, daß sie es ist, der ich meine Spieldose verkaufen muß! Wenn sie häßlich

und schief wäre, ich tät' mich, weiß Gott! lieber pfänden lassen! Aber so - no ja!

Anderntags nahm er seinen Kasten unter den Arm und ging wieder nach dem Stift.

Friederike war allein, denn die anderen hatten sich noch nicht ausgeschämt und waren eiligst entflohen, als der Gustl gemeldet wurde.

»Sie halten Wort!« sagte sie und ging ihm drei Schritte entgegen.

»Nein«, erwiderte er, »ich wollte nur erst sehen, ob Ihro Hochfürstlichen Gnaden das Ding gefallen möchte.« Und dabei betonte er die »Hochfürstlichen Gnaden« so sehr, daß man merkte, wie schwer ihm das Wort wurde. Dann klappte er den Kasten auf und setzte das Werk in Gang.

Das Andante pastorale! So ganz aufgelöst in Gräserwehen und silbernen Herdenglockenklang, so sonnenuntergangswehmütig, so voll innerlichem Abschied von einem zärtlichen Zeitalter.

Augustin saß auf seinem Stuhle, verkrampfte die kalten Finger ineinander und blickte auf den Estrich. Ach - eine solche Musik würde er nie, nie wieder zustande bringen! »Bim - bim -« machte die Spieldose noch einmal, und es war, als kehrte ein kleiner, melancholisch gewordener Cupido in das hinabgesunkene Arkadien zurück. Dann schwieg sie.

»Ich geb' sie doch nicht her . . .«, murmelte der Gustl.

»Auch mir nicht?« bat eine leise Stimme.

Er schaute auf und sah Friederikes große, abenddunkle Augen. Und sah, daß sie alles verstanden hatte, was er dem Werke mitgegeben.

Es war eine seltsame Minute. Sie blickten einander an, ganz in den Träumen einer sanften Zeit gefangen, deren letzten Schimmer sie dahinschwinden fühlten, ohne ihn halten zu können; eine Zeit, in der sie beide glücklich gewesen wären. Aber sie erkannten auch, daß sie beide zu spät geboren seien.

»Doch . . .«, sagte er und löste sich langsam aus den Fesseln der Minute, »doch, Ihnen geb' ich sie, denn es ist dasselbe, ob sie bei mir oder bei Ihnen ist - - Hochfürstliche Gnaden.«

»Pfui!« sagte sie, stand auf und trat ans Fenster, »die Hochfürstlichen Gnaden hätten Sie mir ersparen sollen.«

»Ich werde sie mir ersparen. - Ach, ich bin so sehr glücklich, daß ich am liebsten weinen möchte. Daß es einen Menschen auf der Welt gibt, der in mir nicht nur den lieben Augustin erkennt!«

Er redete weiter, ganz für sich allein, als sähe er zum ersten Male in seinem Leben seinen inwendigen Menschen und müßte sich sehr über ihn wundern. »Oder hab' ich selber mich so geändert? Es ist ein Wunder und ist so schön, wenn man weiß, daß man mit seinem innersten Herzen nicht ganz menschenseelenallein in der Welt steht. Und das weiß ich seit heute. Ich bin eigentlich immer einsam gewesen. Jetzt bin ich's nicht mehr.«

»Sie sprechen Dinge aus«, sagte Friederike verwirrt, »die ich selber undeutlich gefühlt habe. Glauben Sie, ich sei weniger einsam gewesen als Sie? Glauben Sie, man hätte mich in dieses Kloster gesteckt, wenn ich nicht völlig allein und übrig in der Welt gewesen wäre?«

»Einsamkeit ist etwas sehr Schönes«, antwortete Augustin, »aber man muß jemand haben, dem man es sagen kann. Ich habe heute jemand gehabt, dem ich es sagen konnte; ich bin glücklich – für heute.«

»Es – steht Ihnen frei, wiederzukommen.« Augustin blickte sie an und schwieg.

Aber durch die Stille redeten die Herzen lauter, als die Stimmen es gekonnt hätten.

Endlich nahm er seine Spieldose vom Tische. »Nun –?«

»Sie ist Ihr Eigentum. Ich muß noch eine Kleinigkeit an dem Werke fertigmachen. Morgen sollen Sie sie haben.«

»Auf Wiedersehen!« sagte die junge Fürstäbtissin, reichte ihm die Hand und zog sie nicht mehr zurück, als er sie küßte. –

Daheim grub er mit dem feinsten Stichel, kaum merkbar für das bloße Auge, in den Rand der Walze die Worte »An Friederike« und schickte die Spieldose anderntags durch einen Boten ins Stift.

Der Mann kam zurück und zählte dem Gustl die blanken Gulden auf den Tisch. Augustin Sumser hätte es nicht übers Herz gebracht, selber das Geld von Friederike anzunehmen.

Was nun?

Augustin hatte wohl Gründe, aber keinen Anlaß, die Fürstäbtissin zu besuchen. Er sank in die allertiefste Wehmut und Einsamkeit zurück bei dem Gedanken, daß es sinnlos sei, zu ihr zu gehen. Friederike, aus fürstlichem Blute, selber Fürstin, unerreichbar hoch über ihm, der nichts war und nichts besaß ... Er wiederholte sich diese Vorstellung immer wieder, und daß er darüber unglücklich sein konnte, machte ihn auf eine sonderbare Weise glücklich.

Daß es ihm doch immer so ging! Mylady – ein flüchtig vorüberleuchtender Stern aus einer andern, fernen Welt. Friederike! – – Nein! Es war ein schlechter Einfall, Anna Holiday zusammen mit Friederike zu nennen. Damals hatte Augustin Sumser sehr unbekümmert und sehr leichten Sinnes gelebt und geliebt; der Gedanke, daß nach kurzen Augenblicken alles hin und vorbei sein werde, war ihm natürlich und selbstverständlich erschienen und hatte ihn keineswegs tief getroffen. Ein Walzer, von dem man weiß, daß er bald zu Ende geht. Eine Erinnerung mehr.

Aber hier! Ein süßes Duett in der Dämmerung, von dem man wünscht, daß es immer dauern möge, und von dem man doch eben weiß, daß es kurz, ach so kurz ist . . .

Nicht weiter! Vergessen, vergessen –

Augustin versuchte, an Anna Holiday zu denken. Aber ihr leichtes Bild war verblichen und sagte ihm nichts mehr.

Alles war verblichen. Es blieb nur dieses unglückselige Glück, die Unruhe ohne Entschluß, der Wunsch ohne Erfüllung. Gefühl, Empfindung, Wehmut! Und die große, edle, reinigende Erhebung, die darin lag, sich selber zu überwinden. Augustin Sumser ging durch die Sommerwelt wie durch einen wesenlosen Traum, empfand in ihr das tiefe Reifen dem Tod entgegen und war voll heimlicher Entsagung wie ein Rosenstrauch, der seine dunkelroten Blüten nur trägt, damit sie vergehen.

Einen Tag nach dem anderen, eine Woche um die andere ließ er verstreichen, ohne Friederike zu sehen.

Hundertmal faßte er den Entschluß, hundertmal verwarf er ihn, sich selber zum Schmerz.

Vor lauter Hinwelken und Wehmut begann er sogar zu arbeiten, aber die Musik, die er machte, erschien ihm schal und leer gegen sein volles, verliebtes, schmerzhaftes Herz. Am Sommerende traf er Friederike eines Nachmittags in Äschach: sie kam ihm in ihrer Kutsche langsam entgegen. Augustin trat beiseite, blieb stehen und zog tief den Hut. Sie blickte ihn aus ihren großen Augen fragend an, neigte den Kopf tiefer, als vor einem grüßenden Handwerker notwendig gewesen wäre - und war vorbei.

Ein wenig Staub, verklappernde Pferdehufe ... Augustin stand am Weg und fühlte sein Herz wie eine Wunde.

Dann ging er, sehr glücklich und sehr wehmütig, die Straße entlang, die sie eben gekommen war, nach Bregenz hinüber. Das Sonnenlicht lag schon rötlich an den Waldhängen des Pfänders, aus den gemähten Wiesen stieg warmer Grasduft, und die Fenster der Landhäuser und Schlößchen am Berge glühten im Widerscheine des entbrennenden Himmels.

Das war die süße, sanft hinscheidende Sommerstimmung, ein letztes Leuchten vor dem blauen Schlafe des Abends, ein Duft der Reife, wie er ihn so sehr liebengelernt hatte. Seine Seele hing wieder einmal mit weitgebreiteten Flügeln in der unbewegten Luft, dehnte sich in den Abend und schaute tief innerlich der Nacht entgegen. Hier, mit dem Ausblick auf die weiteste Welt des Sees, möchte er begraben werden ... gestorben an einer Liebe ohne Worte.

Er sah das Bild wie einen Kupferstich: Am Fuße einer heiteren Akazie ein schlichter, namenloser Stein, der in Blumen und kurzem Grase stand, und über ihn hin geneigt ein junges Mädchen im weißen, fließenden Gewande; als Rahmen um das Ganze einen Kranz von Blüten und die eingeflochtenen Worte »Je pleure sa mort et ma vie ...«

Augustin fand das Bild entzückend und den Gedanken wundervoll. Wenn er bestimmt gewußt hätte, daß es so werden würde, so hätte er auf der Stelle tot sein mögen.

Da sich jedoch über die Zukunft nichts Genaues ausmachen ließ, beschloß er, einstweilen weiterzuleben und sich ganz der Pflege seines verwundeten Herzens zu widmen. Wie sie ihn angeschaut hatte ...!

»Warum kommst du nicht?«

Ja: Warum kam er nicht?

Ach, es würde doch keinen Zweck haben! Enttäuschungen, Unglück – nein, Augustin Sumser blieb mit seinen Sommerabendträumen lieber allein, in seiner Welt für sich, wo die Nachtigallen so schön sangen und wo er unter den Trauerweiden seines Gemütes das Glück der Entsagung genießen konnte.

Er stand auf dem Gipfel seiner dämmerblauen Empfindsamkeit.

So lebte er wieder ein paar Wochen weiter und genoß seinen Schmerz. Manchmal, in lichten Augenblicken, ging er um die nachmittägliche Stunde an die Brücke, hoffte und fürchtete, Friederiken bei ihrer Ausfahrt zu begegnen. Aber sie kam nicht. –

Als schon in den Laubwäldern das erste Rotgold zu flammen begann, erhielt er ein Billett aus Bregenz.

»Mein Herr! Da Sie mir als ungemein geschickter Mechaniker wohl rekommandiert worden, so hätte ich den Wunsch, Ihnen ein bisher vortreffliches Spielwerk anzuvertrauen, das sich in meinem Besitz befindet, nun jedoch offenbar zerbrochen ist. Ihr Besuch wird mir jederzeit angenehm sein. Gravenreuth.«

Augustin fühlte sich durch diesen Brief sehr gehoben. Der Baron Gravenreuth war Landeshauptmann von Vorarlberg. Er bewohnte ein kleines Schloß auf dem Klausberg, einem Hügel am Abhange des Pfänders, kurz vor Bregenz gelegen – ungefähr an jener Stelle, wo Augustin sich am Seeufer sein Grab ausgesucht hatte. Gleich am nächsten Morgen packte also der Gustl einiges Werkzeug zusammen und kleidete sich mit Sorgfalt, denn der Baron hatte ihn mit »Herr« angeredet, und überhaupt war es eine große Ehre.

So wanderte er gegen Bregenz und kam zum Klausberge. Der runde Gipfel des Hügels trug das gelbe Schlößchen, freundlich und morgenfrisch. Auf den Hängen war ein Park ausgebreitet wie ein Bilderteppich, mit schönen Baumgruppen, Treppen, Brunnen, welligen Rasenflächen und Laubengängen.

Augustin wies dem Mann an der Mauerpforte das Schreiben vor und wurde aufs höflichste empfangen und zum Schlosse hinaufgeführt.

Da war eine Terrasse in der warmen Morgensonne. Eine kleine Gesellschaft saß beim Frühstück. Löffelklirren, Lachen.

Er stieg die wenigen Stufen hinauf, blieb devotest mit dem Hut in der Hand stehen und verharrte in einer halben Verbeugung.

Der Pförtner meldete ihn an.

Darauf geschah das Bemerkenswerte, daß der alte Baron Gravenreuth aufstand und dem wohlrekommandierten Sumser in Person entgegenging, um ihn aus seiner ganz ergebenen Haltung zu erlösen. »Ich habe des mehreren von Ihnen gehört«, sagte er mit einem Lächeln auf seinem freundlichen österreichischen Beamtengesicht, »und betrachte Sie als meinen Gast.«

Er führte ihn an den Tisch, stellte ihn seiner Gemahlin vor und –

Neben der Baronin saß ein junges Mädchen, und es war niemand anders als Friederike!

Sie lächelte ihn aufs unbefangenste an, aber in ihren Augen saß ein kleiner Kobold.

Augustin bewahrte mit Mühe seine Fassung.

»Sie kennen die Frau Fürstäbtissin schon«, sagte Gravenreuth, »und diese hat Sie mir empfohlen. – Und hier mein Neffe Gravenreuth.«

Der Gustl verneigte sich sehr verwirrt vor dem jungen Manne und wendete sich sogleich an Friederike: »Ich danke Ihro Hochfürstlichen Gnaden.«

»Ja, ja –«, sagte sie, und schnitt seinen weiteren Sermon mit einer Handbewegung ab, »aber lassen Sie doch die Hochfürstlichen Gnaden aus dem Spiele, lieber Sumser! Ich bin auf Urlaub und ganz inkognito. Bei Ihren häufigen Besuchen im Stift können Sie mich mit dem herrlichen Titel später wieder nach Herzenslust traktieren...«

»Friederike!« sagte die Baronin mit lächelndem Tadel, »wann wirst du dir die nötige Würde angewöhnen? Lieber Herr Sumser, Sie werden die Frau Fürstäbtissin hier wahrscheinlich als ein sehr mutwilliges junges Mädchen kennenlernen; ich wünschte nur –«
»Himmel!« rief Friederike ungeduldig, »wenn er reden wollte, könnte er den Lindauern ganz andere Sachen erzählen!«
Die Baronin zog die Brauen hoch.
»Nicht von mir. – O nein – ich bin ganz ordentlich. Aber – nun, lassen wir's. Setzen Sie sich nun endlich.«
»Der Zweck meines Besuches –« sagte Augustin. »Davon später!« antwortete Gravenreuth.
Augustin Sumser war ungemein beglückt. Daß alles ein Werk Friederikes sei, war ihm klar. Sie hatte ihn so geschickt wie möglich in ihre Nähe gezogen, da er nicht freiwillig zu ihr gekommen war. Und nun saß er ihr gegenüber, unter liebenswürdigen Leuten, mitten in einem wundervoll strahlenden Morgen – und dachte, daß seine ganze sanftblaue Melancholie doch recht unnütz gewesen sei! Daß er sich eine unnötige Askese auferlegt habe. Daß sein Weltschmerz durchaus papieren und romanhaft gewesen sei. Kurz und gut: daß er sich wieder einmal recht albern benommen habe.
Das dachte er und geriet darüber in seine beste Laune, infolge derer sein lebhafter, wohlgeschliffener Geist spielend zu funkeln begann. Der Gustl kroch plötzlich aus seinem elegischen Ich heraus wie ein Schmetterling aus der Winterhülle und versetzte die Gesellschaft in das angenehmste Staunen. Seine ganze

Nichtsnutzigkeit, seine unbekümmerte Landlerseele fingen im Dreivierteltakte zu tanzen an, und der alte Gravenreuth schwur, daß er nie in seinem Leben herzlicher gelacht habe als an diesem Morgen. Als die Frauen sich zurückzogen, um nach dem Haushalte zu sehen, blieben die drei Männer allein und fingen allmählich ein ernsthaftes Gespräch an. Augustin benützte die Gelegenheit, sein Steckenpferd, die Politik, in allen Gangarten vorzureiten und setzte den Landeshauptmann wiederum in tiefes Erstaunen. Alle Gedanken, die sich der Gustl über die Weltläufe gemacht und klüglich in seinem Busen verschlossen hatte, führte er jetzt freimütig ans Licht und bemerkte mit der größten Genugtuung, daß die Empfindungen und Erwägungen, die er vortrug, sich offenbar mit denen des wohlunterrichteten Gravenreuth völlig deckten.

»Sie haben«, sagte der Landeshauptmann, »ein seltenes politisches Genie, lieber Sumser. Politisches Genie ist im Grunde genommen nichts weiter als die Erkenntnis des Notwendigen und des Möglichen – id est: gesunder Menschenverstand. Aber man sollte nicht glauben, wie selten diese Gottesgabe gemeinhin anzutreffen ist! Insonderheit unsere Beamten und Regierenden haben davon beklemmend wenig. Vielleicht kommt dies daher, daß der gesunde Menschenverstand im umgekehrten Verhältnisse zur Zahl der Dienstjahre steht. Sie sind Österreicher?«

»Nein«, antwortete Augustin und erzählte kurz sein Leben. Gravenreuth legte sein Gesicht in die allerwohlwollendsten Falten und hörte aufmerksam zu. »Hm!« sagte er schließlich, »Sie passen nicht in das gewöhnliche Fahrgeschirr. Schade. Wissen Sie, was Sie sind? Gerade heraus: faul! Das sind Sie. Mein Neveu ist Ihnen darin verzweifelt ähnlich.«

Auf dem angenehmen Gesicht des jungen Gravenreuth stand ein Lachen. »Ja«, sagte er und dehnte sich, »das bin ich. Aber, Sie werden sehen, lieber Onkel, ich habe die besten Vorsätze! Lassen Sie mich noch einige Jahre im Regiment, und aus der Remonte wird ein gutdressiertes, lammfrommes Chargenpferd, vulgo ein vortrefflicher Staatsdiener. Es wird mir keine andere Wahl bleiben, da ich nicht das vorteilhafte Talent habe, Spieldosen zu machen und auf diese Weise ungestört faul sein zu können.«

Der Alte seufzte. »Möchten Sie in den Staatsdienst, Sumser? Die Zeit braucht helle Köpfe. Das Heilige Römische Reich wackelt in seinen Grundfesten. Ein Stoß von außen, und das alte Gebäude stürzt zusammen. Und denken Sie an mich: Der Stoß wird nicht ausbleiben! Wir werden es erleben. Nun? Ich gelte was in Wien.«

Augustin Sumser schaute über den See.

Da drüben lag Lindau.

Da wellten sich die Wälder über die Hügel.

Die Weingärten hielten sich der segnenden Sonne entgegen.

Und über dem See war ein Flimmern und Gleißen, ein leichtbeschwingter Reigen des Lichts.

»Nein«, sagte der Gustl, »was nützt mir ein Stern auf der Brust, wenn ich nichts mehr in der Brust habe? Die Marionetten der Weltgeschichte müssen aus hartem Holz geschnitzt sein. Das bin ich nicht. Todunglücklich würde ich sein. Es geht halt nicht, Exzellenz. Meine tiefste Dankbarkeit –«

»Hören S' auf!« wehrte ihm der Landeshauptmann. »Sie nichtsnutziger Mensch, Sie! Sie Augustin! – Franz! Wenn du einmal Minister bist, nimmst dir den Sumser zum Sekretär, verstanden? Ministerialerlaß – dagegen ist nichts zu machen, ob er will oder nicht.«

»Abgemacht!« sagte der junge Baron lachend. »Aber ich fürchte, daß ich schon zehn Jahre vorher wegen unverbesserlicher Dummheit pensioniert werd'!«

»Das fürcht' ich auch«, sagte der Alte.

Den ganzen Vormittag hatten sie verdisputiert. Während des Essens saß Augustin der Fürstäbtissin gegenüber und erinnerte sich, weshalb er hergekommen sei.

Gravenreuth blinzelte ihn an: »Kinder machen alles entzwei. Zwanzig Jahre hat dem Spielwerk nichts gefehlt. Auf einmal kommt die kleine Gräfin, stürzt auf das Ding los, läßt es stundenlang Musik machen – und hin war es.«

»Ich werde Ihnen den Kasten nachher zeigen«, sagte Friederike bußfertig. »Was kann ich dafür, daß ich an derlei Sachen so viel Vergnügen habe? So schön wie die Ihre ist die Dose freilich nicht.«

Und wirklich wußte sie es später so einzurichten, daß sie mit Augustin allein blieb.

»Hier –!« sagte sie.

Auf einem Tischchen am Fenster stand die Spieldose. Augustin sah etwas Neues daran, nämlich zwei elfenbeingeschnitzte Figuren, die auf dem Deckel tanzten, wenn sich die Walze drehte. Er betrachtete sie aufmerksam. »Es scheint, daß alle nützlichen Einfälle in mei-

nem Leben von den Frauen herkommen. Ich werde dies nachmachen.«
Aber dann, als er sich tiefer beugte und den Schaden suchte, fand er noch etwas viel Wichtigeres und Schöneres: Die Störung des Werkes lag darin, daß jemand eine sinnreich zurechtgebogene Haarnadel zwischen zwei Triebrädchen gesteckt hatte.
Augustin zog sie heraus, und sogleich begann die Walze sich zu drehen ...
Er richtete sich auf.
Die junge Fürstäbtissin stand neben ihm und versuchte seinen Blick auszuhalten. Aber plötzlich irrten ihre Augen von den seinen ab, und über das blasse Gesichtchen blühte eine süße Purpurwelle hin.
»Friederike –!« sagte er.
»Jetzt schäm' ich mich doch!« sagte sie leise, »ach, und ich hatte mir so fest vorgenommen, es nicht zu tun ...«
Da legte er seinen Arm um ihren feinen Leib und küßte sie. Sie sträubte sich gar nicht.
Die Spieldose schwieg, die Elfenbeinfiguren vergaßen ihren Tanz und schauten angewurzelt und verdutzt auf den Instrumentenmacher Augustin Sumser und die Reichsgräfin Friederike von Bretzenheim, Fürstäbtissin zu Lindau, Tochter des Kurfürsten von Bayern.
»Als ich heute früh daheim fortging«, sagte Augustin endlich, »dachte ich mir diesen Tag ganz, ganz anders. Gleichviel: der Schaden ist behoben.« Er lächelte, stellte Friederike wie eine Puppe vor sich hin und küßte sie mit den Augen weiter. »Warum bist du nie gekommen?« fragte sie. Über sein glückseliges Ge-

sicht flog ein Schatten. »Weil ich weiterdachte. Weil ich uns Schmerzen ersparen wollte. Weil - weil ich dich liebte.«
»Ja«, sagte sie, »ich wußte es. Wir wissen's beide. Wir verstanden uns so gut, weil wir beide die letzten Blumen in einem welken Kranze sind. Aber was sollte ich tun? Ich sehnte mich so nach dir. Du bist auch einsam und zu spät geboren!«
Sie legte ihre kleinen Hände um eine Rokokovase aus feingegittertem Porzellan.
»Wie früh es Abend wird -«, sagte er. »Dämmerung, Kinder der Dämmerung: Nun sind wir beide schon nachdenklich über unsere Liebe und reden davon. Ach, sie ist nichts als ein Duett in der Dämmerung.«
Friederike hob den goldgeschnörkelten Deckel von der Vase.
»Sieh her!«
Welke Blüten bis an den Rand, matt, süß, ein unsäglich wehmütiger Duft . . .
»Fleurs d'autrefois!« sagte Friederike. Wie ein Spitzentüchlein wehten die Worte zu dem versunkenen Arkadien hinab.


Der Landeshauptmann wollte Augustin als Gast in seinem Hause behalten, aber der Gast, der sich für diesen Fall nicht im geringsten vorgesehen hatte, bat, daß man ihn entließe. Er versprach jedoch, am nächsten Tage wiederzukommen.
Am Abend fuhr er, in der Kutsche Gravenreuths, nach Lindau hinüber und brachte sein ganzes Herz voll Himmelblau und Liebe mit nach Hause. Nur der Leicht-

sinn, den er sonst als Erbteil gehegt hatte, war ihm verlorengegangen, und daran erkannte er, wie tief ihn diese Liebe getroffen hatte.

Er stand noch lange am Fenster und schaute nach dem Bregenzer Ufer hinüber, wo ein Lichtlein nach dem anderen unter dem großen Sternenhimmel erlosch, und erst als keine einzige dieser zitternden Goldbrücken, über die er sich zu Friederike hinträumen konnte, mehr auf dem See lag, ging er schlafen.

Anderntags hielt der Gravenreuthsche Wagen in aller Frühe vor seiner Haustüre und mußte sehr lange warten, denn Herr Sumser hatte so wundervoll geträumt, daß er beim Erwachen sich immer wieder eiligst auf das andere Ohr legte, um in dem Paradiesgarten seiner Phantasie weiter zu wandeln. Jetzt schlüpfte er geschwind in die herrlichen mattgelben Pantalons und in seinen pflaumenschwarzen Frack, stopfte das Notwendigste in seinen Reisesack und fuhr, bestaunt von den Lindauern, der glücklichsten Woche seines Lebens entgegen.

Der junge Gravenreuth, der bayerischer Offizier war, mußte am selben Tage nach München zurückreisen. Er tat es ungern, denn er hatte an Augustin großen Gefallen gefunden. Der Landeshauptmann besserte jedoch seine Laune durch das Versprechen, daß sie beide im nächsten Sommer seine Gäste sein sollten. Und dann war Augustin mit dem Alten und Friederike allein.

»Was nun, Sumser?« fragte die Exzellenz, als sie vom Gartentore wieder zu dem Schlößchen hinaufspazierten. Hinter ihnen ging die Baronin mit Friederike.

Augustin wußte nicht, was er antworten sollte. Gravenreuths weltkundiges, freundliches Gesicht lag in so viel undurchdringlichen Diplomatenfalten, daß man daraus nicht klug werden konnte.

»Ich stehe Exzellenz jede Minute zur Verfügung«, sagte der Gustl mit der größten Selbstverständlichkeit, die er aufbringen konnte.

Der Baron sah ihn flüchtig an, nickte und schwieg. Endlich meinte er: »Sie sollten doch in den Staatsdienst, Sumser. Ja, ja. Ich möchte wetten: von hundert Leuten, die Sie jetzt sähen, würden neunundneunzig glauben, Sie seien nur herübergekommen, um dem alten Gravenreuth die Zeit zu vertreiben.«

»Wenn man es so nennen will –«, sagte Augustin hübsch und glatt.

Der Alte sah ihn wieder an. »Nicht einmal rot wird er, der Filou. Nicht einmal, wenn man's ihm auf den Kopf zusagt, wird er rot! Sumser, 's ist ewig schade um Ihre Anlagen!«

Oha! dachte der Gustl, fühlte sich bereits erwischt und errötete wirklich.

Deshalb beeilte er sich, dienstfertig zu versichern: »Wenn Exzellenz wünschen, werde ich auch rot. Exzellenz haben nur zu befehlen.«

»Entzückend!« sagte Gravenreuth, »großartig! Noch ein ganz klein wenig Schulung, und Sie wären das Paradepferd jeder Ministerialkanzlei! Und alle diese Talente sollen verkümmern! Und warum? Weil der Musjöh zu faul ist, weil er keinen Ehrgeiz hat, und insbesondere weil ihm gegenwärtig ganz andere Dinge im Kopf herumgehen. Zum Exempel: Spieldosen reparieren, die

Ihre Hochfürstlichen Gnaden, das Lausdirndl, eigens zu diesem Zwecke kaputtgemacht haben.«

»Exzellenz!« stotterte der Gustl. Dies überstieg seine Aufnahmefähigkeit. Er sah, daß ihm nun alles Leugnen nichts mehr nützen konnte.

»Aber recht dumm hat sie's schon gemacht, mein Lieber! Ich denke, Sie selber würden es schlauer angefangen haben. Himmel! Wie ich, als das Malheur passiert war, in den Kasten hineingeschaut und die Nadel gesehen hab', war mir auf einmal recht klar, woher der Wind weht. Und ich hab' gedacht: Jetzt bin ich nur neugierig, wie's weitergeht! Und wirklich fängt sie gleich von Ihnen an, und sie will sogar die Kosten tragen und so –«

»Ich –«

Gravenreuth hob die Hand. »Sagen Sie gar nichts! Das ist ja das Talentvolle an Ihnen, daß Sie es so nett vermieden haben zu lügen. Zwischen Verschweigen und Lügen ist ein Unterschied wie zwischen Himmel und Hölle. Ein wirklich gescheiter Mensch lügt nie, denn es kommt doch immer heraus, und dann ist die Lage doppelt fatal.«

»Aber«, sagte Augustin in dem Bestreben, auf diesem theoretischen Gleis zu bleiben, »Verschweigen ist nur die Rückseite der Lüge.«

»Vielleicht. Immerhin denkt die allgemeine Moral nicht so weit. Überdies kann man niemandem einen Vorwurf machen daraus, daß er den Mund hält – dies gilt sogar als große Tugend. Womit bewiesen ist, daß Sie ein ungemein tugendhafter Mensch sind, und wenn's Ihnen einer nicht glauben sollte, dann schicken Sie ihn nur zu mir.«

»Exzellenz wünschen, daß ich verschwinde . . .« »Natürlich – deshalb hab' ich Sie eingeladen, gelt? Nur nicht mit dem Kopfe durch die Wand, Bester! Es täte mir leid um den Kopf. Was gehen mich Ihre Privatangelegenheiten an? Aber wissen Sie: mit dem Alter wird man eitel, und ich wollt' Ihnen nur sagen, daß Sie mich nicht für dumm halten sollen. Meiner Frau können Sie's eher zutrauen – die war nie recht gescheit, sonst hätte sie mich nicht genommen. Also, wie wir noch in Wien waren –«
Nun stand auf seinem Gesicht das entzückendste Rokokolächeln und die graziöseste Erinnerung an die schönen Wiener Frauen.
Und auf einmal zog er den Mantel fester um die Schultern und sagte fast elegisch: »Man wird alt. Man paßt nicht mehr in die Zeit. Aber die Menschen bleiben sich immer, immer gleich. Es dreht sich immer um den einen Punkt. Jedoch, wenn man alt wird, steigt man von dem Karussell und sieht von außen zu. Und der große Leierkasten in der Mitte, um den sich alles dreht, dudelt immer die gleiche Melodie: Toujours le même – je t'aime, je t'aime . . .! Kein Wunder, daß bei dieser Eintönigkeit und Rundumdreherei so viele Menschen irrsinnig werden. Ich will Ihnen wünschen, daß es Ihnen nicht so geht. Es wäre schade, schade.« Sie waren an die Terrasse des Schlößchens gekommen. »Die Frau Fürstäbtissin«, sagte Gravenreuth und faßte seine Frau bei der Hand, »wollte Ihnen den Park zeigen. Klettern Sie aber nicht zu hoch herum und brechen Sie sich nicht den Hals . . .«
Augustin blieb mit Friederike allein. Er schaute noch wortlos hinter dem Landeshauptmann her, der ein so tüchtiger Beamter und doch so unfaßbar liberal war.

»Was ist geschehen?« fragte sie.
Der Gustl erzählte ihr alles.
Sie stutzte, errötete – und lächelte. »So ist es aber«, sagte sie schließlich, »wenn zwei sich lieben, weiß es niemand außer ihnen – und den Spatzen, die's von den Dächern pfeifen. Übrigens kann es uns gleichgültig sein, denn Gravenreuth wird sich hüten, zu plaudern, wenn er sich nicht selbst in ein schiefes Licht bringen will. Aber wissen möcht' ich, warum er dir alles gesagt hat.«
»Warum?« fragte er erstaunt.
»Ja, warum? Er ist viel zu klug, um etwas ohne Absicht zu tun. Hätte er nicht einfach schweigen können? Nun, man wird ja sehen. Ist es nicht merkwürdig, wie schrecklich viel Vernunft unter unsere Liebe gemischt ist? Ach, immer waren wir einsam – und nun, da wir uns lieben, kümmern sich die Leute um uns. Ich glaube, wir beide sind im Mondschein geboren; solche Mondscheinkinder haben kein Glück.«
»Ich habe Glück!« sagte der Gustl, in sich selber ruhend wie ein seliger Blütenbaum im Frühling. »Ist denn die Welt nicht schön? Hab' ich nicht dich?«
»Wie lange?«
»Danach frage ich nicht. Das Glück kann keine Ausdehnung haben, denn es ist ein Punkt, in dem sich zwei Schicksalslinien kreuzen. Deshalb sollte man immer so leben und lieben, als ob der gegenwärtige Augenblick der letzte sei. Nichts ist quälender als der Gedanke an ein versäumtes Glück.«
»Ach Gott, ja!« sagte sie und warf ihre Arme um seinen Hals.

Eine Amsel flatterte schreiend durch das Gewirr der goldenen Sonnenfäden, und von dem großen Kastanienbaume, unter dem sie standen, drehte sich langsam das erste herbstliche Blatt zur Erde. -
Die Tage zogen dahin wie kleine, strahlende Wolken über den Himmel. Die Welt warf ihre wundervollsten Farben den Liebenden zu Füßen, und der See grüßte zu ihrem Hügel hinan wie ein Brautschleier aus silberner Seide. Überall im Parke hing der süße, wehmütige Duft der fleurs d'autrefois um die marmornen Götter, die in den Boskotten standen.
»Glück, Glück . . .«, sagte Friederike, »so viel, daß man's nur zu zweien tragen kann.« -
Am letzten Nachmittage wollte sie eine dunkelglühende Rose abschneiden, die letzte, die noch im Garten zu finden war. Aber als die Schere zubiß, lösten sich alle die purpurnen Blätter und sanken ins Gras.
»Ach . . .!« sagte sie seufzend, hielt den leeren Stiel in der Hand und sah Augustin traurig an.
Der aber sammelte die Blütenblätter in sein Taschentuch. »Einmal wären sie doch abgefallen«, sagte er philosophisch, »ich werde sie in eine Dose aus feinem Porzellan legen - fleurs d'autrefois. Kann man denn diese schäferhaften, glückseligen Tage des hinabdämmernden Sommers anders begraben als in einem Porzellansarge?«

Am folgenden Tage reiste Friederike ganz fürstäbtissinnenhaft nach Lindau zurück, neben sich die Ungelter, die herübergekommen war, um sie abzuholen. Als die Ungelter den lieben Augustin mit Gravenreuth aus dem

Parktore treten sah, kniff sie die Lippen zusammen. Seitdem sie sich vor ihm blamiert hatte, haßte sie diesen Menschen mit der ganzen Gründlichkeit, deren ihre kleine Weiberseele fähig war. Als die Männer aber am Schlage standen, war sie bereits wieder völlig gefaßt und verzog keine Miene. Allerhand Gedanken kamen ihr ... da sie jedoch sah, wie freundschaftlich der Landeshauptmann diesen Sumser behandelte, wurde sie auf ihrer Fährte unsicher; jedoch beschloß sie, recht genau achtzugeben.
Friederike fühlte etwas Widerwärtiges in ihrem Wesen und betrug sich ungemein vorsichtig. Sie verabschiedete sich von Gravenreuth und ganz zuletzt sehr nebenbei auch von dem Instrumentenmacher, der wohl verstand, worum es sich handelte.
Dann rollte die Kutsche davon, und eine halbe Stunde später sah Augustin sie spielzeugklein über die Holzbrücke nach Lindau einfahren.
»Comment?« zitierte der Baron, »vous êtes roi, je pars, et vous pleurez?«
»Bitte um Entschuldigung«, sagte der Gustl ganz sterbeblau, »aber so schöne Tage, Exzellenz, seh' ich niemals wieder –«
»Also waren Sie glücklich – und da seufzen Sie? « fragte Gravenreuth. »Die Menschen sind wahrhaftig ein undankbares Geschlecht; wenn ich das Schicksal wäre, würd' ich sie auch nicht besser behandeln.«

Einen Tag später fuhr auch der Gustl nach Lindau zurück. Er konnte es sich nicht antun, allein durch den Klausbergpark zu gehen, wo jede Bank und jeder Baum ihn an Friederike erinnerte und daran, daß nun für die Welt und für ihn der Winter kommen sollte.

Überhaupt vermied er es, auch als er wieder daheim war, den Herbstwald und die milchweiß dämmernden Täler zu sehen. Es hätte ihm zu weh getan, überall an die Vergänglichkeit gemahnt zu werden, deren Stachel er in seinem Herzen wußte.

Sondern er begann voll Eifer zu arbeiten, und war zufrieden, als Tage voll unendlicher und unbeweglicher Grauheit kamen, voll dicken Nebels, der sich erstickend vor die Fenster legte und den Blick auf den See und nach Bregenz hinüber versperrte.

Augustin fühlte sich eingemauert in das Gefängnis des alltäglichen Lebens mit seinen kleinen Gedanken und kleinen Sorgen. Er nickte dazu und arbeitete. Der helle Herbst war auch für ihn vorbei.

Zweimal machte er einen Besuch im Stift, und beide Male wich die Ungelter, mit grüner Bosheit in den Augen, nicht von Friederikens Seite. Immer kam Augustin mißmutig und voll Enttäuschung nach Hause zurück. Zuletzt beschloß er, diese Besuche aufzugeben – er wollte ja nicht die Fürstäbtissin, er wollte die Geliebte sehen!

Ach, es würde ein langer, einsamer Winter werden! Ein Winter voll Warten. Und dann? Die Zeit ändert ihr Gesicht so schnell – im Frühling war vielleicht alles anders, alles vorbei . . . Und diese beklemmend stillen Abende, wenn die braune Finsternis in den Stubenecken stand und die kärgliche Kerzenflamme sich nur matt gegen die Dunkelheit wehren konnte!

Augustin saß am Tisch und betäubte alle Erinnerungen und Träume mit seinen Büchern, ging endlich mit schweigsam gewordenen Lippen zu Bette und sank in einen unfrohen Schlaf, um am Morgen ebenso schweigsam aufzustehen und in die einförmige Tretmühle der Tagesarbeit zurückzukehren.
Er wollte nicht über Friederike nachdenken. Es konnte ja nicht aus sein ... Oh, es konnte freilich, freilich konnte es! Und wieder kam der Abend, und die kahle Kerzenflamme stand über den Büchern. Diese Dichter hatten gut von Liebe reden – es geschah ja doch nur, was sie wollten; der Schmerz und die Lust – alles war papieren, aus alten Lumpen gemacht, vogelscheuchenmäßig. Aber das Leben selber – das hatte ein viel unfreundlicheres Gesicht, so eins etwa wie diese verdammte Ungelter ...
Die Werkstattüre knarrte leise.
Augustin fuhr aus seiner Dämmerung, stand auf und leuchtete sich mit der Kerze hinaus.
»Friederike ...!!«
»Es blieb mir ja nichts weiter übrig!« sagte sie. Dann stellte er das Licht auf den Tisch zurück und küßte sie eine Viertelstunde lang.
Endlich fragte er: »Wie kommst du aber hierher?«
Sie nahm das große schwarze Tuch ab, das ihre ganze Gestalt verhüllte. »Es war nicht einfach, ich habe lange gegrübelt, bis ich einen Ausweg fand, einen Ausweg aus dem Stift. Denn es werden ja alle Tore mit der Dunkelheit geschlossen. Aber was kann man nicht alles, wenn man – Nun: das Stift ist mit der Kirche durch einen Gang verbunden; von der Sakristei führt eine Pforte ins

Freie. Ich hab' mir den Schlüssel zu dieser Pforte verschafft. Es war unheimlich genug: durch die finstere Kirche, über die Gräber aller Hochfürstlichen Gnaden, in die Sakristei hinauf, dann die Treppe wieder hinunter ... Ach du, ich mußte dich ja sehen.«
»Wenn man aber dich gesehen hätte?«
»Dann wär' ich ein Gespenst gewesen und hätte greulich gebrummt; es war alles überlegt.«
»Du liebes Gespenst!« sagte er lachend. »Wußtest du denn, wie traurig ich nach dir war?«
»Ich wußte es nicht, aber ich wünschte es. Und dann wollte ich doch einmal sehen –«
»Ich bin nicht auf hohen Besuch eingerichtet...«, sagte er verlegen und merkte in diesem Augenblicke zum ersten Male mit Mißbehagen, wie kahl seine Wohnung eigentlich war.
»Ach, ich bin ja kein hoher Besuch. Ich bin ein ganz dummes Mädel – aber ich habe dich lieb. Im Stift sitzt die elende Ungelter neben mir wie mein Schatten, im Freien darf man uns nicht zusammen sehen – was blieb mir denn? Der Winter ist so lang.«
Augustin nahm ein schwarzes Haar von ihrer Schulter und legte es in die Porzellandose, die neben seinem Buche stand, zu den Rosenblättern. »Du wirst mir jedesmal, wenn du kommst, ein Haar schenken, und ich will hoffen, daß ich eine Locke beisammen habe, wenn die Amseln wieder singen.«
»Hoffen wir es«, sagte sie mit einem kleinen Seufzer. Dann blickten sie einander an und redeten nicht mehr.
Und es war so viel Glanz, Reichtum und Seligkeit in

der niederen Stube, daß ihre Herzen nach den grauen Nebeltagen aufblühten wie wilde Rosen.

Anderntags ging Augustin ins Stift; er hatte gefürchtet, daß man Friederikes Abwesenheit bemerkt habe, und wollte sich Gewißheit verschaffen. Aber aus ihrer heiteren Ruhe sah er, daß alles in Ordnung war; auch die Ungelter schien ahnungslos zu sein.

Seitdem war der Gustl mit den kurzen Tagen und den frühen Nächten des Winters ausgesöhnt, und den griesgrämigen Nebel, der über dem See qualmte, sah er gar nicht mehr. Denn einmal in der Woche wurde es hell und warm in seiner Stube: einmal in der Woche kam Friederike. Immer war sie geheimnisvoll in ihr großes schwarzes Tuch gehüllt und trat leise wie ein wirkliches Gespenst in das Zimmer. »Nur wenn du da bist«, sagte er, »vergeß ich meinen Ärger über das Leben. Man wird geboren, drückt sich durch eine Menge von Widerwärtigkeiten mit mehr oder weniger Geschicklichkeit hindurch – und stirbt. Das ist alles. Wäre man nicht geboren worden, so wär' es mindestens ebensogut, wahrscheinlich aber viel besser. In der Dornhecke des Lebens blühen so wenig Rosen.«

»Und die wenigen verblühen schnell, aber die Dornhecke bleibt.«

»Warum sprechen wir immer davon?«

»Kann man denn immer küssen?«

»Wir nicht. Sagtest du nicht einst, unsere Liebe sei nichts als ein Duett in der Dämmerung?«

»Du hast es gesagt. Ach, es ist wohl richtig. Wir sind melancholische Leute.«

»Ich bin's nicht gewesen«, sann Augustin, »aber wir wis-

sen, daß unsere Liebe nur blüht, um bald zu den fleurs d'autrefois zu gehören. Das ist es, Friederike; das ist der bittere Tropfen. Je nun ... Sind wir nicht töricht? Sollten wir nicht zufrieden und glücklich sein, da der Augenblick unser ist? Wo ist mein Leichtsinn hingekommen?«
»Tröste dich«, sagte sie ruhig, »du wirst ihn wiederfinden.«
»Glaubst du, daß du in meinem Leben keine Spuren hinterläßt?«
»Ich will es dir wünschen, denn es wären schmerzliche Spuren; aber ich will es nicht hoffen, denn ich bin eitel genug.« Dann küßte er sie, und ein rosenroter Schleier sank zwischen sie und die Zukunft. Die Menschen sind nur glücklich, wenn sie nicht über die Zukunft nachdenken.
So lebte Augustin Sumser einsam von einem dieser herbstsüßen Abende zum anderen. Was dazwischen lag und geschah, wußte und zählte er nicht. Sein Leben begann erst dann, wenn er draußen die Stiege leise knarren hörte. Er saß dann am Tische, der Türe abgewandt, und tat, als ob er nichts gemerkt habe – bis sich zwei Hände vor seine Augen legten und seinen Kopf zurückbogen in die glückseligste Umarmung.
Eines Abends wartete er vergeblich.
Es war eine schlimme Nacht. Um Dach und Schornstein heulte der Wintersturm. Die Wellen tosten und platzten gegen die Hafenmauer. Sie kommt nicht – dachte er, lauschte und nickte.
Es ist besser so. Die Nacht ist ungeheuer. Laß gut sein! Es wäre Torheit.
Er schneuzte das Licht, beschied sich mit seiner Einsam-

keit und las gesammelt weiter. Die Uhren schlugen eine späte Stunde in den Sturm.

Nun kommt sie gewiß nicht mehr, dachte er. Wie der See tobt! Eine rechte Weltuntergangsnacht. Ist die Kerze noch nicht heruntergebrannt? Ich will schlafen gehen.

Aber die Kerze brannte langsam. Er las weiter. Einmal glaubte er, das Knarren der Stiege zu hören, und ging hinaus.

Es war nichts.

Er setzte sich wieder an den Tisch, warf einen Blick auf die Kerze und sagte hartnäckig: »Ich lese, solange das Licht brennt. Nun erst recht.«

Eine Minute später legten sich zwei kleine kalte Hände über seine Augen . . .

»Friederike!« rief er, fast erschrocken, daß sie doch noch gekommen war, und wartete auf ihre Lippen.

»Tolles Ding – in dieser heidnischen Nacht!«

»Also doch!« sagte eine Stimme.

Augustin riß die Hände von seinem Gesicht und sprang auf. Die Ungelter!

»Recht interessant!« sagte sie spöttisch. »Recht interessant, Herr Sumser. – Die Fürstäbtissin ist ein wenig erkältet und hat sich beizeiten schlafen gelegt. Beunruhigen Sie sich deshalb nicht, es hat nichts zu sagen.«

Augustin zitterte in seiner Wut so, daß er sich mit beiden Händen auf die Tischplatte stützen mußte.

»Wünsche wohl zu ruhen!« sagte die Ungelter und wandte sich zum Gehen.

Da schnellte er an ihr vorbei, schloß die Türe ab und steckte den Schlüssel in die Tasche.

»So!!« sagte er bebend.
Sie wurde blaß. »Was wollen Sie?«
Er trat auf sie zu, packte ihr Handgelenk und zerrte sie wieder an den Tisch.
»Sie haben die Sache mit der ganzen Bosheit angelegt, die ich Ihnen hätte zutrauen sollen«, sagte er und wurde bei dem Klang seiner Stimme ruhiger. »Leider hab' ich es nicht getan. Ich sehe, man kann die Menschen gar nicht für gemein genug halten. Sie glauben alle Trümpfe in der Hand zu halten. Aber Sie haben einen vergessen! Sehen Sie dieses Messer? Herz sticht, mein Fräulein!«
»Sie sind verrückt!« murmelte sie, kreideweiß.
»Ich werde Ihnen das Gegenteil beweisen. Hören Sie: Entweder schwören Sie mir auf der Stelle, daß Sie niemandem sagen werden, was Sie entdeckt haben – oder ich schneide Ihnen, noch ehe diese Kerze heruntergebrannt ist, die Gurgel ab und schmeiße Ihren Madensack in den See. So wahr ich Augustin Sumser heiße!«
»Dann werden Sie übermorgen gehängt –«, sagte sie mit dem letzten Rest ihrer Haltung.
»Kümmern Sie sich gefälligst nicht um meine Privatangelegenheiten«, antwortete er, »so unangenehm mir auch der Gedanke ist, Sie in der Hölle wiederzutreffen.«
Augustin sah an ihren todersschrockenen Augen, daß er die Oberhand bekam, und wurde vollkommen ruhig. Er zog langsam und mit einem fatalen Geräusch das Stilett aus der Lederscheide und legte es neben den Leuchter. »Sobald die Kerze zu flackern beginnt –«
»Ich verspreche alles«, sagte sie zitternd.

»Sie werden niemandem sagen, daß Sie hier waren?«
»Nein.«
»Sie wissen nichts davon, daß die Fürstäbtissin hier war?«
»Nichts.«
»Dann scheren Sie sich zum Teufel!« sagte Augustin, warf ihr den Schlüssel hin und drehte sich um.
Als sie aber gegangen war, dachte er: Ich hätte ihr doch die Gurgel abschneiden sollen! Wer bürgt mir dafür, daß sie schweigt? Und wenn sie nicht schweigt - was hat sie zu fürchten? Dann ist es zu spät, dann kann auch eine abgeschnittene Gurgel das Unglück nicht wieder gutmachen. Gleich am nächsten Morgen ging er zum Stift.
»Die Frau Fürstäbtissin ist krank«, sagte der Pförtner durch das Torfenster.
»Ich weiß es. Aber ich bitte, trotzdem vorgelassen zu werden.«
Der Mann schüttelte den Kopf. »Ich habe strengen Befehl, jeden abzuweisen.«
»Wer hat das befohlen?«
»Die Stellvertreterin der Frau Fürstäbtissin.«
»Wer ist das?«
»Das Fräulein von Ungelter.«
»Dann freilich . . .!« sagte Augustin und ging heim.

Da er weder von Friederike selbst noch durch einen anderen Nachricht bekam, lief er nach einigen Tagen zu Stotz. »Wie sehen Sie aus?« fragte der Uhrmacher und betrachtete die Furchen auf Augustins Stirne und den unruhigen Blick seiner Augen.

Der Gustl überhörte die Frage. »Stotz!« sagte er, »wann kommen Sie das nächstemal ins Stift?«
»Morgen.«
»Werden Sie die Fürstäbtissin sehen?«
»Ich muß die Uhr in ihrem Zimmer aufziehen.«
»Sagen Sie ihr einen Gruß von mir. Ich habe gehört, sie sei krank. Was gibt's Neues?« Stotz nickte. »Es zieht sich wieder ein Gewitter überm Rhein zusammen . . .
Augustin zwang sich eine Stunde lang zu politischen Gesprächen und lief dann wieder nach Hause, um auf den anderen Tag zu warten. Was er von dem Uhrmacher erfuhr, brachte ihm keine Klarheit. Friederike war wirklich erkältet und lag im Bett. Für die Grüße dankte sie sehr. Er überlegte: Entweder hatte die Ungelter den Schrecken noch nicht überwunden und schwieg tatsächlich – oder sie zog im stillen ihre Fäden um die ahnungslose Friederike. Hätt' ich ihr doch die Gurgel abgeschnitten! dachte er wieder und fühlte seine ganze Ohnmacht. Er sah keinen Weg. Es blieb ihm nichts zu tun, als abzuwarten.
Ein Tag war schrecklicher als der andere. Eine ganze Woche verging in der quälenden Ungewißheit.
Keine Nachricht.
»Ich glaube fast«, sprach Augustin endlich bitter zu sich selbst, »das süße Duett in der Dämmerung war nichts als ein Traum, und ich erwache eben und kann's nicht glauben . . .« Aber dann kam wieder die Angst um Friederike und der Haß gegen die Ungelter und riß an ihm, daß er den Verstand verlieren wollte.
Menschen wollte er nicht sehen – aber die Einsamkeit war schrecklich.

Endlich klopfte ein fremder Finger an seine Türe.
In dem ungewissen Lichte des Nachmittags trat ein Mann ein, den Augustin noch nie gesehen hatte.
»Sie sind der Instrumentenmacher Sumser?« Er nickte.
»Es wäre mir lieb, wenn Sie in einer wichtigen Angelegenheit einige Zeit für mich übrig hätten.«
»Bitte!« sagte Augustin und deutete auf einen Stuhl. Er wußte: Jetzt war das Schicksal da. »Ich bin der Fürstlich Bretzenheimische Kanzleidirektor von Ziwny -«, sagte der Fremde. »Es sind gewisse Nachrichten ergangen sowohl an den durchlauchtigsten Fürsten von Bretzenheim, meinen gnädigen Herrn und Vormund der Frau Fürstäbtissin, als auch an den Hof zu München, der, wie Ihnen bekannt sein dürfte, nicht ohne Beziehungen zu der Frau Fürstäbtissin ist.«
Augustin schwieg.
»Von beiden Teilen bin ich beauftragt, mich mit Ihnen in Verbindung zu setzen.« Augustin schaute den Kanzleidirektor an und verzog keine Miene.
»Hm - ja ... in Verbindung zu setzen. Man ist ziemlich genau unterrichtet. Durch wen, dies spielt keine Rolle.«
»Ich weiß es ohnehin«, sagte Gustl.
Der andere sah erstaunt auf. »Sie geben also alles zu?«
»Wundern Sie sich darüber? Ich habe keinen Grund zu lügen.«
»Allerdings. Es würde Ihnen auch wenig helfen.«
»Helfen?« fragte Augustin ruhig. »Mir helfen? Helfen kann man nur jemandem, der in der Tinte sitzt. Und das bin *ich* nicht - sondern allenfalls Sie und Ihre Mandanten.«

»Ich verstehe Sie nicht vollkommen –«, sagte Ziwny zögernd.

»O doch!« antwortete der Gustl. »Sie wollen es nur nicht zugeben. Lieber Herr, wenn die Sache ans Licht kommt, so wird das nicht mir, sondern dem Bretzenheimischen und dem Bayerischen Hofe recht peinlich sein. Wie?«

»Ich sehe«, sagte der Kanzleidirektor mit einer wohlangebrachten plötzlichen Offenheit, »daß Sie ein Mann sind, mit dem sich vernünftig reden läßt. Sie sind mir bereits in diesem Sinne empfohlen worden –«

»Was?« fragte Augustin und fuhr hoch.

Ziwny lächelte und deutete nach Bregenz hinüber. »Nun ja, man erkundigt sich, ehe man jemandem zu nahe tritt.«

»Treten Sie mir ja nicht zu nahe!« sagte Augustin.

»Niemand denkt daran, ich versichere es Ihnen. Aber seien wir kurz, meine Zeit ist gemessen.«

»Das ist ein vernünftiger Einfall.«

»Sie wissen, daß die Frau Fürstäbtissin im Begriffe steht, Lindau zu verlassen?«

»Nein.« Augustin krampfte die Hände zusammen und blickte zu Boden. Der Augenblick, den er gefürchtet hatte, war da ...

»Nun – es ist klar, daß jeder Skandal vermieden werden mußte. Man pflegt in solchen Fällen aufs energischste durchzugreifen. Persönlich bedaure ich unendlich, daß gerade ich es bin, der Ihnen diese unangenehme Mitteilung machen muß.«

»Sprechen Sie nur!« murmelte der Gustl.

»Aus der ganzen Form unserer Unterhaltung werden Sie erkennen, daß man den aufrichtigen Wunsch hat, alles gütlich beizulegen. Wenn Ihnen irgendwie –«
»Halt!« sagte Augustin und richtete sich auf. »Herr von Ziwny! Wenn etwas beizulegen ist, so kann dies nur meine oder der Fürstäbtissin Angelegenheit sein. Sie und die Leute brauchen sich darum nicht zu kümmern. Ich weiß, daß ich vollkommen machtlos bin. Glauben Sie, daß ich so niederträchtig sein werde wie die Ungelter? Daß ich aus Infamie eine Sache zum Skandal aufblasen werde, die jemanden betrifft, den ich liebe? Vollenden Sie Ihren Satz nicht, oder ich werfe Sie hinaus. Verstanden?«
Ziwny rutschte unruhig auf seinem Stuhle herum. »Sie sind ein Ehrenmann«, sagte er verwirrt, »man findet solche Anschauungen selten. Wenn Sie wüßten, wie fatal mir dieser Auftrag war!«
Beide schwiegen eine Weile.
»Lieber Gott!« sagte der Gustl endlich mit einem Seufzer, »ich wußte ja, daß es so kommen würde; sie wußte es auch. Fleurs d'autrefois! Duett in der Dämmerung! Wir waren darauf vorbereitet. Kann ich sie noch einmal sehen?«
»Schwerlich!« antwortete der Kanzleidirektor, nicht ohne Bewegtheit, »die Fürstäbtissin reist morgen nach München.«
»Zu welchem Ende?«
»Ich will Ihnen nichts verheimlichen: Man plant eine Heirat – das alte Mittel.«
»Pfui Teufel«, sagte Augustin Sumser, grenzenlos bitter. »Wir sind wohl zu Ende?«

Ziwny stand auf. »Wenn ich Ihnen jemals -« »Gehen Sie, gehen Sie!«
Der Kanzleidirektor verbeugte sich kopfschüttelnd.
Als die Stiege knarrte, warf sich der Gustl schluchzend auf sein Bett.
Er weinte über seine große Liebe.

# *Gespenster*

So schnell war alles gekommen, daß der Gustl seinen tiefsten Schmerz erst spürte, als er ganz einsam war und wieder nachdenken konnte. Der Besuch Ziwnys war das letzte gewesen: seitdem schien es, als ob auf der leidvollen Welt niemals eine Friederike gelebt habe. Abgerissen war alles, erfroren, zerstört, vernichtet – Augustin Sumser mußte die trockenen Blüten in seiner Porzellandose betrachten, um sich davon zu überzeugen, daß nicht alles der Traum einer Nacht gewesen sei. Er war zum Sterben traurig; nicht darüber, daß das süße Duett in der Dämmerung zu Ende war – sie hatten es ja gewußt, sondern darüber, *wie* es zu Ende gegangen war: häßlich, roh, intrigant und schließlich beamtennüchtern.

Das Leben war ihm zum Ekel geworden; manchmal hatte er den Gedanken, es wegzuwerfen, aber er wußte nicht, wohin er es werfen würde, und in nüchternen Vormittagsstunden empfand er ein tiefes Grauen vor dem Tode, der ihm so unbekannt war, daß er lieber gar nicht daran dachte. Es war der Widerstreit der Bitterkeit in seinem Herzen und der Jugend in seinem Blute. Auf die seltsamste Weise zog er sich in sein Inneres zurück, einsiedelte und lebte am heißesten, wenn er abends in die karge Flamme der Kerze starrte und die vergangenen Tage wie Gespenster heraufbeschwor.

Wie eine Maschine arbeitete er, solange es hell war. Mit der stumpfsinnigsten Sorgfalt baute er seine Spieldosen; die silberne Musik war ihm versiegt, und was er fühlte, war nichts für leichte Spielerei; und so gab er einem Werke nach dem anderen in blutiger Ironie das Lied vom lieben Augustin mit auf den Weg, das ihm eine Art Berühmtheit verschafft hatte, die ihm nun selber fatal war. Von seinen Freunden mochte er keinen besuchen, und wenn einer zu ihm kam, fand er den ehemals lustigen Sumser so grämlich und ungut, daß er bald wieder ging.

Sogar die Politik war ihm zuwider, und doch gab es tausend Dinge, über die er sich hätte ereifern können. Napoleons verwegener Zug nach Ägypten war gescheitert wie ein allzu kühn gesteuertes Schiff. England, an seiner empfindlichsten Stelle bedroht, schloß die Mächte des Festlandes geschickt zu einem Ring um Frankreich; Österreich, Rußland, Neapel, Portugal und die Türkei begannen von neuem Krieg gegen die Republik, die aus Blut und Elend mit unbegreiflicher Schwungkraft sich emporriß. Preußen – Preußen blieb neutral . . .

Der Frühling des Jahres 1799 kam und mit ihm die allerschlimmste Zeit für Augustin Sumser. Die Kirschbäume warfen ihre sanften Schleier zeitiger über sich als sonst, die Drosseln saßen im Flieder und flöteten aus liebezerspringendem Herzen, daß der arme Gustl zwischen Trauer und unterdrücktem Lebensdrang völlig zum Verzweifeln hin- und hergerissen wurde, bei

Sonnenuntergang am Ufer hinlief und die ganze siegreiche Lenzherrlichkeit der Welt wie brennenden Spott und höllisches Feuer empfand.
Im März schlug Erzherzog Karl die Franzosen nördlich des Bodensees, im Juni bei Zürich – aber dann kam eine schreckliche Zeit für Lindau: Der russische General Suworow hatte Oberitalien von den Franzosen gesäubert; da er nun aber über die Alpen zurückkehren wollte, fand er den Weg von Massena verlegt und mußte durch das Muotatal und über den Panixer Paß marschieren; unter den entsetzlichsten Verlusten gelang es ihm, das Ufer des Bodensees zu erreichen. Ausgehungert, zerlumpt, verlaust stürzten die Russen über Lindau her, das im Herbst dreiundvierzigtausend Mann und fünfundzwanzigtausend Pferde in Quartier nehmen mußte – Lindau, eine Stadt von kaum dreitausend Seelen!
Augustin stand am Hafen, als das erste Schiff mit Offizieren von Rorschach herüberkam. Er sah ein paar bayerische Waffenröcke zwischen den vielen russischen Uniformen und drängte sich näher an den Landungssteg. Als letzter hinkte einer herüber, den der Gustl wohl kannte: Gravenreuth.
Der junge Hauptmann sah ihn und ließ sich von ihm beiseite bringen.
»Sumser!« sagte er mit einem recht grimmigen Lachen, »geht's Ihnen auch so gut wie mir? Pfui Teufel!«
Der Gustl führte ihn die paar Schritte zu seiner Wohnung und legte ihn auf das Bett. Gravenreuth stöhnte bei jeder Bewegung und fluchte sich alle Strapazen so gründlich vom Herzen, daß er eine halbe Stunde brauchte, bis er einigermaßen vernünftig erzählen

konnte. An der Teufelsbrücke hatte es ihn getroffen; keine Ruhe, keine Pflege – die Wunde am Knie sei schon ganz schwarz, und der Satan solle die himmelgottverdammten Hunde holen, die den tüchtigen Suworow in der Tinte hatten sitzen lassen! Der Satan solle überhaupt die ganze Welt holen, ausgenommen den freundlichen Sumser und den Hauptmann Gravenreuth selber – aber das sei freilich ein blöder Wunsch, denn gerade er werde wahrscheinlich der erste sein, der hinunter müsse, mindestens aber sei das Soldatenspielen für ihn zu Ende.

Dem unglücklichen Augustin war diese Stimmung eben recht. Den ganzen Nachmittag leistete er dem Offizier beim Fluchen Gesellschaft, schüttete endlich einmal sein Herz aus und fühlte sich dadurch so erleichtert, daß er gegen Abend sogar auf den vernünftigen Einfall kam: wenn die Wunde wirklich schon brandig sei, so scheine es höchste Zeit, einen Arzt zu holen. Gravenreuth war damit einverstanden. Der Arzt kam, machte ein sehr bedenkliches Gesicht, tat alles Mögliche und Notwendige und erklärte bei seinem Besuche am anderen Morgen, daß die ärgste Gefahr noch im letzten Augenblicke abgewendet worden sei. (Die Nacht hindurch hatten die beiden gejammert und gewettert, mitunter hatte Augustin zur Abwechslung einen betrunkenen Russen, der Quartier suchte, unter schrecklichen Verwünschungen die Treppe hinabgeworfen.) Nur müsse der Hauptmann Ruhe haben, sagte der Arzt, und das erscheine bei den gegenwärtigen Zuständen in der Stadt ausgeschlossen.

Wahrhaftig sah es in Lindau aus wie nach einer

Schlacht. Auf Straßen und Plätzen loderten Lagerfeuer, genährt von Stühlen, Spiegelrahmen, Baumklötzen, ausgerissenen Rebstöcken. Berauschte Kosaken schliefen auf den Türschwellen, Gekreisch und Gejohl, Raub, Jammer, Gewalt...

»Ich werde Sie zum Klausberg hinüberfahren«, sagte Augustin.

Mit unendlicher Mühe fand er einen halbzerbrochenen Marketenderwagen; Gravenreuth benachrichtigte seinen Kommandeur und wartete die Antwort gar nicht ab. Er ließ sich die Stiege hinuntertragen, während der Gustl von seinen Habseligkeiten zusammenpackte, was er irgend mitnehmen konnte; denn es war selbstverständlich, daß seine leere Wohnung sogleich üble Gäste bekommen würde.

Dann begann die Reise nach Bregenz. Bei jedem Steine, über den der Wagen holperte – und der Weg war ungemein steinig –, stieß Gravenreuth derart tiefempfundene, unerhörte und neue Flüche aus, daß selbst der Gustl, der in dieser Beziehung nicht leicht zu verblüffen war, in Staunen geriet und sich nicht gewundert hätte, wenn der Himmel eingefallen wäre. Er saß in so tiefer Verwunderung, daß er nicht merkte, wie still der Hauptmann zuletzt wurde, und deshalb erschrak er bis in den Tod, als er, da der Wagen endlich am Gartentor hielt, bemerken mußte, daß Gravenreuth ohnmächtig geworden war.

Man trug ihn nach dem Schlößchen hinauf. Der Landeshauptmann drückte dem Gustl dankbar die Hand. Nach langen Bemühungen kam der Verwundete wieder zum Bewußtsein, öffnete den Mund – schwieg aber wohlerzogen, als er das besorgte Gesicht seiner Tante sah. Bald darauf schlief er ein.

Der Landeshauptmann ging mit Augustin in den Park. »Sie bleiben hier, bis Suworow weitermarschiert ist?« fragte er. Der Gustl hatte darum bitten wollen. Aber nun sah er die marmornen Götter in den Bosketten, sah die Laubengänge, in denen er Friederike geküßt, sah die Ruhebänke, auf denen er mit ihr gesessen – und sagte: »Nein. Ich – ich kann's nicht. Es tut allzu weh, Exzellenz . . .«

Gravenreuth verstand und nickte. Er sprach kein Wort über die Fürstäbtissin oder Ziwny und wiederholte auch seine Aufforderung nicht. Den Tag und eine Nacht blieb Augustin im Schlosse, dann nahm er von den Sachen, die er mitgebracht hatte, das Notwendigste, schnürte ein kleines Bündel und hängte es sich über die Schulter.

»Ich will wandern«, sagte er, »bis Lindau seinen Frieden wieder hat; es kann ja nicht lange dauern. Der Herbst ist so schön und wehmütig – ich will mein Herz in ihm spazierentragen, vielleicht wird es gesund; es ist mir nicht bange darum. Gesprungene Töpfe halten am längsten.«

Eine Stunde später war er unterwegs. Um das kleine Lindauer Gebiet machte er einen Bogen, kam bei Wasserburg an das Seeufer zurück, sagte der alten Rosl guten Tag und ging dann auf der Straße weiter, die am Ufer entlang nach Westen führt. Er hatte kein Ziel und keine Eile. Ein aquarellzarter Himmel stand feuchtschimmernd über dem See und den Wäldern, die, mit letztem rotem Laube betupft, sich in der Novembersonne wärmten. Es war ein freundlicher Herbst, fast südländisch in seiner Klarheit; gegen Mittag saßen die Leute vor den Häusern.

Augustin erinnerte sich, daß er vor beinahe zehn Jahren schon einmal durch diese Gegend gewandert war, ohne zu wissen wohin: damals, als er sich aus dem Meersburger Seminar davongemacht hatte. Sein Herz war heute nicht mehr fröhlich und unbekümmert, seine Stirn nicht mehr sorgenlos. Aber wie leuchtete auch heute wieder die Welt! Er sah über sie hin mit helleren Augen und fühlte: dies war seit langem der erste Tag, an dem er die Last des Vergangenen leichter trug. Er atmete tief, tief ... die Welt war doch so schön, trotz aller Trauer, ohne Menschen freilich wäre sie wohl noch schöner gewesen – indessen konnte Augustin Sumser diesen Nachteil nicht beseitigen, und zudem taten die Menschen ja alles, um einander selbst umzubringen.

Recht vergnügt und befreit kam er gegen Abend nach Buchhorn und blieb im Wirtshause. Als er schon im Bette lag, hörte er singende Burschen weit her kommen und lauschte gedankenlos; der Gesang näherte sich, und als sie unter seinem Fenster vorübergingen, verstand er die Worte:

> Meine Mutter,
> die hat mich
> im Mondschein geboren –
> drum hab' ich kein Glück auf der Welt ...

Es war ein altes Lied aus dem Schwarzwalde. Der Gustl

richtete sich auf – aber die Burschen bogen um die Ecke, der Gesang verhallte. Meine Mutter, die hat mich im Mondschein geboren – – Augustin fühlte die alte Wunde. Waren das nicht Friederikes Worte? Im Dunkeln deckte er die Hand über die Augen, als könnt' er sich vor der Erinnerung verbergen. Aber es war zu spät. Die süßen Tage dämmerten herauf, die Wunde begann zu bluten. Kein Glück auf der Welt ... er schalt sich undankbar und unzufrieden – was half es? Die Nacht stand um ihn, die Gespenster waren mächtig. Nicht denken! Vergessen, vergessen! Friederike ...

Verworren und dumpf stand er am Morgen auf. Der heitere Gewinn an Trost und Ruhe, den ihm der vorige Tag gebracht hatte, war verloren. Die Erde strahlte, der See strahlte – Augustin Sumser war bitterer als je. Mit hängendem Kopfe lief er weiter und haderte mit sich, mit den Menschen, mit dem Schicksal.
Plötzlich fand er sich in Meersburg und wußte kaum, wie er dahin gekommen war. Unbehaglich sah er zu dem Schloß und dem Seminar hinauf. Freilich: es würde ihn kaum noch einer kennen, und wenn es dennoch geschehen sollte, so würde es gewiß niemandem einfallen, ihn zur Rede zu stellen. Immerhin war es vielleicht besser, der bischöflichen Anstalt voll Achtung fernzubleiben, die alte Zucht der Schule wachte unversehens auf. Also stieg der Gustl langsam die steile Burggasse hinan, hielt sich dann links und kam so auf die sanfte Anhöhe hinter der Stadt, in die Nähe

des Friedhofs. »So ist es nun!« dachte er, »man steigt und klettert – und wohin kommt man am Ende? Auf den Friedhof. Strengt euch nicht an, Menschenkinder!« Eine Linde wuchs bei der Mauer, unter ihr stand eine Bank. Es war windstill und warm; der Gustl beschloß auszuruhen.
Ein alter Mann saß dort, einer von denen, die nicht mit der Zeit gegangen waren. Er trug noch Schnallenschuhe und Strümpfe, einen Rock nach dem Schnitte des sechzehnten Ludwig und eine zärtlich frisierte weiße Perücke. »Mit Verlaub!« sagte Augustin und setzte sich zu ihm. Der Alte nickte nur.
O Welt! Burg, Stadt, See, Gebirge! Spielzeughaft, und doch in gewaltiger Schönheit und Größe. Und Herzen darin, voll Blut und Leben, voll Freude und Leid, Kampf und Trauer . . . Schönlackiertes Bild auf wurmstichigem Holze! Warum konnte man nicht glücklich sein in dieser Schimmerwelt?
Der Gustl seufzte, ganz tief aus seiner Wehmut heraus.
Der alte Herr neben ihm bewegte sich und wandte ihm sein Gesicht zu. »Fehlt Ihnen etwas?«
Es war das merkwürdigste Gesicht, das Augustin je gesehen hatte. Rasiert, mit unzähligen Runzeln, Falten und Furchen; zwischen gramtiefen Mundwinkeln lagen Lippen, schöngeschwungen und geformt von Lust und Geist; eine feine Nase; helle blaue Augen leuchteten aus dem Spinngewebe von hundert Krähenfüßen.
Der Gustl fühlte große Güte und grenzenlose Klugheit in dem Blicke dieser Augen. Seine Einsamkeit stand plötzlich vor ihm, und er hatte den sehnsüchtigen Wunsch zu sprechen – oder nein: ganz still zu sein und

sich seinen Kummer von der Seele zu schweigen, vor einem Menschen, der ihn auch ohne Worte verstand. Diese Augen fingen ihn wie in einem weichen Netze, es war ihm zumute, als müßte er traumlos einschlafen, wenn sie ihn noch länger betrachteten. »Fehlt Ihnen etwas?« fragte der Alte wieder, »ich bin Arzt.«

»Was mir fehlt –«, antwortete Augustin in unbewußt scheuer Zutraulichkeit, gebannt von den Augen, »dafür haben Sie kein Mittel: Meine Mutter, die hat mich im Mondschein geboren . . .!«

»Sie irren sich. Mondscheinkinder sehen anders aus als Sie.«

»Wie kommen Sie darauf?« fragte der Gustl verwundert.

Der alte Herr wiegte den Kopf. »Wer sind Sie?«

»Ich heiße Augustin Sumser und bin Instrumentenmacher aus Lindau.«

»Ich bin der Doktor Franz Anton Mesmer . . . Er hielt inne, als wolle er die Wirkung dieses Namens abwarten. Aber Augustin hatte ihn nie gehört. Der Alte kniff die Lippen zusammen und nickte. »Sie kennen mich nicht?«

»Nein –«

»Ich bin auch schon lange tot.«

»Wie?«

»Ich bin schon lange tot. Was Sie hier sehen, ist nur mein Gespenst; ich bin gestorben, als man der schönen Königin Marie Antoinette den Kopf abhackte; aber ich muß ruhelos umgehen, wie ich es auch in meinem Leben tun mußte. Beunruhigen Sie sich deshalb nicht; ich tue niemandem etwas zuleide.«

Bin ich denn verrückt? dachte Augustin Sumser. Überall Gespenster? Hab' ich nicht an meinem eigenen genug? »Sollten Sie vielleicht«, sagte er und deutete über die Schultern nach dem Friedhofe, »sollten Sie vielleicht in dieser Mittagsstunde aus dem Grabe aufgestanden sein? Dann verzeihen Sie, wenn ich Sie gestört habe.« Er wunderte sich selbst, daß er so sprach – aber diese Augen brachten ihn in eine ganz seltsame Verwirrung und bannten ihn, daß er seinen eigenen Körper kaum mehr fühlte; er hätte sich nicht gewundert, wenn der sonderbare Alte langsam unsichtbar geworden wäre.
»Sie mißverstehen mich«, sagte jener mit einem müden Lächeln. »Ich bin nicht in diesem körperlichen Sinne tot. Sondern ich bin gestorben, mehr als gestorben –: ich habe mich selbst überlebt. Begreifen Sie das?«
Augustin nickte unsicher.
Auf einmal steckte Mesmer seine Rechte zwischen die zwei obersten Giletknöpfe, straffte sich auf und fragte: »Haben Sie noch nie etwas von meiner berühmten Dissertation De influxu planetarum in corpus humanum gehört?«
»Nein –«
»Kennen Sie nicht mein Mémoire sur la découverte du magnétisme animal, von der einst ganz Paris, ja ganz Europa gesprochen hat?« Jetzt sah er aus wie ein alter Schauspieler, der bei der Erinnerung an längst vergangene Triumphe aufglüht.
»Nein«, sagte Augustin.
Mesmer sank wieder in sich zusammen und nickte schmerzlich: »Sie sehen, wie recht ich habe: ich bin

mehr als gestorben – ich habe mich selbst überlebt. Es gab Zeiten, da die Edelsten und Weisesten Europas ehrfürchtig von mir sprachen – heute bin ich einem jungen Instrumentenmacher unbekannt.«

»Vielleicht«, sagte der Gustl vorsichtig und artig, »kommt dies nur daher, daß wir Kleinen in unseren Niederungen nicht bis zu den Höhen der Menschheit emporblicken können.« Leise regte sich in ihm der Verdacht, daß dieser alte Doktor Mesmer an Wahnvorstellungen leiden möchte . . .

»Wohin wollen Sie?«

»Ich habe kein Ziel«, antwortete Augustin und berichtete kurz, warum er Lindau verlassen hatte. Ohne daß er es wollte, kam er ins Reden, und nach einer Viertelstunde wußte Mesmer, was ihn bedrückte. »Merkwürdig –«, sagte der Gustl endlich, »ich pflege sonst niemand mit meinen Geschichten zu behelligen – Ihnen mußte ich es erzählen. Es ist mir leichter ums Herz geworden dadurch.«

»Freund!« sagte der Alte, »es gibt Menschen, die die geborenen Beichtiger sind, Sie haben das richtige Gefühl gehabt. Ich kenne Sie nun und liebe Sie – ach: das Wort ›lieben‹ ist ja außer Mode gekommen; zu meiner Zeit wußte man es noch mit Grazie anzuwenden. Verzeihen Sie einem alten Manne! Übrigens erinnere ich mich von Wien her noch sehr wohl an den Baron Gravenreuth, den Sie nannten. Er hat recht: Sie könnten es weit bringen mit Ihren Gaben, die ich in Ihnen spüre; ob es Ihnen gelingt, weiß ich freilich nicht – Sie sind zu weich für die Welt. Immerhin: ich bin ein einsamer Mensch, unglücklich dazu: das einzige, was ich tun kann, ist, daß ich mich selber als warnendes Beispiel hinstelle, anderen zur Lehre. Wollen Sie meine Geschichte hören? Sie werden sich nicht langweilen. Bleiben Sie für diese Nacht mein Gast?«

Augustin fühlte, daß eine Absage den Alten bitter gekränkt hätte: er dachte auch nicht daran: es war ihm recht, Zerstreuung zu finden, und überdies wollte er sich nicht aus den Fesseln dieser sonderbaren Augen befreien.
Die Novembersonne stand schon tief über dem Untersee, in die kahlen Zweige der Linde griff ein Abendwind. »Da drüben«, sagte Mesmer und deutete in die rote Sonne hinein, »bin ich geboren: in Iznang. Es ist schon lange her. Ein Zeitalter ist seitdem vergangen – ach, es ist noch mehr vergangen. Die Welt ist roh geworden. Kommen Sie. Gehen wir heim, tauchen wir hinunter in die schöne Vergangenheit, oder besser: beschwören wir sie herauf.«
Sie wanderten den sanft abfallenden Weg nach der Stadt zurück.
Mesmer wohnte in der Vorburggasse, in einem kleinen alten Hause, das zu ebener Erde keine und im ersten Stockwerke nur drei kleine Fenster hatte. Es sah geheimnisvoll verschlossen aus, als müßte der sonderbare Mann Sonderbares darin verborgen halten.
Der Alte sperrte das Tor mit einem gewaltigen Schlüssel auf, ließ Augustin eintreten und verschloß das Haus von innen mit großer Sorgfalt. »Ich wohne völlig allein«, sagte er, als sie die Treppe hinaufstiegen, »und wünsche mir keine ungebetenen Gäste.«

Im oberen Stockwerke lagen an der Straßenseite zwei Zimmer. Die Dämmerung war schnell gekommen, aber der Gustl erkannte genug: Feine, glänzende zärtliche Rokokomöbel standen an den Wänden, und im Nebenzimmer, dessen Tür offen war, sah er ein märchenhaftes Himmelbett. Es war breit, hundertfach geschnitzt, mit vergoldeten Rosen und kleinen Engeln, die den Baldachin gerafft hielten und aus deren Händen der schwere blaue Seidenstoff mit den silbernen Lilien der Bourbonen wie eine Prunkgirlande hervorquoll.

Der Gustl trat hinzu, stumm vor Entzücken.

»Sie sind Kenner, ich wußte es«, sagte Mesmer mit glückseligem Lächeln. »Ja, wo ist diese Zeit und ihre Herrlichkeit? Die Prinzessin von Lamballe hat es mir einst geschenkt. Wenn Sie wollen, können Sie heute nacht darin schlafen. Hier ist das Feuerzeug – zünden Sie das Holz im Kamin an, Freund; ich will mich unterdes um das Essen kümmern.«

Mesmer ging hinaus, Augustin hörte ihn mit Schüsseln und Gabeln hantieren. Er brachte das Holz zum Brennen, setzte sich vor den Kamin, sah in die wachsenden Flammen und wartete, befangen von Träumen und der Neuheit dieses Erlebnisses, auf das, was der Abend vielleicht bringen würde. Der gespenstische Doktor kam wieder. Er trug ein Tablett, auf dem sich ein recht wohl ausgesuchtes kaltes Abendbrot, ein Krug Meersburger Wein und ein dreiarmiger Leuchter mit brennenden Kerzen befand. Mit einer gewissen Anmut ordnete er den Tisch und sagte dabei:

»Nur keine Frauen! Es ist eine faule Erfindung der Männer, daß für einen Haushalt Frauen notwendig seien. Männer können das alles besser, wenn sie sich nur die Mühe machen wollen. Ich bin lange genug Arzt gewesen, um zu wissen, was für alberne Gemächte die Weiber sind.« Auf dem Kamin schlug eine Uhr die sechste Stunde. Augustin betrachtete sie. Ein aus feinem Silber getriebenes Totengerippe neigte sich darüber und zeigte mahnend auf die Stundenziffern, auf dem Blatte seiner Sense waren die Worte »Una ex his« eingegraben.

»Una ex his!« sagte Mesmer, »man sollte das nie vergessen. In einer von diesen Stunden werden wir sterben, der Kreis des Lebens ist nicht größer als ein Zifferblatt. Essen wir geschwind noch etwas, ich würde mich ärgern, wenn ich hinunter müßte, ehe ich diesen guten Wein ausgetrunken habe. – Sie haben einen Liebeskummer gehabt, mein Freund, aber Ihr Appetit ist gut; dies weist darauf hin, daß Sie sich auf dem Wege zur Genesung befinden. Sie tun recht daran. Was nützt es auch?«

»Ich beklage mich nicht über die Liebe selbst«, antwortete Augustin, ungewöhnlich heiter, »sondern über die Gemeinheit der Welt.«

»Auch daran tun Sie durchaus recht. Ich weiß es am besten. Hören Sie also – essen wir getrost weiter –, was ich Ihnen sagen wollte. Ich habe, schon als ich vor vierzig Jahren in Wien studierte, den animalischen Magnetismus entdeckt; mein ganzes Leben war seiner Erforschung und Verteidigung gewidmet. Die Welt ist mit einem unsäglich feinen Fluidum erfüllt, das eine Wechselwirkung aller Körper aufeinander bedingt. Vermindert sich im Körper die für ihn bestimmte und notwendige Menge des Fluidums, so wird er krank. Ergänzt man sie, so gesundet er; die Ergänzung kann geschehen durch den Metallmagneten, durch Übertragung mit der Hand, auch durch den Blick allein.«

Augustin lauschte mit gespannten Sinnen. Jetzt begriff er die seltsame, wohltuende Wirkung, die Mesmers Augen auf ihn hatten.

»Als ich diese Lehre aufgestellt und veröffentlicht hatte, lachte man mich aus. Man hat stets über mich gelacht – ›man‹, das heißt die Pillendreher und Perückengelehrten; die Münchener Akademie – ein weißer Rabe – ernannte mich zu ihrem Mitglied – merken Sie sich: die Bayern sind nicht so dumm, wie sie aussehen. Das Publikum, das Volk, beachtete mich, strömte mir zu, ließ sich heilen, betete mich an . . . der Instinkt der Masse ist stets richtig, denn die Masse steht dem Tiere noch am nächsten. Aber die Leute von der Zunft vertrieben mich aus Wien. Welchem wahrhaft großen Mann ist es nicht ähnlich ergangen? Ich zog nach Paris. Nicht nach dem heutigen Paris, mein Freund, dessen Pflaster noch rot ist vom Blute der Edelsten des Landes – sondern nach dem eleganten, geistreichen, lustigen Paris, über das Maria Theresias schöne Tochter herrschte. Die Königin erkannte meine Bedeutung als eine der ersten. Sie suchte mich auf. Ich wurde Mode und mußte alle Annehmlichkeiten und Nachteile dieser Tatsache erfahren. Die Gelehrten wurden neidisch und suchten meine Verdienste zu verringern, meine Heilungen wegzuleugnen. Aber es half ihnen nichts: ganz Paris lag mir zu Füßen. Die Frauen, lieber Sumser – schimpfte ich vorhin über die Frauen? Es geschah nur aus Prinzip! – die Frauen sahen einen Gott in mir. Herzoginnen, Fürstinnen, Prinzessinnen – ich sagte Ihnen ja: die Prinzessin von Lamballe, Cousine der Königin, hat mir jenes Bett geschenkt . . . Meine jährlichen Einkünfte überstiegen fünfmal hunderttausend Franken. Der Glanz meines Namens verdunkelte die Sonne – – da kam der große Weltuntergang, die Revolution. War es nicht wirklich ein Weltuntergang? Ja! Die Welt der Grazie, des Geistes, der Schönheit, der Eleganz verblutete, erstickte unter dem tierischen Griffe des Pöbels. Ich glaubte, weise gewesen zu sein und hatte mein Vermögen in Staatspapieren angelegt – es war über Nacht verloren. Mehr noch: wegen meiner Beziehungen zum Adel wollte man auch mich guillotinieren, aber ich rettete mich noch. Als armer Mann floh ich nach der Schweiz. Der Blutstrom verebbte allmählich. Im vorigen Jahre war ich in Paris und machte meine Rechte geltend. Aus Gnade hat man mir eine jährliche Pension von dreitausend Franken gewährt – mir, dem Abgott einer Zeit, dem Wohltäter der Menschheit, dem bedeutendsten Arzt seit Paracelsus! Die Welt hat sich gewendet. Das Jahrhundert ist eisern geworden. Niemand fragt mehr nach mir. Ich bin tot, mehr als tot: ich habe mich selber überlebt. Nun sitze ich mit den Resten meiner Herrlichkeit hier und warte, warte . . .« Er sah nach der Uhr auf dem Kamine. »Una ex his! Ein Drama soll nie mehr als fünf Akte haben; hat es mehr, so wird es langweilig – auch für die Schauspieler. Alles, was mir zu tun übrigbleibt, ist, mit Anstand zu warten, bis die Stunde kommt.«

Mesmer saß, zusammengesunken wie ein Häuflein

Asche, in seinem Lehnstuhle – ein Schauspieler, der nach den letzten Worten seiner glänzenden Rolle niederbricht.

Augustin schwieg. Was war sein Kummer gegen dieses Schicksal?

»Alle Großen der Welt«, begann der Alte hingrübelnd wieder, »leiden Verfolgung. Dummheit ist größer als Größe. Wir werden es sehen: vor einem Monat ist Bonaparte erster Konsul geworden. Er war Artillerieleutnant. Er wird Kaiser werden, wenn er will. Aber das Ende kennen wir nicht.« Er murmelte unverständlich weiter.

Die Uhr klingelte silbern.

»Die Zeit rückt –«, sagte Augustin.

»Sie rückt über alles hinweg. Der Uhrzeiger ist der Finger des ewigen Schicksals. Er kümmert sich um nichts. Er, den eine Kinderhand aufhalten könnte, gleitet über die Jahrhunderte hinweg, über Bettler und Kaiser. Die Welt ist wunderlich.«

Und nach einer Weile »Nun, was meinen Sie? Wie gefällt Ihnen meine Geschichte?«

»Schlecht!« antwortete Augustin. »Sie haben Unglück gehabt. Aber sagten Sie nicht selbst, dies sei das Los aller großen Männer?«

»Ein sauberer Trost, mein Freund! Glauben Sie, ich wollte Ihnen etwas vorjammern? Glauben Sie es nicht. Sie sind jung, die Niedertracht der Welt hat Sie noch nicht betroffen. Doch? Oh, es war nichts, nichts im Vergleiche zu mir –«

»Ja –«

»Und sehen Sie: ich, der ich alles verloren habe, Ruhm

und Vermögen, lebe noch. Warum also lassen Sie den Kopf hängen? An unglücklicher Liebe sterben die Leute nur in schlechten Romanen. Die wirkliche Welt ist zwar schlecht, aber kein Roman. Betrachten Sie das Ganze, und Sie werden erkennen, wie unwichtig Ihr Kummer ist; merken Sie sich dieses Mittel. Die Zeit verbindet Ihre Wunden. Sie werden wieder lieben, Sie werden heiraten – zeigen Sie mir Ihre Hand, nein, die linke!«
Er betrachtete die Linien. »Sie werden vielleicht doch nicht heiraten. Desto besser für Sie. Welche glückliche Veranlagung! Welche Zukunft in der nächsten Nähe! Erlauben Sie, daß ich Sie auslache, wenn Sie melancholisch sein wollen!«
»Ich bin allerdings nahe daran, mich selber auszulachen«, sagte der Gustl nickend, »nicht wegen Ihrer und meiner Geschichte, Herr Doktor. Aber seitdem ich bei Ihnen bin, komm' ich mir sonderbar mutig vor.«
»Das macht der Umgang mit Gespenstern.«
»Vielleicht«, lächelte Augustin. »Es ist gut, wenn man hin und wieder an seine vergängliche Winzigkeit erinnert wird.«
»Und daran, daß nur Tote das Recht haben, Gespenster zu spielen. Verstehen Sie mich, Freund? Dann hab' ich meine alten Geschichten nicht umsonst erzählt. Lieber Himmel, wie jung sind Sie doch! Leben Sie! Alles an Ihnen ist zum Glücke geschaffen, und Sie plagen sich mit Gespenstern?« Die großen blauen Augen strahlten ihn an wie Sonnen. Das machtvolle Licht schoß in seine Adern und in sein Herz, wie Sonnenblick in eine düstere Landschaft einbricht, und seine

Lust am Leben war wie eine Knospe am ersten Tage des heiteren Frühlings.

»Sie haben recht!« sagte Augustin Sumser. »Bewegen wir uns auf der beleuchteten Seite des Lebens! Wenn Werther sich nicht erschossen hätte, wäre er sicher noch ein guter Familienvater geworden. Ich will wieder glücklich sein.« Mesmer lächelte ein entzückendes, zufriedenes Lächeln. »Sie sind mein letzter Patient. Die Kur ist geglückt. Trinken wir darauf noch einen Krug – Sie sind mir Ihre Geschichte eingehender schuldig. Beginnen Sie.«

Und nun zog Augustin aus seinem Gedächtnisse das in fröhlicher Buntheit gewebte Band seines Lebens und ließ es, Zoll um Zoll betrachtend, durch seine Finger gleiten. Da sah er wieder einmal: es war ihm eigentlich immer gutgegangen. Nur als er von dem Duett in der Dämmerung sprach, wurde er wieder leise wehmütig – aber es war nicht mehr die Wehmut des getroffenen Herzens, es war ein Gedenken an vergangene Schönheit, eine Erinnerung nur an den Duft der fleurs d'autrefois . . .

Als es eins schlug, sagte Mesmer fast befehlend: »Die Zeit der Gespenster ist vorbei. Schlafen Sie in dem prinzeßlichen Himmelbett einer neuen Zukunft entgegen, mein Freund!«

Augustin verließ den Alten nicht so bald, wie er gedacht hatte. Mesmer hielt ihn – vielleicht weil er an seiner Gesellschaft Gefallen gefunden hatte, vielleicht auch, um zu beobachten, ob nicht die leidige Melancholie wiederkäme. Sie hausten zusammen, der weißhaarige, geistreiche Hagestolz und der junge Gustl, dessen Neigung zum Einsiedeln in diesen Meersburger Tagen bedenklich wuchs. Er gewann in dieser Zeit hundert neue Einblicke, besonders zeigte ihm Mesmer als Arzt die Schwächen des Menschengeschlechts und lehrte ihn aus seinem hilfreichen Herzen als Unzulänglichkeit zu betrachten, was der Gustl bisher eitel Bosheit genannt hatte. Mesmer hatte jene beiden Seiten in seinem Wesen, die sich bei Ärzten oft finden: eine tiefe Verachtung der Menschen und dennoch den Wunsch, ihnen zu helfen. »Wer seinen Nächsten kennenlernt«, sagte er, »kann nicht anders, als ihn verachten. Deshalb tragen alle diejenigen, die wirkliche Herren sind, immer den gleichen Zug der Verschlossenheit und Verachtung um den Mund. Sehen Sie den alten Fritz, sehen Sie Bonaparte an. Diese Köpfe wissen, warum sie die Menschen nicht anders denn als Herde behandeln. Trotzdem bemühen sie sich um sie, obwohl sie sich darüber klar sind, daß es sich nicht lohnt – ein Konflikt im Bewußtsein, der die großen Männer der Weltgeschichte zu tragischen Schauspielern macht. Ein Staatsmann, der die Menschen nicht verachtet, wird keinen Erfolg haben.«

Augustin dachte an seine Unterredungen mit dem Landeshauptmann; was Mesmer sagte, hatte er selber gefühlt; seit er bitter zu lächeln gelernt hatte, paßte er vielleicht besser in die Laufbahn, in die Gravenreuth ihn zu drängen gedachte... Nach einer Woche wollte er den Alten verlassen und weiter westwärts wandern, da die Russen immer noch in Lindau lagen. Aber er fand sich nicht fort. Das tiefe, bedeutende Wesen Mesmers, sein

seltsamer Einfluß, die durchgearbeitete Bildung seines Geistes fesselten ihn. Ein Tag reihte sich an den andern wie die Glieder einer angenehmen Kette.
»Sie sind mein letzter Patient!« sagte der Arzt.
»Ihr letzter Erfolg –«, verbesserte Augustin.
Mesmer antwortete, eitel wie eine Frau: »Das war bei mir stets gleichbedeutend«, und erzählte nach seiner Gewohnheit eine jener vielen wunderbaren Heilungsgeschichten, die Paris in Staunen versetzt hatten. Und immer war der Schluß eine wehmütige Betrachtung der vergänglichen und vergangenen Größe. Er liebte Sumser wegen seiner glückhaften Gaben; er wußte auch, daß dieses junge Leben vielleicht der letzte Sonnenblick war, den die Welt für ihn übrig hatte. Deshalb öffnete er ihm sein Herz und hielt ihn, wie er konnte. Augustin war ein wenig bedrückt, daß er den Alten aus seinem Bett in eine Kammer vertrieben hatte, und wollte wieder tauschen, aber Mesmer ließ sich darauf durchaus nicht ein. »Wie lange wird's dauern«, sagte er mit seinem feinen Lächeln, »und ich vertausche das Himmelbett mit einem Bett im Himmel? Oben auf dem Friedhof hab' ich mir schon ein Grab ausgesucht. Bleiben Sie, wo Sie sind –: Amoretten und Girlanden sind für die Jugend. Überdies gehört es zu Ihrer Kur.«
Wirklich schlief Augustin weiter in dem prinzeßlichen Bette, und es bekam ihm gut. Seine sündhafte Veranlagung für die weltlichen Freuden, die er verkümmert geglaubt hatte, wachte wieder auf – und er bemerkte es ohne Mißbehagen! Wenn er in der blauseidenen Dämmerung träumte, erkannte er, wie jung er war. Es umfing ihn der gespenstige Duft der hinabgesunkenen

zärtlichen Zeit, die dieses Bett geschaffen hatte, und leise begannen die Schäfermelodien in seinem Herzen aufzuklingen, die ehedem gestorben zu sein schienen. Eines Morgens erfand er, halb noch schlafend, eine entzückende Gavotte, die wie ein Frühlingsblumenstrauß plötzlich vor ihm stand. Er setzte sich im Bette auf, nahm Papier und Bleistift und notierte die Melodie; es war, als ob die goldenen Liebesgötter, die den Betthimmel hielten, sie ihm zuwarfen.

Eine Stunde später spielte er sie dem Alten auf einem schüchternen Spinettlein vor, kam ins Phantasieren und verfing sich für den ganzen Vormittag in lauter Musik.

Mesmer saß am Kamin, hörte zu und nickte. »Ganz so wollt' ich Sie haben! Sie sind gesund, die leidige Wunde ist geheilt. Lieber Sumser: Seit vorgestern sind die Russen aus Lindau nach Schwaben abgezogen. Gehen Sie heim und säubern Sie Ihre Wohnung, arbeiten Sie und seien Sie fröhlich! Wo Sie mich finden, wissen Sie; ich bin Ihr Freund. – Noch wenige Tage, und das alte Jahrhundert, das schon lange tot ist, sinkt auch im Kalender unter den Horizont; im Osten der Weltgeschichte steigt schon das neue Säkulum herauf, glührot und mit strahlenden Lanzen. Ich ziehe es vor, in der Vergangenheit zu bleiben, zu der ich gehöre – euer aber ist die Zukunft. Gehen Sie getrost über die Schwelle: Menschen wie Sie gehören in die Morgensonne.«

# *Augustin*
# *und die Weltgeschichte*

Der Gustl fand seine Wohnung in einem jämmerlichen Zustande wieder; die Russen hatten gehaust wie Feinde und danach einen so außereuropäischen Schmutz zurückgelassen, daß die alte Fischerin einige Tage schwemmen und scheuern mußte, bis die Sumsersche Sauberkeit einigermaßen wiederhergestellt war.
Unterdessen ging Augustin zum Klausberg hinüber, weil er nach dem kranken Gravenreuth sehen und seine Habseligkeiten zurückholen wollte.
Es hatte geschneit, und über dem See standen schwere, dunkle, weiche Wolken. Das Wasser lag stumm und winterverdrossen. Der Gustl ging durch die große Einsamkeit und dachte an das Erlebnis der vergangenen Tage. Er spürte den geheimnisvollen magnetischen Einfluß Mesmers noch in allen Adern; als er das vergitterte Parktor sah, hinter dem so viele Freuden für ihn geblüht hatten, wollte er wieder melancholisch werden, aber es ging nicht, obwohl der Tag mit seiner schweren Verschneitheit sehr dazu angetan gewesen wäre. Als er die Gartenwege hinaufging, erkannte er zum ersten Male ganz deutlich, daß er seinen alten Humor wiedergefunden habe: die Marmorgötter, die in sentimentaler Nacktheit frierend dastanden und

Schneehauben auf den Köpfen trugen, brachten ihn zum Lachen. Die beiden Gravenreuth saßen einander beim Feuer gegenüber und spielten Schach. Der Hauptmann konnte zwar noch nicht gehen, aber die Wunde schloß sich von Tag zu Tag besser.
»Nichts Lieberes konnte mir begegnen!« sagte der alte Baron voll Herzlichkeit, als er den Gustl eintreten sah.
»Weil er nämlich drauf und dran ist, die Partie zu verlieren!« rief der Hauptmann. »Sie sind ein willkommener Vorwand, die Schlacht abzubrechen!« .
Gravenreuth lachte. »Der Junge spielt nicht übel. Er hat Anlagen. Alle Menschen sollten Schach spielen lernen; man erkennt daran, ob sie fähig sind, den Zufällen und Angriffen des Lebens mit einiger Geistesgegenwart und Geschicklichkeit zu begegnen. Wo haben Sie in diesen schlimmen Tagen gesteckt, mein Odysseus?«
»Ich war«, antwortete Augustin, nicht ohne Feierlichkeit, »in der Unterwelt, habe die Schatten besucht und Lethe getrunken – eine äußerst vorteilhafte und empfehlenswerte Beschäftigung.«
»Es scheint so – wenigstens sind Sie in Ihrer besten Laune und haben die Kummerfalten verloren. Sie gefallen mir besser so!«
»Dann werde ich Ihnen für alle Zukunft gefallen, denn ich bin geheilt, ausgeheilt, neu hergerichtet. Die Musik spielt wieder in mir, Exzellenz! Lauter kleine Engerln! Meinetwegen soll die ganze Welt einschneien – in mir blühen alle Beete, und die Finken schlagen.« Er setzte sich ans Klavier und spielte seine Meersburger Gavotte herunter, mit aller Liebenswürdigkeit und all dem leichten Sinn, den er in früheren Tagen gehabt hatte.

Gravenreuth schmunzelte und nickte. »Das mag ich gern, Sumser! So nett, so flatterflügelig, so himmelblau über goldgrünen Wiesen: Verkauft's mein G'wand, ich fahr in'n Himmel! Welcher Wunderdoktor hat Sie so jung gemacht, wie Sie sind? Oder war's eine Doktorin am Ende?« Augustin erzählte.

»Der Mesmer!« sagte Gravenreuth schließlich, »ja wahrhaftig, ich kann mich an das Aufsehen erinnern, das er gemacht hat. Schade, daß es ihn so vom Stangl heruntergehauen hat. Aber, mein Gott – das ist der Lauf der Welt. Wie er nur einen solchen Zorn auf die Menschen haben kann! Als ob man das nicht im voraus wüßte. Hübsch Distanz halten und die Trottel laufen lassen – das ist die einzige Lebensregel; man sollte einen Menschen niemals genauer kennenlernen, denn man wird beim näheren Zusehen immer enttäuscht. Immer! Keiner taugt etwas, keiner. Aber so als Gesellschafter auf dem Spaziergang durchs Leben – warum nicht? Man muß nur immer ›Sie‹ zueinander sagen, dann geht es schon. – Was machen Sie nun?«

»Ich gedenke wieder auf der Brühe des Lebens obenauf zu schwimmen«, sagte der Gustl, »das ist eine der angenehmsten Tätigkeiten, vorausgesetzt, daß man die natürliche Leichtigkeit dazu hat. Denn je tiefer man dieser Brühe auf den Grund geht, desto seichter wird sie, merkwürdigerweise! Ich habe keinen Ehrgeiz, Gott sei Dank; also bin ich leicht zufrieden. Ich werde mir eine Lilie vom Feld ins Knopfloch stecken und mich über nichts mehr ärgern.«

»Über nichts?« fragte der Landeshauptmann. »Über gar nichts.«

»Recht so!« sagte Gravenreuth, füllte sein drittes Glas mit Tiroler Wein und sah dem Gustl scharf in die Augen. »Trinken wir also auf das Wohl der schönen Fürstäbtissin oder vielmehr der Baronin Westerholt, denn sie heiratet auf Weihnachten nach der Pfalz hinüber...«
»Prosit!« sagte Augustin Sumser, ohne eine Miene zu verziehen; wie sehr sein Herz zitterte, sah ihm keiner an. Sie tranken und stellten die Gläser auf den Tisch zurück.
Der Landeshauptmann sagte: »Glänzend! Exquisit! Sumser –: Sie müssen in die Staatskarriere. Ich hab's Ihnen schon immer gesagt; aber nach dieser peinlichen Generalprobe lass' ich nicht mehr locker. Es ist soweit, Sumser. Unser Franzl kann nie wieder aufs Pferd. Er hat die herrlichsten Verbindungen – wollen Sie nicht mit ihm nach München gehen? Sie werden's nicht bereuen.«
Augustin schwieg vor dem Versucher. Er dachte, romantisch wie er bisweilen war, an Bonaparte und sah alle Reiche der Welt zu seinen Füßen.
»Es geht ja nicht von heut auf morgen!« begann Gravenreuth wieder. »Sie haben Zeit zum Überlegen – ein Jahr, zwei Jahre. Nur vergessen Sie es nicht, Sumser!«
»Überlegen kann man es ja«, sagte der Gustl mit sehr zwiespältigen Empfindungen.
»Und damit gut!« schloß der Landeshauptmann klugerweise. Er sah, daß der Pfeil endlich saß, und hütete sich, daran zu zerren. »Ich lasse Ihre Sachen nach Lindau hinüberfahren. Sie werden froh sein, wenn Sie wieder zwischen Ihren eigenen Wänden sitzen, gelt?«

In der Dämmerung kam Augustin nach Hause. Seine Wohnung roch nach Wasser und Seife, der Fußboden war noch feucht. Er packte seine Sachen aus und richtete sich ein, als sei er zum ersten Male hier. Fast war es so, denn Mesmer hatte mit seinen unfaßbaren Kräften einen so wohltuenden Schleier über das Vergangene geworfen, daß der Gustl nur undeutlich daran denken konnte – und vor allem: er wollte es auch gar nicht. Als er das frische Stroh in seinem Bette rascheln hörte, seufzte er in der Erinnerung an das Himmelbett der Prinzessin Lamballe, an die blauseidenen Gardinen und an die lächelnden kleinen Goldengel...
Indessen: Nicht jeder konnte unter bourbonischen Lilien schlafen, und es war vielleicht angenehmer, unbeschwert von der Vergangenheit auf einem Strohsacke von der Zukunft zu träumen, als an jedem Morgen durch einen blauen Seidenhimmel an versunkenen Glanz und Ruhm erinnert zu werden.
An diesem Abend erschien Augustin Sumser zum ersten Male seit zwei Jahren wieder im »Lamm«. Er wurde mit großer Freude und mit noch größerer heimlicher Achtung begrüßt, denn es war klar, daß sein sentimentales Abenteuer mit der schönen Fürstäbtissin in dem kleinen Lindau nicht auf die Dauer hatte verborgen bleiben können. Die Ehemänner beneideten ihn, die Junggesellen bewunderten ihn; aber alle taten, als ob sie nichts wüßten, so gern mochten sie den lieben Augustin. Seitdem blieb er der Gesellschaft treu und befolgte freilich auch den Rat des alten Gravenreuth: Distanz zu halten. Aber das erhöhte den geheimnisvollen Nimbus, den das Gerücht um ihn gewoben hatte.

Die Patrizier, die sich seit Jahrhunderten in der Sünfzengesellschaft zusammenfanden, luden ihn bisweilen zu Gaste, schon wegen seines vertrauten Verkehrs mit dem Landeshauptmann von Vorarlberg und weil er in politischen Dingen stets wohl unterrichtet war. Es wurde wieder, wie es ehedem gewesen: der liebe Augustin gehörte trotz seinen jungen Jahren zu den Sehenswürdigkeiten der Stadt, nur daß die Kinder nicht mehr hinter ihm drein sangen, sondern ihn beinahe ehrerbietig grüßten. Und er - er freute sich wieder seines leichten Sinnes. Wenn er hörte, wie die Leute von ihm munkelten: »Reich könnt' er sein, wenn er nur wollte . . .«, lächelte er still und ließ sie reden. Er beschwerte sich nicht mit Besitz, der nur eine Kette sein würde. Er arbeitete auch nicht mehr, als zu einem behaglichen und sehr bescheidenen Leben notwendig war. Daß er keinen Ehrgeiz hatte, empfand er als Glück.

Das neue Jahrhundert war angebrochen - es zeigte ein böses Gesicht. Napoleon ging über den Großen St. Bernhard und siegte bei Marengo über die Österreicher. Moreau drang bis München vor. Das erste Jahr des Säkulums brachte Unglück für Deutschland. Als aber der zweite Frühling kam, schloß man wieder einmal Frieden. Die Stadt feierte ein resigniertes Dankfest; sie hatte unter Besatzungen und Durchzügen wiederum schwer gelitten und war noch ärmer geworden, als sie gewesen, und jetzt hatte sie nur noch eins zu verlieren: ihre Freiheit oder den Schein, der davon übriggeblieben war. Sie brauchte nicht lange darauf zu warten. Durch die Abtretung des linken Rheinufers hatte eine Anzahl Fürsten und Fürstlein manches Gebiet verloren, und es war bestimmt worden, daß sie schadlos gehalten werden sollten. Über Nacht stieg die Gefahr der Säkularisation für die Reichsstädte und geistlichen Gebiete herauf. Lindau, schwach, mutlos, arm, war eines der ersten Opfer. Bald nach dem Friedensschlusse wurde der Stadt aufs feierlichste eröffnet, daß sie »durch jene hohen und weisen Beschlüsse, die die ersten Fürsten des Vaterlandes gefaßt haben« - ihre Freiheit verloren habe. Sechshundert Jahre freundlicher Selbstherrschaft wurden klanglos begraben; an der Stephanskirche meißelte man den uralten Reichsadler neben dem Lindenwappen aus; der Eid Rudolfs von Habsburg, daß Lindau von Reichs wegen niemals versetzt, verkauft oder verkümmert werden dürfe, schien weggewischt; die Weltgeschichte war stärker als ein Kaiserwort. Und der neue Herr, dem die Stadt zufiel, war niemand anders als Karl August Fürst von Bretzenheim - ein Bruder der schönen kleinen Fürstäbtissin . . .

Zu den Verhandlungen mit der Stadt kam der Kanzleidirektor Johann Nepomuk von Ziwny. Er fand keinerlei Widersprüche oder Schwierigkeiten, denn der Magistrat wünschte nur eines: Ruhe. Die Freiheitsliebe war den Lindauern seit Jahren gründlich vergällt worden.

Ziwny war so aufmerksam, Herrn Augustin Sumser gelegentlich in seiner Wohnung aufzusuchen, um die alte Freundschaft zu erneuern, wie er sagte. Der Gustl geriet darüber in großes Erstaunen, von dem er sich aber freilich nichts anmerken ließ. Der Kanzleidirektor war ungemein liebenswürdig, betonte wiederum, wie fatal ihm die Verhandlungen vor zwei Jahren gewesen seien

– oder ist es am Ende schon länger her? Mein Gott, es geht einem so viel durch den Kopf, man ist überlastet, in der Tat überlastet, lieber Herr Sumser!
Augustin bedauerte dies tief.
»Sie sind zu beneiden, fern von Madrid! Hätten wohl Zeit, mir einen Teil meiner Sorgen abzunehmen, hehe!«
»Zeit vielleicht«, sagte der Gustl, »aber keine Lust.«
»Ich kann's Ihnen nicht verdenken. Staatsaffären sind eine aufreibende Sache. Nun, jeder nach seinem Geschmack, Sie ganz nach dem Ihren. Nochmals: Ich bin Ihnen außerordentlich, in der Tat außerordentlich verbunden für Ihre große Diskretion und das Entgegenkommen, das Sie uns in jener delikaten Angelegenheit gezeigt haben. Ja. Nachdem Sie nun Untertan Seiner Durchlaucht geworden sind –«
»Da ich das Lindauer Bürgerrecht nicht besitze«, sagte Augustin, »muß ich leider auf die Ehre verzichten, Seiner Durchlaucht Untertan zu sein.«
Ziwny lachte: »Schade, schade. Ich hätte sonst gern Gelegenheit genommen... nun, ich weiß, Sie reden nicht gern über Vergangenes. Aber was meinen Sie: Sind Gottes Wege nicht wunderlich? Wer hätte damals geahnt –«
»Allerdings!« sagte Gustl trocken. »Warum hat man mich damals nicht gefürstet? Da wäre die Stadt auch in der Familie geblieben...«
»Ich sehe«, antwortete Ziwny in seiner besten Laune, »daß Sie Ihren Kummer vergessen haben. Das freut mich sehr, wahrhaftig. Vielleicht finde ich Gelegenheit, Sie bald wiederzusehen? Ich bleibe noch längere Zeit hier, es ist manches zu ordnen.«
Augustin verbeugte sich und begleitete den Kanzleidi-

rektor bis zur Haustüre. Man sah die beiden, sah, wie herzlich Ziwny sich verabschiedete - und am Abend war der Schimmer des Geheimnisvollen, der des Gustl sorgloses Haupt nun einmal umstrahlte, wieder um ein Bedeutendes gewachsen.

Augustin aber ging nachdenklich in seine Werkstatt zurück. Daß der Kanzleidirektor nicht aus reiner Zuneigung einen Spieldosenmacher besuchte, war leicht einzusehen. Befürchteten sie immer noch einen Skandal wegen Friederiken? Das war wohl nicht denkbar. Was wollte man also von ihm?

Bei der geringen Ausdehnung der Stadt war es unvermeidlich, daß Augustin dem Kanzleidirektor des öfteren begegnete. Jedesmal erwiderte Ziwny seinen Gruß mit auffallender Höflichkeit. Als er ihn einmal nach Äschach hinüberfahren sah, ging er flugs in das Gasthaus »Zur Krone«, wo Ziwny wohnte, erklärte, den Besuch des Kanzleidirektors erwidern zu wollen, und drückte dem Sekretär sein tiefes Bedauern darüber aus, daß er Herrn Ziwny nicht angetroffen habe. Damit hielt er die Angelegenheit für erledigt, denn er wünschte es.

Sie war es nicht. Während des Winters freilich hörte er nichts von dem Bretzenheimischen Kommissär. Als der Frühling des Jahres 1803 kam, litt es ihn wieder einmal nicht mehr auf der Insel; er hatte fleißig gearbeitet und einen Beutel voll Gulden übrigbehalten - das Geld drückte ihn. Also zog er auf Tage und Wochen davon, lief um den halben Bodensee, besuchte Mesmer in Meersburg und Gravenreuth in Bregenz und tat das Seinige, sich in den Dörfern des Ufers als liebenswürdigen

Nichtsnutz und Schürzenjäger bekannt zu machen. Himmel, es war Frühling, der Gustl hatte keine Sorgen, und es schien nun einmal seine Bestimmung zu sein, überall da, wohin er kam, sehr viel Gegenliebe zu finden. Sein Lebenswandel beschwerte ihm sein Gewissen keineswegs, denn er wußte, daß er nirgends gebrochene Herzen und tiefe Sehnsüchte, sondern nur süße, dankbare, verschwiegene Erinnerungen zurückließ. Sein Schmetterlingsherz war fröhlich. Was ist schöner, als zu wissen, daß irgendwo im Lande um einen roten Mund in Dämmerstunden ein Lächeln der Erinnerung spielt? Daß irgendwo eine kleine Untreue mit dem Herzas des Gedankens: »Schön war es doch!« übertrumpft wird?

Als der Gustl von einer dieser Fahrten heimkam, fand er einen Brief, in dem ihn Ziwny um eine Unterredung bat. Er schüttelte wieder den Kopf. Am gleichen Tage begegnete er dem Kanzleidirektor selber, der eben spazierenfahren wollte. Er ließ sich neben ihn in den Wagen nötigen, fuhr, angestaunt und betuschelt, durch das Tor und wartete auf Eröffnungen.

Es mußte etwas sehr Wichtiges sein, denn Ziwny ging ungemein vorsichtig zu Werke. »Sie wundern sich wahrscheinlich«, sagte er, »daß ich immer noch hier bin. Es ist mir selber fatal – aber was sollte ich tun? Die Verhältnisse Lindaus sind äußerst verwickelt, schwierig, ja geradezu hoffnungslos. Die Stadt stand, als sie unter das Bretzenheimsche Regiment kam, vor dem Bankrott. Sie können sich denken, daß Seine Durchlaucht über diese Lage seiner neuen Landeskinder wenig erfreut war.«

Augustin spitzte die Ohren. Ziwny sagte ihm nichts Neues, aber es mußte sich jetzt herausstellen, warum er es sagte. »Mit all diesen Lasten habe ich mich herumzuplagen. Es ist kein Vergnügen, glauben Sie's mir! Und verzeihen Sie also, wenn ich die Gelegenheit benutze, mein Herz einem Manne gegenüber zu erleichtern, dessen Verschwiegenheit und Klugheit ich über alles zu schätzen gelernt habe.«

»Sie beschämen mich!« sagte Augustin. Niemals hatte er die Trefflichkeit der Redensart »er war ganz Ohr« deutlicher eingesehen als in diesem Augenblicke.

»Was würden Sie sagen, wenn man Ihnen eine wohlgefüllte Brieftasche wegnimmt und Ihnen als Ersatz ein altes Portefeuille verehrt, das Sie vollkommen leer, ja sogar reparaturbedürftig finden, und das obendrein noch im Rocke eines anderen steckt? In dieser angenehmen Lage sind wir, Verehrtester! Unsere schönen linksrheinischen Besitzungen sind zum Teufel, man hat uns dafür das bankrotte Lindau aufgeschwätzt, eine wirkliche Insel, mitten unter lauter österreichischem Gebiet. Anstatt unsere Einkünfte zu vermehren – und das ist sehr nötig! –, fordert die Stadt unsere Hilfe!« Ziwny dämpfte seine Stimme vertraulich herab. »Durchlaucht sind, mit Respekt zu sagen, wütend. Durchlaucht haben geruht, mich einen Esel zu nennen! Mich! Als ob ich etwas gegen die Reichsdeputation ausrichten könnte! Es ist zum Verzweifeln, denken Sie an das Gleichnis von dem Portefeuille, das ich mir erlaubte. Was würden Sie tun? Sie wissen, ich schätze Ihr Urteil ungemein, in der Tat ungemein.« Der Gustl begann zu ahnen.

Bereitwillig antwortete er: »Ich würde das bewußte Portefeuille im Rocke des anderen stecken lassen und mich mit dem Besitzer des Rockes irgendwie auseinanderzusetzen suchen: vielleicht würde ich bereit sein, mich von ihm mit etwas anderem abfinden zu lassen; er dürfte darauf eingehen, denn es ist immerhin ein unangenehmer Gedanke, das Eigentum eines anderen stets mit sich herumzutragen.« Augustin wußte, daß er damit eben das sagte, was der Kanzleidirektor hören wollte. Nichtsdestoweniger tat Ziwny, als ob ihm dieser Gedanke völlig neu, aber sehr einleuchtend sei.
»Vortrefflich!« sagte er und faßte in schöner Wärme Augustins Hand. »Wußt' ich doch, daß ich Sie nicht vergebens fragen würde. Ihre Talente sind mir empfohlen worden, bester Herr Sumser.«
Der Gustl sah nach dieser Bemerkung vollkommen klar und kam Ziwny geradewegs entgegen, denn er hielt die Fortsetzung der vorsichtigen Komödie für überflüssig.
»Man müßte versuchen, Lindau auf gute Manier an Österreich loszuwerden. Österreich wird die Gelegenheit, sein Gebiet zu arrondieren, wahrscheinlich gern ergreifen, und Österreich ist groß – es werden sich Objekte finden, die für die Bretzenheimsche Regierung größere Vorteile bringen als diese kümmerliche Stadt.«
Ziwny strahlte. »Wir verstehen einander! Ich bin glücklich!«
»Immerhin ist es eine heikle Sache.«
Ziwny verdüsterte sich wundervoll und holte einen Seufzer aus seinem tiefsten Herzen. »Heikel, sehr heikel! In der Tat.«
»Gefährlich für Sie, Herr Kanzleidirektor –«

»Sehr gefährlich!« nickte Ziwny bekümmert, »eine Unvorsichtigkeit, ein Mißerfolg, und ich bin geliefert.«
Augustin lächelte heimlich und beschloß, endlich in den heißen Brei hineinzufassen. »Ich gehe jetzt sehr viel spazieren«, sagte er leichthin, »waren Sie in letzter Zeit einmal in Bregenz? Der Mai ist wundervoll da drüben, besonders auf dem Klausberge ... Ich wollte morgen den Landeshauptmann Baron Gravenreuth besuchen. Vielleicht könnte man –«
»Erlauben Sie, daß ich Sie umarme!« rief Ziwny mit vortrefflichem Überschwang der Gefühle, tat es aber freilich nicht. »Ja! Leiten Sie ein unverbindliches Pourparler ein, Teuerster! Unverbindlich, ganz unverbindlich, als Privatmann, so daß man die Sache gegebenenfalls desavouieren kann, nicht wahr? Sie werden mich zu ewiger Dankbarkeit verpflichten.«
»Ich möchte Sie nicht allzusehr belasten«, erwiderte Augustin trocken.
Er lächelte immer wieder, als er am nächsten Morgen nach Bregenz hinüberfuhr. Gravenreuth würde sich wundern, wie geschwind Augustin Sumser in die Laufbahn hineingeraten war, zu der er ihn immer gedrängt hatte! Zufall und Schicksal arbeiten schnell ... der Gustl wehrte sich nicht gegen sie; er war neugierig, was daraus werden würde, und überdies verspürte er einen gewissen Kitzel bei dem Gedanken, daß er mit Menschen und Städten handeln konnte wie andere mit Äpfeln und Äckern. Außerdem aber war er auch mit seinem Herzen bei der Sache, er liebte Lindau, wußte, daß es unter österreichischer Herrschaft wieder gedeihen würde, und ärgerte sich darüber, daß die Stadt nur

dazu dienen sollte, eines der vielen Löcher in dem Bretzenheimschen Geldbeutel zu stopfen. Es kam noch dazu, daß ihm die Aussicht fatal war, Landeskind eines Fürsten zu sein, zu dem er höchst persönlich in den merkwürdigsten Beziehungen gestanden hatte. Alles in allem: Augustin Sumser würde sich die größte Mühe geben, das Geschäft zuwege zu bringen. Daß Gravenreuth sich über seinen Besuch sehr erfreut, aber keineswegs verwundert zeigte, war dem Gustl recht angenehm. Der Hauptmann war inzwischen nach München zurückgekehrt, hatte seinen Abschied genommen und arbeitete in der kurfürstlichen Geheimkanzlei, um sich für seinen Beruf als Diplomat vorzubereiten. So kam das Gespräch, fast ohne daß Augustin sich zu bemühen brauchte, in die Bahnen, in denen er es haben wollte. Langsam fragte er sich an Gravenreuth heran und brachte seinen Auftrag so beiläufig und so sehr privat an, daß der Landeshauptmann selber im Zweifel war, ob es sich nicht um einen gelegentlichen Einfall Augustins handelte. Immerhin sagte er: »Was Sie da andeuten, scheint mir so vernünftig, daß ich annehmen würde, Sie haben genauere Kenntnisse – wenn ich nicht wüßte, daß Sie des öfteren aus sich heraus das Richtige treffen und ohne Verbindungen sind . . .«
»Möglich wäre es«, sagte der Gustl, freundlich lächelnd. Gravenreuth sah ihn verdutzt an.
»Vielleicht haben Sie Gelegenheit, Exzellenz, einiges darüber zu erfahren, wie man sich in Wien zu diesem Gedanken stellt. Hm. Herr von Ziwny würde sich am Ende dafür interessieren – wenigstens vermute ich es.«
»Sumser!« sagte der Landeshauptmann und schlug die

Hände zusammen, »Sumser! Hab' ich Ihnen nicht immer schon gesagt, daß Sie ein Filou sind? Mich beinahe zum besten zu haben! Also das war es! Ich hätt' es mir denken sollen, aber man ist immer noch zu harmlos. Gut: Ich werde mich unter der Hand erkundigen. Unverbindlich. Und Sie – Sie werd' ich mir merken, Sie gefährlicher Mensch! Verlassen Sie sich darauf.«

Der Handel begann, und er war nicht merkwürdiger und aufgeregter als jeder andere Handel. Seit dem Frieden von Lüneville trieb jeder deutsche Fürst und Staat die unverhüllteste Opportunitätspolitik und bemühte sich, von der zerbröckelnden Masse des Deutschen Reiches für sich zu erhaschen, was irgend möglich war. Die Vorverhandlungen fanden zwischen Ziwny und Gravenreuth statt, Augustin diente als Mittelsmann. Als man ein günstiges Ergebnis absah, brachte man die Sache in die Öffentlichkeit; die Lindauer, sehr gepreßt von der Fürstlich Bretzenheimschen Steuerschraube, waren entzückt von dem Gedanken, österreichisch zu werden. Offizielle Verhandlungen begannen, freilich nicht zwischen denen, die die Suppe gekocht hatten, sondern zwischen Leuten, die sich darauf verstanden, das Fett abzuschöpfen: der kaiserliche Staatsrat Fechtig und der Bretzenheimsche Hofrat Neubauer vollendeten das Werk. Der Fürst trat die Stadt Lindau an Österreich ab und erhielt dafür die ungarischen Herrschaften Savos Potack und Regecz. Die Bürger Lindaus richteten, »durch ihre flammenden Herzen angefeuert«, ein Dankschreiben an den Kaiser.

Ziwny brach seine Zelte in der Stadt ab. Er war, soweit

es sein Beruf erlaubte, ein ehrlicher Mann und wünschte, sich dem Instrumentenmacher Augustin Sumser erkenntlich zu zeigen. Als er zum letzten Male mit ihm sprach und eben wieder in den Wagen steigen wollte, drückte er ihm ein Päckchen in die Hand, empfahl ihm, es daheim zu öffnen, und fuhr hutschwenkend davon. Es war dies der einzige Tag, an dem die Lindauer Zuneigung zu ihm empfanden. Der Gustl wickelte aus dem Papier ein Schächtelchen, öffnete es – und fand darin die Bretzenheimsche Verdienstmedaille. Gustl! sagte er zu sich selber, Gustl! Ein Orden – jetzt kann dir's nimmer fehlen! Bedeutende Heiterkeit erfüllte ihn, und er war eben im Begriffe, diese schätzbare Auszeichnung in den abseitigsten Tiefen seiner Schublade für immer verschwinden zu lassen, als ihm einfiel, es müßte ein herrlicher Spaß sein, solchermaßen dekoriert vor dem Landeshauptmann zu erscheinen. Alsogleich zog er seine feierlichsten und schönsten Kleider an und machte sich auf den Weg nach dem Klausberge. An der Tür des Gravenreuthschen Arbeitszimmers trat er geschwind vor den Spiegel und heftete sich die Verdienstmedaille an den Busen. »Jessas!« sagte die Exzellenz, als der Gustl auf der Schwelle erschien. »Sumser, müssen Sie mir denn jedes Vergnügen verderben? Da kommt er herein und strahlt schon im Glanze der allerhöchsten Huld! Gehen Sie her, Sie Schlankel! Hier haben Sie noch so ein Ding! Heute morgen aus Wien eingetroffen, eine Anerkennung der vorzüglichen Dienste des Hilfskonzipisten Augustin Sumser.«
So bekam der liebe Augustin an einem Tage zwei Orden und zwei Lachanfälle.

Aber Gravenreuth blieb ernsthaft und schüttelte den Kopf. »Sie sind ein unglaublicher Mensch, Sumser. Andere würden an die Stubendecke stoßen vor Geschwollenheit über soviel Auszeichnungen. Und Sie? Sie lachen. Freilich: Wer keinen Ehrgeiz hat, kann auch keinen befriedigten Ehrgeiz haben. Aber warten Sie nur! Heute lachen Sie noch - wer weiß, ob Sie nicht noch einmal dankbar sind.«

»Exzellenz mißverstehen mich«, antwortete der Gustl demütigst, »ich lache nur, weil ich mich freue. Und diese Orden werden mir ganz gewiß noch einmal viel nützen; ich sehe schon heute meinen Leichenzug, bei dem hinter dem Sarge auf einem roten Samtkissen meine Ordensschnalle einhergetragen wird. Bis dahin aber bitte ich die Angelegenheit diskret zu behandeln.«

»Wenn man Ihnen nur Ihren heillosen Leichtsinn abgewöhnen könnte«, sagte der Landeshauptmann kopfschüttelnd.

»Er ist das Beste, was ich besitze«, antwortete Augustin und befreite seinen Rockaufschlag von dem irdischen Glanze, »ich geb' ihn nicht her, nicht um eine ganze Brust voll Sterne. - Nach dieser wahrhaft fürstlichen Belohnung meiner Dienste ziehe ich mich wieder ins bürgerliche Leben zurück; ich hoffe, daß die Geschichtsschreibung späterer Tage Augustin Sumsers welthistorische Sendung gebührend würdigen möge. Womit ich mich ergebenst empfehle.«

»Sie scheinen die Weltgeschichte als eine Komödie aufzufassen«, sagte der alte Gravenreuth, ehrlich betrübt, und geleitete ihn an die Türe, »ich fürchte, sie wird sich auch in Ihren Augen sehr bald als Tragödie enthüllen.« -

Wahrhaftig wurde der Himmel immer düsterer. Europa fühlte in allen Gliedern ein heraufziehendes Gewitter und wartete, heimlich bebend, auf den ersten Schlag. Das Grollen unter dem Horizonte des Sichtbaren wuchs und wuchs. Noch im Jahre 1803 kam es zu einem neuen Bruche zwischen Frankreich und England; Napoleon erkannte seinen einzigen Feind jenseits des Kanals allzudeutlich und holte gereizt zu neuen Schlägen aus. Sein Lager in Boulogne war eine Bedrohung, wie die britische Insel sie seit Jahrhunderten nicht gekannt hatte. Beide Feinde umkreisten einander wie tückische Hunde. Und Europa zitterte.
Im Herbst dieses Jahres sah Augustin den jungen Gravenreuth in Bregenz wieder.
Er hatte geglaubt, den lustigen Offizier zu finden – und er fand einen ganz, ganz anderen. Denn Gravenreuth war inzwischen durch die Schule seines Herrn und Meisters, des allmächtigen bayerischen Ministers Montgelas, gegangen. Und talentiert, wie er war, hatte er sich zum Bilde dieses Mannes umgeschaffen und dadurch erreicht, daß er sein Liebling wurde. Montgelas selbst, von savoyardischer Herkunft, war der geborene Herrscher und Diplomat, der Mann, den Bayern in diesen Zeiten brauchte und der es groß machte; ein Mephisto mit kleinen, scharfen Augen, einer Habichtsnase, einem spöttisch glatten Munde, stets im Hofkleide mit Frack und kurzen Beinkleidern, von französischer Lebhaftigkeit des Geistes, voll unbarmherziger Tatkraft und märchenhafter Unzuverlässigkeit und Verschlagenheit, wenn es galt, für Bayern Vorteile zu erreichen. Gravenreuth, von klein auf an Disziplin gewöhnt,

hatte sich diesem Manne aufs genaueste angepaßt und war ihm – wie Hunde ihrem Herrn – sogar äußerlich in gewisser Weise ähnlich geworden.

Augustin war verblüfft und fast niedergeschlagen, als er ihn sah. Er traf ihn und den Landeshauptmann in der eigentümlichsten Stimmung. Dem alten Gravenreuth war es bekannt, daß Bayern schon im Jahre 1801 ein Bündnis mit Frankreich abgeschlossen hatte. Zwischen Österreich und Bayern bestand daher eine ziemliche Spannung, die noch gesteigert wurde durch die österreichische Begehrlichkeit nach dem bayerischen Innufer. Er hatte seinen Neffen aushorchen wollen und sich dabei eine gründliche Abfuhr geholt. Die alte Herzlichkeit schien verschwunden zu sein. Um so seltsamer deuchte es Augustin, daß der junge Gravenreuth sich in der auffälligsten Weise um ihn kümmerte. Als sie gelegentlich im Park spazierten, sagte jener: »Wie ich höre, haben Sie, seit wir uns zuletzt sahen, sich nicht ohne Erfolg als Mittelsperson betätigt, lieber Sumser.«

Der Gustl nickte und machte dazu sein nebensächlichstes Gesicht.

»Es muß interessant gewesen sein, wie? Eine kleine Abwechslung in Ihrem sanften Leben. Ich gestehe, daß ich Sie nicht völlig begreife: Sie sind jung, haben Zeit – warum bleiben Sie immer in diesem Lindau sitzen, statt sich in der Welt umzusehen?«

»Ich hätte wohl nichts dagegen«, antwortete der Gustl bedächtig, »aber mit der Zeit allein ist es nicht getan. Reisen kostet Geld.«

»Aber es macht sich bezahlt, glauben Sie mir! Ich bin in

den letzten Jahren durch ganz Bayern gereist, es war wundervoll. Kennen Sie München? Eine hübsche Stadt. Sollten Sie sich ansehen.«
Augustin war wieder einmal ganz Ohr. Er nickte bereitwillig. »Wollen Sie mich besuchen? Ich wüßte nicht, was mir größere Freude machen würde, liebster Sumser. Haben wir uns von jeher nicht gut vertragen?«
»Allerdings!« antwortete der Gustl in dem herzlichsten Tone, der ihm zur Verfügung stand. »Abgemacht!« sagte Gravenreuth, »ich freue mich sehr, wirklich sehr. In acht Tagen ist mein Urlaub zu Ende. Exzellenz von Montgelas hat mich nach Wien beordert, und ich weiß nicht, wann ich von dort zurückkommen werde. Aber ich werde es Sie wissen lassen; und Sie versprechen zu kommen?«
»Gern!« antwortete Augustin voll heimlicher Neugier. Er vermutete, daß Gravenreuth ihm nicht nur um ihrer Freundschaft willen München zeigen wollte.
Gravenreuth schien sehr befriedigt. »Hoffentlich kommt uns der Krieg nicht dazwischen.«
»Krieg? Schon wieder?« fragte der Gustl.
Der andere hob die Schultern und zog die Mundwinkel herunter. »Der große Stoß, den Europa durch die Revolution und ihre Folgen empfangen hat, wirkt nach. Eben in diesen Tagen stimmt das französische Volk darüber ab, ob Bonaparte Kaiser werden soll. Das Ergebnis der Abstimmung ist unzweifelhaft. England zittert. Es muß zu einer Entscheidung kommen. Nur schade, daß diese Entscheidung auf deutschem Boden erkämpft wird. Sauve qui peut!«

Augustin ging sehr nachdenklich heim. Gravenreuth gefiel ihm nicht mehr.

Am 2. Dezember des Jahres 1804 krönte sich Bonaparte zum Kaiser der Franzosen. Sieg, Macht, Ruhm, Genie standen hinter ihm. Und hinter ihm stand auch sein Schicksal: England. Er kannte diesen einzigen ebenbürtigen Gegner und war bereit wie immer.
Noch blieb es ruhig, nur argwöhnisch aus den Augenwinkeln betrachteten die Feinde einander. Aber in der Stille, die über dem Ozean der Weltgeschichte lastete, stiegen die schwarzblauen Wolken des Gewitters höher und höher. Heimlich arbeiteten die Kabinette, bedrückt von der Schwüle der Luft.
Im Frühling des Jahres 1805 kam Gravenreuth aus Wien zurück und ließ den Gustl nach dem Klausberg rufen. Er war ruhig und kühl, von einer unnahbaren Freundlichkeit, der Landeshauptmann schien bedrückt und klagte über das Alter.
»Ganz Österreich wird alt«, sagte der Bayer. Der Oheim seufzte dazu.
»Nun? Ich fahre nach München. Begleiten Sie mich?«
Augustin bat sich eine Viertelstunde Bedenkzeit aus. Gravenreuth behagte ihm weniger denn je; er spürte Verborgenes in ihm. Aber: Es war Frühling, die große Wanderzeit für Augustin Sumsers Herz, und er hatte Lust zur Welt.
Also sagte er zu.
Am Abend fuhren sie zusammen nach Lindau; der Gustl packte ein, was er brauchte, versprach der alten Fischerin, in vier Wochen wiederzukommen, und reiste

mit Gravenreuth in die Nacht hinein. Sie redeten wenig, auch am folgenden Tage. Augustin konnte sich von dem unbehaglichen Gefühle nicht befreien, daß er zu München in Dinge hineingezogen werden würde, die ihm besser unbekannt blieben. Seine Vorsicht wuchs mit seinem Mißtrauen. Indessen war es wohl möglich, daß er sich irrte, und er beschloß, sich seine gute Laune einstweilen nicht verderben zu lassen.
Gravenreuth hatte es eilig und rastete nicht; offenbar war ein Relais gelegt, denn an jeder Station erwarteten ihn frische Pferde. Nach vierundzwanzig Stunden sah Augustin vor dem Abendhimmel den Schattenriß Münchens, die Frauentürme und den alten Peter.
Der Diplomat schwieg beharrlich.
Der eben noch stillvergnügte Augustin fühlte, wie sein Herz zu klopfen begann. Die sonderbare Stimmung, die den reiseungewohnten Menschen befällt, der abends in eine unbekannte Stadt kommt, umfing ihn. Er war losgerissen von den Gewohnheiten seines ruhigen Lebens, neugierig, uneingestanden ein wenig ängstlich, und kam sich vor wie ein vom Zweige gefallenes Blatt, das auf den raschen Wellen eines Baches dahintreibt. Widerstand nützte nichts – man mußte abwarten, wie die Fahrt zu Ende ging ... Manchmal glaubte er, ein ganz anderer säße neben Gravenreuth im Polster, und der alte, ruhige Augustin Sumser sei in Lindau zurückgeblieben. Er war verdutzt über sich selber und fühlte sich unsicher.
Der Wagen rollte durch die große fremde Stadt, rollte zum Tore wieder hinaus, polterte über die Isarbrücke und hielt jenseits des Flusses vor einem kleinen, erhöht

gelegenen Landhause, von dem aus man München überblicken konnte. Sie stiegen aus.

»Ich wohne im Sommer hier«, sagte Gravenreuth, »die Luft ist besser. Der Ort heißt Bogenhausen. Seien Sie mir herzlich willkommen!«

Das Haus war vornehm eingerichtet, ein Diener öffnete die Türen und überreichte seinem Herrn einen Brief.

Gravenreuth brach das Siegel, nickte und zog die Uhr.

»Dieser Herr«, sagte er zum Diener, »ist mein Gast. – Und Sie, bester Sumser, müssen mich für heute abend entschuldigen; es ist mir peinlich, Sie im Stiche lassen zu müssen, aber der Dienst . . . man verfügt nicht über seine Zeit. Sie sind hier zu Hause, alles steht Ihnen zur Verfügung, meine Bibliothek, meine Kupferstiche, mein Weinkeller – was Sie wollen. Schauen Sie sich Ihr Zimmer an, ich hoffe, es wird Ihnen an nichts fehlen.«

Augustin wurde in eine hübsche Stube geführt, vor deren Fenster das anmutige Bild der mondbeglänzten Isar und der Stadt lag. Er packte aus, kleidete sich um und fand im Eßzimmer eine gute Abendmahlzeit. Gravenreuth war verschwunden. Erst spät in der Nacht hörte er ihn zurückkommen.

Am Morgen erwachte er davon, daß jemand die Vorhänge seines Bettes zurückschlug, so daß die Sonne blendend in seine Träume schoß. Es war Gravenreuth selber.

»Sie haben einen beneidenswerten Schlaf, mein Lieber!« sagte er, lachend und bester Laune.

»Man könnte Ihnen das Haus überm Kopf wegstehlen, und Sie würden es nicht merken. Ich habe mich ein we-

nig umgesehen: Sind das alle Kleider, die Sie mitgebracht haben?«
»Allerdings« -, sagte Augustin und rieb sich die Augen. »Gefallen sie Ihnen etwa nicht? Ich bin der Beau von Lindau und sehr eitel auf meinen Geschmack...«
»Aber wir sind hier in München. Sie werden damit nicht auskommen. Wir haben die gleiche Figur. Ich bitte Sie, für heute morgen sich dieser Pantalons und dieses Frackes zu bedienen.«
»Was haben Sie vor?«
»Nichts von Bedeutung. Ein kleiner Besuch in der Nachbarschaft - ich denke, Sie werden, da Sie einmal auf Reisen sind, nicht einsiedeln wollen?«
»Hm...«, sagte der Gustl. »Eilt es denn so? Ich wollte in die Stadt hinüber...«
»Eben! Sie sollen zufrieden sein. Die Sehenswürdigkeiten Münchens gehen Ihnen nicht verloren. Kommen Sie, kommen Sie!«
Augustin stand auf, verbesserte seine nicht sehr gute Laune durch ein sehr gutes Frühstück und folgte dem merkwürdig drängenden Gravenreuth.
Sie gingen einige Minuten auf der Landstraße und traten dann in einen ungemein gepflegten Garten, in dessen Mitte ein ziemlich großes, vornehmes Haus stand. Ihr Besuch schien angemeldet zu sein, denn der Diener an der Tür fragte nicht, sondern grüßte nur durch eine tiefe Verbeugung. - Als sie im Salon allein waren, sagte Gravenreuth: »Ich werde das Vergnügen haben, Sie meinem Chef, Exzellenz von Montgelas, auf dessen Wunsch vorzustellen, lieber Sum-

ser!« Der Gustl bekam einen roten Kopf und kalte Hände. »Was fällt Ihnen ein? Sie haben mich überrumpelt! Was soll ich hier!«
»Leise, um Gottes willen, leise!« sagte Gravenreuth erschrocken. »Wollen Sie mir die Partie verderben? Überrumpelt! Sie sind viel zu klug, um sich überrumpeln zu lassen. Ich dachte gar nicht daran und sollte meinen, daß Sie die Ehre zu schätzen wüßten! Der bedeutendste Mann Bayerns wird nicht jedem Sterblichen sichtbar. Fühlen Sie sich geehrt, nicht überrumpelt!«
Augustin hatte eine scharfe Antwort auf den Lippen, aber durch das Nebenzimmer kamen Schritte. Gravenreuth warf ihm noch einen beschwörenden Blick zu und stellte sich ergebenst zurecht.
Montgelas trat schnell über die Schwelle – mit Frack, Ordensband und Seidenstrümpfen, hager, klug, gesammelt, freundlich und doch unendlich entfernt: das tief wirkende Vorbild, das Gravenreuth in jeder Hinsicht nachahmte.
Er sprach französisch (man sagte, daß er die deutsche Sprache überhaupt nur mangelhaft beherrsche).
»Sie sind so freundlich gewesen, meinen Sekretär hierher zu begleiten, mein Herr«, sagte er zu Augustin und sah ihn aus seinen kleinen, klugen, schwarzen Augen unverwandt an. »Ich bin Ihnen für diese Liebenswürdigkeit sehr verbunden. Setzen wir uns.«
Er ließ sich mit gespielter Bequemlichkeit in einen Lehnstuhl fallen, schlug ein Bein über das andere und pendelte mit seinem Lorgnon. »Sie sind in Mittenwald geboren und sind also, da das Gebiet des Hochstifts Freising an Bayern gekommen ist, bayerischer Unter-

tan.« Montgelas bemerkte dies in fast fragendem Tone und sehr nebensächlich, aber der Gustl hörte eine versteckte Drohung in seiner Stimme. »Ich wäre Ihnen sehr verbunden, wenn Sie mir einige Auskünfte geben wollten.«
»Ich bitte zu fragen«, erwiderte Augustin.
Montgelas warf ihm einen etwas erstaunten Blick zu. Wie kam dieser Mensch dazu, unaufgefordert zu reden?
»Sie haben bei der Abtretung Lindaus an Österreich die Hand im Spiel gehabt.«
»Man kann es so nennen . . .«
»Man nennt es allerdings so! Was hat Sie dazu veranlaßt?«
»Das ist eine lange Geschichte, mit der ich Exzellenz kaum zu behelligen brauche«, antwortete Augustin zugeknöpft. Gravenreuth machte eine Bewegung des peinlichsten Erschreckens und wurde blaß.
»Behelligen Sie mich damit immerhin!« sagte der Minister, »ich würde mich sonst etwa genötigt sehen, Ihnen längere Bedenkzeit zu geben, als Ihnen vielleicht angenehm wäre . . . Wie kommen Sie als Bayer dazu, mein Herr, die Geschäfte anderer Staaten zu besorgen?« Er fixierte den armen Gustl mit recht schneidenden Blicken, obwohl das verbindliche Lächeln nicht aus seinem Gesichte schwand.

Augustin Sumser sah die fatale Lage ein, in die er geraten war, verwünschte seine Reiselust, schwur sich, nie mehr Weltgeschichte zu machen, und erkannte, daß er sprechen mußte, um üble Folgen zu verhüten. Er seufzte heimlich und begann darauf, die Sache zu erzählen.

Als er Ziwny nannte, nickte Montgelas. »Richtig – dieser Herr von Ziwny –, ich erinnere mich, daß Sie bereits vor einigen Jahren mit ihm zu tun hatten ... Nur weiter!« Der Gustl errötete und begann, verwirrt zu reden. Er empfand, daß er einem Manne gegenübersaß, mit dem verglichen der alte Gravenreuth und Ziwny harmlose und sehr unbedeutende Geschöpfe waren. Resigniert sprach er weiter und versuchte nicht, etwas zu verschweigen.

Als er zu Ende war, sagte Montgelas: »Sie haben sich an die Wahrheit gehalten, das freut mich. Wissen Sie auch, daß Sie mir übel in meine Pläne gepfuscht haben?« Seine Augen stachen wie Mittagssonne im Juni.

»Ich habe es bisher nicht gewußt«, antwortete Augustin, »und bedaure, wenn ich Eurer Exzellenz unangenehm gewesen sein sollte.«

»Ich sehe Ihnen an, daß Sie begriffen haben, worum es sich handelt –«, sagte Montgelas. »Das ›Sint ut sunt‹ gilt von Jesuitenregeln, aber nicht von Gebietsfestsetzungen. – Ich hätte allen Grund, Sie härter anzufassen, mein Herr!«

Augustin war nahe daran zusammenzuknicken. Die Weltgeschichte sah, in der Nähe betrachtet, doch verteufelt unangenehm aus.

Aber da entwölkte sich der Minister plötzlich mit überwältigender Virtuosität, brachte ein freundliches Licht in seine Augen und sagte ganz sanft und wohlwollend: »Nun, es liegt mir fern, talentierte Menschen für Dinge büßen zu lassen, die sie ohne schlimme Absicht getan

haben. Hören Sie also: Die Sache muß wiedergutgemacht werden. Sie sind Kenner der lindauischen Verhältnisse. Versprechen Sie mir, München nicht eher zu verlassen, bis wir am Ziele sind! Herr von Gravenreuth wird die Angelegenheit übernehmen; Sie werden ihm Ihre Kenntnisse der Lage zur Verfügung stellen. Je schneller der Erfolg kommt, desto besser für Sie.« Er stand auf. Augustin wußte, daß er sich kein Wort weiter erlauben dürfe.
»Guten Tag, meine Herren!« sagte Montgelas und verschwand mit einer halben Verbeugung durch den Türvorhang. - Gravenreuth und Augustin verließen schweigend das Haus. Auf der Straße sagte der Gustl: »Hören Sie, ich hätte nicht übel Lust, Ihnen Sottisen zu sagen. Danken Sie mir so für meine Pflege? Pfui Teufel!«
»Ich bitte Sie«, erwiderte Gravenreuth, »was blieb mir übrig? Ich hatte den bestimmten Befehl, Sie hierher zu bringen. Montgelas war der Meinung, daß Sie in Lindau böses Blut gegen Bayern machen würden - er ist sehr mißtrauisch -, und das würde uns wenig passen.«
»Es ist eine Lumperei -«
»Lumperei! Welches Wort! Haben Sie schon einmal einen politischen Handel gesehen, der keine Lumperei war, wenn Sie es schon so nennen wollen? Ich nicht!«
»Wenn ich nur wüßte, was ich hier soll!« knurrte Augustin in seiner bitterbösen Laune.
»Das weiß ich auch nicht; niemand weiß es, ich weiß nur, was Sie in *Lindau* nicht sollen - deshalb mußten Sie hierher. Das Mißtrauen seiner Exzellenz ehrt Sie

sehr – wenn er Sie für unbedeutend und also für ungefährlich hielte, würde er Sie nicht nach München entführt haben.«

»Also soll ich hier sitzen bleiben, bis ihr Lindau geschluckt habt? Es kann unterhaltsam werden!«

»Das wird es sicher. Überdies denke ich, daß es nicht allzulange dauern wird.« Sie waren wieder in Gravenreuths Haus getreten. »Der Krieg wird uns helfen: England, Österreich, Rußland und Schweden werden sich bemühen, das europäische Gleichgewicht – die neueste Erfindung der Briten – wiederherzustellen. Die Abmachungen sind unterschrieben. Ich war gestern abend bei Montgelas – in wenigen Wochen kracht es. Was werden wir tun? Er sagte mir: Da sich aus einer unparteiischen Prüfung der Talente der Heerführer sowie der Beschaffenheit der Armeen mit Sicherheit annehmen läßt, daß sich der Sieg auf die Seite der Befähigung und des Genies schlagen wird, so ist der Anschluß an Frankreich das Nützlichste, mithin das Richtige.«

»So, so . . .«, sagte Augustin.

»Denken Sie hierüber, wie Sie wollen«, erwiderte Gravenreuth, »jedenfalls gibt es keinen Gedankengang, der vorteilhafter wäre. Und darauf kommt es in der Politik an.«

Das vergnügliche München gefiel dem Gustl über die Maßen. Schon die eigentümliche Farbe der Luft, durchsetzt von altem Goldschimmer und Patina, machte ihn fröhlich, wenn er von seiner Bogenhausener Höhe morgens über die Stadt hinblickte, über die vielfältigen Dächer, Giebel und Türme, die sich um die sonderbar gemütvollen Kuppeln der Frauentürme scharten wie ein Haufe von Enkeln um eine alte Großmutter. Nur eben dem Münchener Biere stand er kühl gegenüber, weil er vom Bodensee her den hellen roten Wein gewohnt war, der aufweckte, statt einzuschläfern; es paßte auch nicht zu seinem Temperament und seinem leichten Sinn.

Durch Gravenreuth wurde er in die Gesellschaft eingeführt und hätte sich darin vielleicht wohlbefunden, wenn der andere ihn nicht immer in dem Augenblicke, da er offenherziger werden wollte, von seinen neuen Bekannten getrennt hätte. Man gab genau auf ihn acht, und das störte den Gustl ungemein. Er fühlte sich bei aller Liebenswürdigkeit wie ein Gefangener. Während der ersten Tage seines Aufenthaltes in München ging er harmlos durch die Stadt und hatte genug zu sehen. Bald aber fiel ihm auf, wie oft er dem Diener begegnete, der ihm bei Montgelas die Türe geöffnet hatte; er wurde argwöhnisch und fand sehr bald, daß dieser Mensch offenbar nichts weiter zu tun hatte, als ihn zu bewachen. Reizend! dachte der Gustl; er setzte sich daheim an den Tisch und schrieb auf ein Blatt: »Bester Gravenreuth, es tut mir leid, wenn ich Ihre Neugier enttäuschen muß, aber eine Liebe ist der andern wert!« Dieses Blatt steckte er in einen Umschlag, der an den Landeshauptmann von Vorarlberg, Herrn Baron von Gravenreuth, Exzellenz, adressiert war, versiegelte ihn umständlich und gab ihn in der Stadt zur Post. – Am Abend sagte Gravenreuth lächelnd: »Sie sind nicht ohne Humor, lieber Sumser. Ich habe den Hieb verdient« – er legte dabei das Blatt auf den Tisch –, »andererseits freue ich mich, daß Sie wissen, woran Sie sind. Offen gestanden, ich begreife Sie nicht! Sie tun, als ob wir Ihre besten Feinde wären. Warum nur? Niemand plant Böses gegen Sie! Nur unsere Absichten sollen Sie nicht durchkreuzen. Das ist doch wahrhaftig nicht zu viel verlangt, dächt' ich. Zudem würde es Ihnen gar nichts nützen – glauben Sie mir! Montgelas kann gegen Widerstände sehr unangenehm werden. Wie wär's, wenn wir Frieden schlössen?«

»Nämlich?« fragte der Gustl.

»Hören Sie nur zu. Die Würfel sind gefallen: Montgelas hat gestern den Allianzvertrag mit Frankreich unterzeichnet. Daran ist nichts mehr zu ändern, es *soll* auch nichts daran geändert werden; halten Sie zu uns, wir sind die Klügeren. Heute wird uns nun der Besuch des Fürsten Schwarzenberg aus Wien angezeigt – Wien ahnt, was auf dem Spiele steht, und schickte seine größten Kanonen an die Front; aber es kommt, wie immer, drei Tage zu spät. Der Stuhl, auf den sich Schwarzenberg setzen möchte, ist schon für einen anderen reserviert. So liegen die Dinge. Siegt Napoleon – und er wird siegen –, dann bekommen wir alles, was wir wünschen. Warum also halten Sie zu dem verlorenen Österreich? Ihr gesunder Menschenverstand läßt Sie im Stiche, scheint mir.«

Der Gustl war nachdenklich.

Am Ende sagte er: »Sie messen meiner Minderwertigkeit zu viel Bedeutung bei, Herr von Gravenreuth. Ich wünsche weder für Sie noch gegen Sie Partei zu nehmen – ich wünsche nur eines: daß man mich unbehelligt lasse. Der Käfig, in den Sie mich eingesperrt haben, ist zwar nicht übel, aber er ist eben doch ein Käfig.«

»Von dem eine goldene Brücke in die Zukunft führt, lieber Sumser! Sie sollten dankbar sein gegen das Schicksal, das Ihnen die schönsten Bahnen eröffnet – von meiner Person will ich gar nicht reden. Montgelas hat mich für die künftigen Friedensverhandlungen zum Chargé d'affaires bestimmt – ich bitte Sie, mich als mein Sekretär zu begleiten; Sie werden mir wegen Ihrer Kenntnisse der Lindauer Zustände wertvoll sein. Man verlangt ja kein Gewissensopfer von Ihnen. Aber gegen die Weltgeschichte können Sie nun einmal nichts ausrichten. Sind Sie es nicht, dann ist es ein anderer. Ich sage nichts weiter, Sie haben eine Woche Zeit zum Überlegen. Das ist mein letztes Wort.«
Und Augustin Sumser überlegte. Heimlich gestand er sich: Gravenreuth hat recht.

Die Ereignisse begannen sich zu überstürzen.
Fürst Schwarzenberg traf in München ein. Er wußte, daß Montgelas sein erbitterter Gegner war, übersah ihn völlig und verhandelte unmittelbar mit dem Kurfürsten. Seine Drohung, Österreich werde das Land sogleich besetzen, seine übrigen Gründe und Vorhaltungen verfehlten ihren Eindruck auf Maximilian Joseph nicht: er entschloß sich zur Umkehr und zu einem Bündnis mit Österreich. Montgelas antwortete auf diese Schwenkung mit seinem Entlassungsgesuch. Der Kurfürst, der wohl wußte, was Bayern an dem Minister hatte, wagte nicht, das Gesuch anzunehmen, und sah sich wohl oder übel genötigt, abermals zu schwenken und in die alte Bahn zurückzukehren. Schwarzenberg glaubte, man habe ihn zum besten gehalten, und verließ

München in heller Empörung. Der Bruch war vollzogen. Mit überraschender Schnelligkeit rückten österreichische Truppen über die Grenze; am 23. September besetzten sie München. Der Kurfürst samt seinem Ministerium und seiner Armee floh nach Norden.
Gravenreuth und der noch immer zweifelnde Augustin blieben als harmlose Privatleute in Bogenhausen.
»Nun?« fragte der Gustl mit tiefer Genugtuung.
»Abwarten!« sagte Gravenreuth und versuchte, unerschütterliche Zuversicht zur Schau zu tragen.
Und über Nacht wandte sich das Blatt. Der große Bundesgenosse überschritt den Rhein und kam wie eine Hagelwolke nach Osten. Am 20. Oktober ergab sich der österreichische General Mack in Ulm, am 24. rückten die französischen Truppen in München ein, von der Bürgerschaft als Befreier mit unendlichem Jubel begrüßt ...
»Nun?« fragte Gravenreuth den still gewordenen Augustin.
Und der Gustl hatte nicht den Mut zu antworten. Vier Tage später marschierte Napoleon weiter. Er marschierte nach Austerlitz.

Der Hof und Montgelas kamen nach diesen Ereignissen zurück.
Am selben Abend trat Gravenreuth in Augustins Zimmer, ungewöhnlich lebhaft und voll einer fast wilden Energie.
»Sind Sie bereit?«
»Wozu?« fragte der Gustl verdrossen und kleinlaut.
»Wir reisen noch heute.«

»Wohin?«
»Ins französische Hauptquartier. Los!« Und nun geschah das Lächerliche, Klägliche und echt Sumsersche: Der Gustl, obwohl er den Geschmack an der hohen Politik aufs gründlichste verloren hatte, konnte diesem herrischen Befehl, dieser Äußerung des brennenden Ehrgeizes und dieser ungebärdigen Tatkraft nicht widerstehen.
»Ich geh' schon«, sagte er trübselig und dachte: Hin ist hin; wenn ich nur erst wieder daheim wär' an meiner Hobelbank und an meinem See. Gustl, das war der letzte Streich, den dir deine Neugier gespielt hat. Was bayerisch, was österreichisch – meine Ruh' will ich haben!!! Es war ihm ganz weinerlich zumute, und er verwünschte den Tag, an dem er sich aus Lindau hatte fortlocken lassen. Gehorsam packte er seine Sachen und war fertig, als Gravenreuths Reisewagen vorfuhr.
Sie stiegen ein und begannen ihre Fahrt ins Dunkle. Augustin hatte gehofft, man werde ihn wenigstens schlafen lassen. Aber auch darin sah er sich enttäuscht. Gravenreuth blieb wach und aufgeregt. »Nun sagen Sie mir«, begann er, »alles, was Sie von den finanziellen und anderen Zuständen Lindaus wissen. Die Würfel sind noch nicht gefallen, aber wir haben sie in der Hand und können den Wurf tun, sobald wir im Hauptquartier angekommen sind. Wie ist die Stimmung in Lindau? Glauben Sie, daß in der Bürgerschaft ernstliche Widerstände gegen die bayerische Oberhoheit zu finden sein werden?«
»Sicher nicht«, antwortete Augustin verdrießlich, »und warum? Betrachten Sie mich als Repräsentanten der

Stimmung: die Leute wollen ihre Ruhe haben – weiter nichts.« Dann erzählte er, was er wußte und wovon er dachte, daß es dem Diplomaten nützlich sein könnte. Die Nacht war finster und kalt, der Weg noch elender als sonst, weil wenige Stunden vorher der französische Troß das Geleise ausgefahren hatte. Gegen Morgen, in der kältesten Stunde, brach eine Achse am Wagen. Augustin, der trotz seiner bitterbösen Laune ein wenig eingeschlafen war, fiel gegen seinen Nachbarn und wurde unsanft geweckt. Gravenreuth fluchte wie in seiner besten Zeit. Zu Fuß machten sie sich auf den Weg nach dem nächsten Dorfe, trommelten einen Wagner aus dem Bette und hetzten ihn an die Stelle des Unfalls. Einen ganzen Tag und eine Nacht mußten sie liegen bleiben. Der Gustl zeigte sich völlig teilnahmslos, obwohl es ihm schwerfiel, seine Schadenfreude zu verbergen; Gravenreuth dagegen gebärdete sich wie toll und vergaß seine angelegte Maske des stoischen Gleichmuts.

Endlich ging die Reise weiter. Man überschritt die österreichische Grenze. Das Heer war weit voraus, das jeweilige Hauptquartier wußte niemand zu nennen. Es begann zu regnen. Die aufgewühlten Wege waren grundlos, die Unterkunft von Nacht zu Nacht schmutziger und erbärmlicher. Die Räder sanken bis an die Naben in den Schlamm.

»Zur Schwedenzeit«, bemerkte Augustin boshaft, »lebte in Lindau der streitbare Pfarrer Alexius Neukomm; sein Wahlspruch war: ›Mit Gott hindurch, wo es am dicksten ist!‹ – wollen Sie sich danach richten, Herr von Gravenreuth?«

»Eigentlich habe ich den entgegengesetzten Grundsatz«, erwiderte jener, »aber man muß sich allen Lagen gegenüber bereit zeigen. Es handelt sich um das Wohl des Vaterlandes!«
»Und um Ihre Karriere«, sagte Sumser bissig, »sofern man bei dem gegenwärtigen Tempo unseres Vorwärtskommens überhaupt von Karriere reden kann.«
»Lassen Sie Ihre Witze!« fauchte Gravenreuth.
»Nun, einer von uns beiden muß doch bei guter Laune bleiben . . .«
Napoleon trieb die Österreicher vor sich her, ohne ernstlichen Widerstand zu finden. Und hinter ihm her hastete Gravenreuth. Der Weg führte an der Donau entlang. Es glückte den Bayern nicht, die Armee zu erreichen. Erst als die Franzosen Wien besetzt hatten, traf er, wenn auch nicht den Kaiser, so doch Talleyrand, seinen Minister, den gewandtesten und gewissenlosesten Diplomaten Europas, das große Vorbild Montgelas.
Talleyrand hielt ihn in Wien fest und verhinderte zunächst in der auffälligsten Weise seine Weiterreise nach dem Feldhauptquartier.
»Der große Sieg bereitet sich in Mähren vor«, sagte er, »lassen Sie den Kaiser die Schlachten schlagen. Der Entwurf des Friedensinstrumentes ist fertig.« Er legte Gravenreuth diesen Entwurf vor und wollte seine Unterschrift erlisten. Gravenreuth studierte den Entwurf. Württemberg sollte den Löwenanteil an der Beute erhalten. Bayern würde mit Tirol abgefunden werden.
»Welche Infamie!« sagte er zu Augustin, »Talleyrand, ich weiß es wohl, ist vom Stuttgarter Hofe bestochen.

Aber er hat seine Rechnung ohne mich gemacht. Siegen oder sterben!« Zu dem Minister sagte er, und warf das Papier auf den Tisch: »Ich werde diesen Entwurf nicht unterzeichnen, denn ich würde damit mein Todesurteil unterzeichnen.«

Ohne sich weiter aufhalten zu lassen, ja, ohne überhaupt nach München zu berichten, reiste er nach Mähren.

Talleyrand wußte, worum es sich handelte, und ließ ihm durch seine Agenten die erdenklichsten Hindernisse in den Weg legen. Straßen waren aufgerissen, Pferde wurden gestohlen, Überfälle inszeniert. Gravenreuth ließ sich nicht beirren und kämpfte wie ein Löwe. Am 2. Dezember fiel in seiner unmittelbaren Nähe die Entscheidung: Napoleon siegte bei Austerlitz.

Durch marschierende Regimenter, durch Troßzüge, durch Verwundetenkolonnen zwängte sich Gravenreuth weiter. Endlich traf er den Kaiser in Brünn und erlangte die Audienz, um derentwillen er alle diese fast übermenschlichen Anstrengungen durchgemacht hatte. Augustin Sumser war völlig zusammengesunken und ließ geschehen, was da wollte; er war nur noch ein Schatten seiner selbst.

Am Morgen der Audienz betraten beide das Palais, wurden durch eine glänzende Menge von Stabsoffizieren geleitet und warteten in einem Zimmer, das unmittelbar neben dem Arbeitsraume des Kaisers lag und nur durch einen halbgeschlossenen Türvorhang davon getrennt war.

Beklemmende Stille . . .

Ein Adjutant winkte ihnen Geduld und Schweigen zu.

Augustin war so erschöpft, zermürbt und verzweifelt über sein aufregendes Schicksal, daß er nur mit Mühe die große, zusammengerollte Landkarte und ein Aktenbündel halten konnte, welche ihm Gravenreuth aufgebürdet hatte.
Endlich hörte man drinnen das Scharren eines Stuhles.
Ein silbernes, kurzes Klingeln –
Der Adjutant ergriff Gravenreuths Beglaubigungsschreiben und folgte dem Zeichen.
Fünf Sekunden später schlug er den Türvorhang vollends zurück –
Der Kaiser trat auf die Schwelle.
Augustin fühlte sein Blut in seinen Adern erstarren.
»Sie sind der bayerische Gesandte?« fragte Napoleon und sah Gravenreuth an.
»Euer Majestät ergebenster Diener.«
»Und der da?« Der Kaiser blickte auf Augustin, der bei diesen Worten alle seine Kräfte schwinden fühlte und sich darauf vorbereitete, aus seiner tief gebeugten Stellung zu Boden zu sinken.
»Mein Sekretär, Sire.«
»Kommen Sie!« sagte der Kaiser und trat in das Zimmer zurück.
Der Vorhang blieb offen.
Gravenreuth nahm die Landkarte und den Akt aus Augustins eiskalten Händen und folgte.
Von einem Tisch erhob sich eine schwarze hagere Gestalt mit verbindlichem Lächeln: Talleyrand –!
Die Landkarte wurde auf dem Tische ausgebreitet, Napoleon beugte sich darüber. Eine Strähne seines Haares fiel ihm in die Stirn.

Er sah Gravenreuth fragend an.

»Bayern«, sagte dieser, »soll mit Tirol abgefunden werden –«

Der Kaiser runzelte die Stirn. »Comment? N'est-ce pas assez?«

»Die großen Dienste –«

»Pah!«

Gravenreuth, ein verzweifelter Spieler, sagte mit unerhörtem Mute: »Wenn Fürst Schwarzenberg in München ein willigeres Ohr gefunden hätte, wären Eure Majestät heute vielleicht noch nicht der Besieger Europas.«

Der Kaiser sah ihn an, verwundert – wie der Löwe eine Maus anblickt.

Dann kniff er die Lippen zu einem vieldeutigen Lächeln zusammen und wies auf die Landkarte: »Eh bien – prenez!« Gravenreuth riß einen Bleistift aus der Tasche und fuhr mit schnellen Strichen über das Papier.

Talleyrand folgte seinen Bewegungen und wurde um einen Schatten bleicher.

Napoleon warf einen Blick auf die umrissene Grenze, schnupfte aus seiner stählernen Dose und sagte zu seinem Minister: »Ceci est pour la Bavière!«

Talleyrand knickte zusammen. »Mais le roi de Wurttemberg?«

Der Kaiser fuhr auf, gereizt, blitzesammelnd, blitzesprühend. Er stampfte auf den Boden und schrie wütend: »Je le veux! Ecrivez, écrivez!« Dann lief er an seinen Arbeitstisch, der am Fenster stand, setzte sich und kümmerte sich um nichts mehr.

Gravenreuth warf dem Minister einen triumphierenden Blick zu, empfing dafür einen um so giftigeren und verließ mit einer tiefen Verbeugung eilends das Zimmer. Draußen packte er Augustin und schleppte ihn aus dem Hause. »Wir haben gesiegt!« sagte er mit nicht mehr unterdrücktem Jubel. »Bayern reicht vom Thüringer Wald bis zum Gardasee. Ich sehe eine herrliche Zukunft. Es lebe Bayern!«

# *Susanne*

Augustin Sumser, der große Diplomat, war krank. Die Veränderung seiner Lebensgewohnheiten, der Ärger in München, die Anstrengungen der langen Reise durch Winter und zertretenes Land waren Gift für ihn gewesen. Aber das hätte er vielleicht überstanden, wenn der Auftritt vor dem Herrn der Erde, vor der menschgewordenen Weltgeschichte, vor dem großen Kaiser, ihn nicht noch vollends zu Boden geschlagen hätte. Als Napoleon, ein aus hunderttausend Durchschnittsseelen zusammengeballter Wille, in der Tür erschien, war es dem Gustl gewesen, als gleite der Erdboden unter seinen schwachen Füßen weg. Dem gewaltigen Augenblicke folgte ein kläglich-menschliches Nachspiel, wie der griechischen Tragödie ein Satyrspiel folgte: die Wucht des Momentes war dem Gustl in die Gedärme gefahren.
Nun litt er an Kolik, war sterbensschwach und durchaus unbrauchbar. Er hatte nun einmal keine heroische Ader. In seine phantasievollen Träume war die rauhe, mehr als gewaltige Wirklichkeit mit Eisentatzen hineingefahren, die Neugier nach großen Einblicken war ihm gründlich vergangen. Wie ein Seekranker lag er auf seinem Bette, ohne die mindeste Empfindung für die Er-

habenheit des stürmischen Ozeans der Weltgeschichte, der ihn umgab, und nur von einem Wunsche durchdrungen: auf dem Lande, und zwar in Lindau, zu sterben. Alles andere war ihm in tiefster Seele gleichgültig. Nicht einmal die Kraft, sich zu ärgern, hatte er behalten.
Immerhin blieb ihm das Glück ein wenig treu. Gravenreuth pflegte ihn, eingedenk der Lindauer Tage, mit unerwarteter Sorgfalt und Bereitwilligkeit, verfaßte inzwischen einen Kurierbericht für Montgelas und führte die Verhandlungen mit Talleyrand zu Ende, nachdem das Machtwort des Kaisers den aalglatten Intriganten auf den bayerischen Bedingungen festgespießt hatte. Auf diese Weise vergingen einige Tage, und als Gravenreuth seine Geschäfte erledigt hatte, erklärte Augustin, seinetwegen könnten sie reisen, je eher er nach Lindau käme, um so besser sei es. Ein französischer Stabsarzt, der im gleichen Gasthaus wohnte, löffelte ihm eine Tüte voll weißen Pulvers ein, welches Wunder wirkte: der Wagen brauchte am ersten Reisetage nicht öfter anzuhalten als jede Viertelstunde, und am zweiten Tage verkehrte sich Augustins Krankheit sogar in ihr Gegenteil.
Erkältet, nicht ohne Fieber, in jämmerlicher Seelenverfassung, sah er München wieder und mußte, sehr gegen seinen Willen, von Gravenreuths Gastfreundschaft Gebrauch machen. Nun aber, da an der Pflege nichts fehlte, wurde es schnell besser mit ihm, und sehr bald vermochte er Gravenreuths großen Erfolg, von dem dieser unablässig redete, voll zu begreifen und zu würdigen.

Wahrhaftig, durch seinen raschen Entschluß im richtigen Augenblick, durch seine verblüffende Keckheit hatte der Diplomat Unerwartetes für Bayern erreicht. Das Land erhielt Tirol, Vorarlberg, Lindau, Augsburg, dazu die Bistümer Brixen, Trient, Eichstätt und Passau; seine Südgrenze streifte das Gebiet von Verona. Außerdem war es eine beschlossene Sache, daß der Kurfürst den Königstitel annehmen würde. Als Augustin endlich das Bett verlassen konnte und sich im Spiegel sah, erschrak er. Seine frische Farbe war verschwunden, er war mager geworden, schaute recht zerquält aus und kam sich vor wie ein vom Sturm zerzauster Rabe. »Dies entscheidet!« sagte er und tippte gegen das Glas, »morgen fahr' ich heim. Bleibt mir gestohlen mit eurer Politik! Meine Ruh' will ich haben.« Alles Zureden Gravenreuths half nichts. Augustin widersprach nicht einmal, er packte stillschweigend seine sieben Sachen.
Dankte dem Gastfreund, ohne eine Miene zu verziehen, für die erwiesenen Liebenswürdigkeiten und verschwand. Am 27. Dezember 1805, am Tage der Unterzeichnung des Preßburger Friedens, traf er in Lindau ein. Die Postkutsche, in der er reiste, hielt am Tor und ließ einen Wagen voranfahren, der es offenbar eiliger hatte. Darin saß der bayerische Landeskommissar Freiherr von Tautphoeus, der gekommen war, um den Bürgern amtlich die Mitteilung zu machen, daß sie – zum dritten Male innerhalb dreier Jahre – einem neuen Landesherrn zujauchzen dürften. – – Und das taten sie auch. Denn es ging ihnen genau so wie dem lieben Augustin: sie wollten endlich ihre Ruhe haben.

Von der Fischerin erfuhr der Gustl: während seiner Abwesenheit hatte der schwäbische Rollfuhrmann eine über die Maßen große Kiste für ihn gebracht: so groß sei sie gewesen, daß man sie nicht durch die Haustüre tragen konnte, und deshalb sei sie jetzt noch im Lagerhause.

Augustin ahnte eine Verwechslung. Er ging am nächsten Morgen durch den Schneeschlamm und Schmutz nach dem Güterspeicher und fand dort wirklich eine Kiste von dem Umfang eines kleinen Landhauses, deutlich adressiert an Herrn Augustin Sumser, Instrumentenmacher zu Lindau; Absender: Dr. Franz Anton Mesmer in Meersburg.

Der Gustl ließ das Brettergehäuse öffnen und entdeckte darin – das Himmelbett der Prinzessin Lamballe! Damit der empfindliche alte Seidenstoff nicht bräche, hatte Mesmer das Bett fast gar nicht auseinandernehmen lassen. Am Vorhange war ein Brief befestigt:

»Mein lieber Freund! Ich werde alt und älter und komme allgemach in die Zeit, da mir sogar Erinnerungen an schöne Stunden nichts mehr helfen. Was soll ich noch mit Amoretten anfangen, was sollen sie mit mir anfangen? Ich weiß, wenn ich Sie fragen würde, ob ich Ihnen dieses Bett als Andenken an den alten Mesmer zusenden dürfte, so würden Sie das Geschenk aus Höflichkeit ablehnen. Ich weiß aber auch, daß es Ihnen Freude macht. Also verliere ich meine Zeit nicht erst mit Verhandlungen und schicke Ihnen das Bett unversehens ins Haus. Machen Sie sich keine Gewissens-

bisse meinetwegen: die wenige Zeit, die mir noch bleibt, kann ich auch in einer bürgerlichen Bettlade verschlafen; Sie aber, meine ich, haben bessere Verwendung für die beifolgenden Kulissen der Liebe. Genießen Sie Ihr Leben und erinnern Sie sich bisweilen, aber nicht zu oft, an das warnende Beispiel, das Ihnen bietet
Ihr Freund Mesmer.«

Augustin ließ den Deckel wieder auf die Kiste legen und ging heim. Daß Mesmer an ihn gedacht hatte, tat ihm unendlich wohl. Bei der menschenfeindlichen Stimmung voll enttäuschter Illusionen, bei seinem verlorenen Seelengleichgewichte, bei den Gefühlen seiner unbedeutenden Winzigkeit, die er von der romantischen Reise durch die Fabrik der Weltgeschichte mitgebracht hatte, konnte ihm nichts Lieberes begegnen. Mesmer war ein großer Mann; daß ein großer Mann so freundlich und voll Wertschätzung an ihn dachte, richtete den Gustl einigermaßen wieder auf und tröstete ihn, kittete sein zerbrochenes Selbstgefühl wieder. Ja, beim Himmel, nichts mehr von Allianzverträgen, Staatsgeheimnissen, diplomatischen Sendungen! Ruhe und Bescheidenheit – und dieses Himmelbett neben seinen Spieldosen als Sinnbild für die Zukunft!
Er schrieb freimütig an Mesmer; berichtete seine Erlebnisse in der großen, der wirklich ganz großen Welt, sprach von den Lehren, die er für sich daraus gezogen hatte, und dankte endlich von Herzen für das Geschenk, dessen Wert und Bedeutung er voll zu schätzen wisse; im Frühling, wenn Weg und Wetter besser seien, werde er selber nach Meersburg kommen.

Am Nachmittage ließ er das Bett in seine Wohnung bringen. Es war ein schwieriges Werk; man mußte die Kiste auf der Gasse zerschlagen, denn Haustür und Treppe waren auf bourbonische Maße nicht eingerichtet. Die Lindauer gafften wieder einmal, und das Himmelbett brachte die Gemüter fast mehr in Aufregung als die bayerische Oberhoheit, um so mehr, als man sich beeilte, beide in einen geheimen Zusammenhang zu bringen. Denn Augustins Aufenthalt und seine Reise ins Hauptquartier des großen Kaisers waren nicht verborgen geblieben. Er selber sprach nicht darüber, desto mehr sprachen die anderen. Sie mochten ihn alle zu gern, um Böses bei ihm zu vermuten, aber daß hier etwas nicht stimmte, war offenbar. Die tollsten Gerüchte entstanden; die fast vergessene Gestalt der schönen Fürstäbtissin wurde heraufbeschworen; Napoleon hatte dem Gustl hunderttausend Franken geboten, wenn er in seine Dienste treten wollte; Montgelas war sein intimster Freund – es gab nichts, das unsinnig genug war, es wurde geglaubt. Man fragte den lieben Augustin, warum er gewisse Anerbieten (wobei man sachkundig zwinkerte) nicht angenommen habe. Er lächelte, wiegte den Kopf und sagte ganz einfach: Lindau sei ihm zu lieb – weiter habe er keine Gründe. Welcher Patriot! Welcher treffliche Charakter! Welches Beispiel in diesen schweren Zeiten! Man liebte ihn, er war und blieb, was er gewesen: der liebe Augustin.

Seit er das Bett hatte, mußte er jedesmal lachen, wenn er in seine Wohnung trat: ein Tisch, zwei Stühle, ein Kleiderrechen und ein blauseidenes, goldenes, prinzeßliches Himmelbett! So hoch war es – gebaut für die

Räume eines Schlosses –, daß die Krone, die ganz oben saß, gerade die Stubendecke berührte: die violetten Straußenfedern, die aus ihr emporragten, hatte er wegnehmen müssen. Zwei Drittel des Zimmers wurden von dem fürstlichen Lager eingenommen.

Und dieses Bett verschaffte dem Gustl, für diesen Winter wenigstens, ein neues Lebensziel, nachdem er eingesehen hatte, daß das Streitroß, mit dem er über die Schlachtfelder der Weltgeschichte gesprengt war, für sein Temperament zu feurig gewesen sei und daß es für ihn nur eine angemessene Beschäftigung gebe: am Ufer seines geliebten Bodensees spazierenzugehen. Er arbeitete nämlich den ganzen Winter über fleißig, und zwar zu keinem anderen Ende, als um seinem Himmelbette passende Wäsche kaufen zu können. Seine groben Leintücher wären eine Verlästerung dieses blauen Seidenhimmels gewesen, und abgesehen davon waren sie auch viel zu klein. Also arbeitete Augustin und beschaffte sich die wundervollsten Bezüge, mit Spitzen, die auch die hochselige Prinzessin von Lamballe zufriedengestellt haben würden. Tief beglückt war er, als er seinen Schlafpalast, sein Traumschloß, dermaßen geputzt sah. Als er aber, aus Rokokophantasien erwachend, morgens in den Spiegel blickte, der galanterweise innen am Betthimmel angebracht war, stellte er mit einem geradezu körperlichen Mißbehagen fest, daß sein sehr bürgerliches Nachthemd sich zwischen dem Damast und den Spitzen ausnahm wie eine Runkelrübe zwischen weißen Rosen. Peinlich getroffen entfloh er dem verletzenden Anblick – und verfertigte sogleich drei weitere Spieldosen, die es ihm möglich machten, auch batistene, spitzenbesetzte Nachthemden mit zärtlichen Hals- und Ärmelkrausen zu kaufen. Nun erst war er vollkommen glücklich.

Es ist leicht einzusehen, daß der durch Mesmers Danaergeschenk solchermaßen effeminierte Augustin Sumser zu anderen Dingen wenig Zeit und Lust hatte, zumal ihm seine heimliche Liebe für die Politik so gründlich verleidet worden war. Aber im Laufe seiner stillen, behutsamen und beglückenden Arbeit fielen die schlimmen Eindrücke und Enttäuschungen, die er aus dem Leben des vorigen Sommers mitgebracht hatte, langsam von ihm ab. Als der Frühling kam, hatte er dem Leben alles vergeben, wenn auch nicht vergessen. Er war wieder völlig der liebe Augustin. Als die Kirschbäume blühten, rieselte er in die junge Welt hinaus.

Sein erster Weg war zu Mesmer. Er traf den Siebzigjährigen, wie er im Schloßhof zu Meersburg unter den Linden, deren grünendes Gezweig die Frühlingssonne freundlich durchglänzen ließ, spazierenging; er stützte sich auf einen Stock und blickte tief versonnen zu Boden. Auf Augustins Gruß aber richtete er sich empor und hatte das alte Leuchten in seinen Augen. »Im Winter«, sagte er, »hab' ich einen kleinen Schlagfluß gehabt, aber es hat sich wieder gemacht; Hermes Psychopompos zog die Hand zurück, die er schon nach mir ausgestreckt hatte. Zum Dank für meine Verdienste um die Menschheit ist's mir offenbar vergönnt, das Leben gründlich auszukosten – hm...«

Drei Tage blieben sie zusammen, und Augustin fühlte sich in der herzlichen Liebe des Alten unsäglich wohl. Dann trieb's ihn wieder zurück. Weil der See gar so frühlingssilbern und matthimmelblau drunten lag, gab er seine Absicht, zu wandern, auf und nahm das Schiff, das von Konstanz kam und nach Lindau fuhr.

Mesmer hatte ihm gesagt: Völlig spurlos seien die letzten Jahre auch an ihm nicht vorübergegangen! Als der Gustl sich auf die Schiffsbank fallen ließ, erinnerte er sich an diese mit Lächeln ausgesprochenen Worte und wurde bedenklich, zusehends bedenklich.

Wie?

Man mußte freilich eingestehen: er näherte sich den Dreißigern. Aber was hatte dies zu bedeuten? Geschwind überdachte er sein Leben und fand alles in zufriedenstellender Ordnung. Immerhin war diese Stunde voll von einer Stimmung, die der Gustl bisher noch nicht gekannt hatte: zum erstenmal in seinem Leben dachte er mit Unbehagen an seine dahinschwindenden Jahre. Freilich – die Hälfte des Lebens lag noch vor ihm, weit offen wie ein sommerliches Erntefeld; aber: es war die letzte Hälfte. Erntefeld? Hatte er etwas gesät, das er ernten konnte? Augustin Sumser kratzte sich hinter den Ohren. Woher kamen ihm nur diese fatalen Gedanken? Heute, an diesem blauen Frühlingstage? Es wurde ihm grämlich zumute. Die Sonne blendete ihn. Er setzte sich in den Schatten. Da war es zu kühl. Beim Ruder war es zu windig. Auf dem Vorderdeck die Bänke zu hart. Heiliger Gott! dachte der Gustl, entsetzt über sich selber, 's ist schon richtig, ich werde alt! Unauffällig zog er einen kleinen Taschenspiegel aus seinem blauen Frack und unterwarf sein Gesicht einer peinlichen Musterung. Die paar grauen Fäden in seinem dunkelbraunen Haar störten ihn wenig:

das lag in der Familie. Bedenklicher waren schon mehrere Runzeln auf der Stirn, die ganz ausschauten, als ob sie sich demnächst zu Falten und Furchen auswachsen wollten. »Hol's der Teufel!« sagte Augustin zu sich selber, »es muß etwas geschehen!«
Und es geschah etwas.
In Immenstaad stieg ein junges Mädchen ein, stolperte dabei über ein zusammengerolltes Tau und fiel dem lieben Augustin gerade in die Arme.
»Es ist allerdings ungemein stürmisch heute, Mamsell!« sagte er und drückte sie etwas länger und kräftiger an sich, als vielleicht unbedingt nötig gewesen wäre.
Sie machte sich los, sah ihn an, bekam einen roten Kopf und lachte. Dann griff sie sogleich nach den blonden Zöpfen, die sie fest um den Kopf gelegt trug, und stellte dort eine Ordnung wieder her, die niemals zerstört worden war. Augustin entdeckte indessen das Bemerkenswerte an ihr: sie war blond und hatte dunkle Augen. Das gab ihrem hübschen jungen Gesicht etwas recht Kluges. Er empfand den Zufall, der sie ihm in die Arme geführt, als einen Lichtblick in die Dämmerung seines Gemütes, und er kehrte diesem Lichte seine galanteste Seite zu, wie die Krokusblüten ihren Kelch immer der Sonne entgegenhalten.
Sie setzten sich nebeneinander, und Augustin benahm sich unwiderstehlich. Sehr bald wußte er, was er wissen wollte: Das Mädchen hieß Susanne Jent und fuhr nach Lindau; der Bruder ihres Vaters hatte dort gewohnt und war kürzlich gestorben, nun zog sie zu der Witwe, die nicht allein sein wollte. Sie erzählte dies alles mit einer angenehmen Offenheit und machte auch kein

Hehl daraus, daß es ihr recht lieb war, endlich aus dem Dorf wegzukommen, in dem sie bisher gelebt hatte. Ob Lindau hübsch sei?
»Sehr hübsch!« sagte Augustin und setzte eine ganz väterliche, ungemein zutrauenerweckende Miene auf, »aber die Gefahren der Stadt, beste Mamsell Susanne! Schönen Mädchen wie Ihnen - nein, lachen Sie nicht! -, schönen Mädchen wie Ihnen legt der Teufel seine Schlingen am kunstgerechtesten. Lassen Sie sich warnen!«
»Ach -«, sagte sie, neugierig und leichtfertig, »wenn es ein netter Teufel ist . . .«
Ei, ei, dachte Herr Augustin Sumser und fuhr fort: »Im Ernst! Ich meine es gut mit Ihnen. Was weiß so ein junges Hascherl von der Schlechtigkeit der Welt? Schauen Sie: Unsereiner, der weit in der Welt herumgekommen ist, hat seine Erfahrungen und hat gelernt, besagten Schlingen auszuweichen. Aber Sie? Glauben Sie mir: Es ist nicht leicht, der Teufel ist ein gottloser Kerl, und zehntausend Jahre Fegfeuer sind keine Kleinigkeit. Jedennoch -«, sagte er, noch bedeutend väterlicher und wohlmeinender, »werden Sie mich stets bereit finden, Ihnen mit Rat und Tat zur Seite zu stehen. Wenden Sie sich nur an mich, kommen Sie zu mir; mein Name ist Augustin Sumser, Instrumentenmacher, Inhaber der fürstlich bretzenheimschen und kaiserlich österreichischen königlich ungarischen Verdienstmedaille.« (Guter Landeshauptmann, dachte er, wer hätte geahnt, daß ich meine Orden einmal bei einer solchen Gelegenheit ans Licht ziehen würde?)
Susanne betrachtete ihn nach diesem wirkungsvollen

Schlusse mit deutlichem Respekt. Schon daß er sie mit »Sie« anredete, gefiel ihr und schmeichelte ihr. Überhaupt empfand sie keinerlei Abneigung gegen ihn und wurde zutraulicher.
Augustin Sumser war über die Maßen vergnügt. Das melancholische Sterbeblau seines Gemüts, mit dem er diese Fahrt begonnen, hatte sich in ein strahlendes Frühlingsblau verwandelt. »Ich glaube«, sagte er und rückte näher zu ihr, soweit dies noch möglich war, »wir werden uns sehr gut vertragen. Oder werden Sie mich völlig vergessen, sobald Sie wieder den festen Boden unter den Füßen haben?«
»Ach nein ...«, sagte sie, bereits hinschmelzend wie Märzenschnee (wenigstens bildete Augustin sich dies ein). Und nach einer Weile: »Es ist nur – die Tante wird Augen machen, wenn ich gleich mit einem Herrn ankomme ...
Sie hat, glücklicherweise, Erfahrung! stellte Augustin tiefbefriedigt fest. Und er sprach nickend:
»Freilich, freilich! Das darf nicht sein. Ach«, – er seufzte virtuos, »ach, ich fürchte fast, ich seh' Sie so bald nicht wieder!«
Und nun kam die berühmte, verrufene, verhängnisvolle Minute des Schweigens, in welcher der elektrische Funke des Herzens mit deutlichem Knistern überspringt und die Tugend mit allen guten Vorsätzen – sofern welche vorhanden sind – ins Gleiten kommt. Am beharrlichsten schwieg Augustin; er wußte leider sehr genau, daß er jetzt nichts weiter zu tun hatte, als zu warten, bis sich der Vogel auf die kunstvoll ausgelegte Leimrute setzte.

Endlich fragte Susanne: »Meinen Sie? Vielleicht trifft man sich einmal in den Straßen . . .«
Er wiegte bedenklich den Kopf: »Sie wissen ja, wie schnell man ins Gerede kommt. Mir, als Inhaber der bretzenheimschen und der österreichischen Verdienstmedaille, wäre es doppelt fatal. Noblesse oblige – wie man in unseren Kreisen zu sagen pflegt.« (Susanne wurde zusehends zahmer.) »Aber ich habe einen guten Gedanken, was bei mir überhaupt häufig der Fall ist: wir treffen einander morgen am Pulverturm, werteste Mamsell; abends, nach dem Dunkelwerden. Sie müssen mir freilich versprechen, niemandem davon zu sagen.«
»Kein Wort!« beteuerte sie und nahm sich fest vor, zu kommen, teils, weil ihr dieser Sumser sehr gefiel, teils auch aus der Vorliebe ihres Geschlechts für Geheimniskrämerei.
Als das Schiff sich Lindau näherte, zeigte der Gustl nach der Spitze der Insel, die am weitesten und einsamsten in den See hinausragt. »Dort unter den Rüstern steht der Pulverturm. Auf Wiedersehen, liebe Mamsell Susanne!« Er warf ihr einen sehr verliebten Blick zu, setzte sich in einiger Entfernung von ihr nieder und tat vollkommen unbeteiligt. Die Tante Jent nahm Susanne am Hafen in Empfang, knallte ihr einen Kuß auf die Stirn, und Augustin sah seine himmelblaue Zukunft am Arme der Matrone zwischen den Häusern verschwinden.
Unterwegs sagte die Tante: »Höre, Susanne: da war ein junger Mensch im blauen Frack in deiner Nähe. Hat er etwa mit dir angebandelt?«

»Ich weiß nicht, was die Tante meint –«, antwortete das kleine Frauenzimmer, blütenschneeweiß in Unschuld wie ein Wollschäfchen.
»Um so besser!« sagte die Jentin, »er ist ein Donschuan!«
Herr Augustin Sumser betrat die Wohnung mit den erhabensten Gefühlen und betrachtete sein herrliches Bett wohlgefällig. Die Frühlingssehnsucht in seinem Herzen hatte ein Ziel gefunden – warum sollte er nicht fröhlich sein?
Er wandelte aufgeregt auf und ab und horchte auf eine Spieldosengavotte in seinem Innern. Mit dem sinkenden Tag bewölkte sich der Himmel, ward einförmig, grau, und es lag eine süße, ganz stille und windlose Dämmerung über dem See, eine von jenen unsäglich milden, blütenduftschweren Frühlingsdämmerungen, die das Herz sprengen in ihrer unbestimmten Verheißung. Das Wasser war reglos und weiß wie Blei; am Himmel mischte sich das Grau des kommenden Regens mit einer hauchfeinen Spur von Rosenrot. Die Linden standen stumm voll sehnsüchtiger Erwartung, ein Käfer brummte liebestoll an den offenen Fenstern vorüber...
Der Gustl fühlte das Erwachen der Erde in allen Nerven, fühlte, wie sein Blut drängte, als wär' er ein Baum voll Blütenknospen. In dem fahlen Lichte rannte er hin und her, ballte die Hände und hielt sich, um nicht aus dem Fenster hinaus zu singen oder zu wiehern.
Drüben in Bregenz gingen die Lichter an und schickten einen zitternden Gruß über das Wasser. Friederike...! dachte er, ach Friederike!

Aber da schwang sich ein volles, fernes Geläute über den See heran. Augustin horchte eine Weile: das waren keine Abendglocken. Er beugte sich aus dem Fenster – unten saß die alte Fischerin auf der Bank vor dem Hause –, und er fragte: »Was läuten sie in Bregenz?«
»Jesus!« rief die Alte, »hab ich's doch ganz vergessen, Guschtl, vor drei Tagen ist ja der Landeshauptmann gestorben!«
Augustin richtete sich auf und blieb am Fenster. Daß doch immer ein Wurm auch in der Frucht des schönsten Tages sitzen mußte . . .
Gestorben . . .
Ein schwerer blauer Vorhang faltete sich langsam vor der bunten Freude seines Herzens zusammen. Wieder ein Schauspiel zu Ende, dachte er – und nun geht der ehrliche Komödiant nach Hause, schminkt sich ab und ruht. Mög' er in Frieden ruhen!

Augustin Sumser hatte die Augen voll Wasser. Das war zu schnell gekommen.
Er legte sich still zu Bett und erinnerte sich an seine Gedanken von heute morgen. Im Einschlafen beschloß er, von nun an ein Tagebuch zu führen – ein Hauptbuch seiner Tage, damit er wisse, ob Soll und Haben sich die Waage hielten, oder ob er dem Leben etwas schuldig bleibe. Mit einem wehmütigen Dämmerblau, wie er begonnen hatte, endete der Tag.
Dies hinderte den lieben Augustin jedoch nicht, am Morgen mit vergnügter und offener Seele aufzuwachen. Während der Nacht hatte es geregnet; der weiche, pastellgraue Behang des Himmels hatte sich aufge-

löst. Der See, blank hinter Schleiern, und die braune Erde dampften, die Sonne stand in blendenden Morgennebeln, und das Licht flutete durch das erfrischte Laub der Linden.
Augustin zog mit einer zärtlichen Bewegung den Bettvorhang vollends beiseite. Glückselig über die schöne Welt beschloß er, mit dem Arbeiten lieber noch ein paar Tage zu warten. Er setzte sich auf, betrachtete die feinen Krausen seines Nachthemdes, träumte sich mit offenen Augen in die Rolle eines galanten Herzogs hinein und dachte, daß es sehr nett sein müsse, wenn er jetzt an einer goldgestickten Klingelschnur ziehen und dem eintretenden Diener nachlässig hinwerfen könnte: »Jean – die Schokolade!«
»Indessen kann man nicht alles haben! sagte er laut und sprang eilig aus dem Bett, um nicht durch solche Phantasien unzufrieden zu werden. Dann ließ er sein aristokratisches Spitzennachthemd fallen und steckte den Kopf zur Ernüchterung in ein ganz gemeines blechernes Waschbecken.
Mittags kaufte er ein Tagebuch und ging mit dem festen Vorsatz nach Hause, die Niederschrift seiner Denkwürdigkeiten noch heute zu beginnen. Als er jedoch die Feder ins Tintenfaß tunkte und nach einer überlieferungswerten Tatsache suchte, fiel ihm ein, daß Gravenreuth gestern begraben worden sei und daß er füglich mit dieser Todesnachricht sein Tagebuch eröffnen müsse. Worauf der Gustl die Feder ganz sachte wieder auf den Tisch legte. Nein! – damit nicht! Und er verschob den Beginn auf eine gelegenere Zeit; er vermutete, daß er darauf nicht lange werde warten müs-

sen. Denn beim Dunkelwerden ging er durchs untere Inseltor und schlenderte auf schmalen Wiesenwegen durch Weingärten zum Pulverturm. Es gefiel ihm sehr, daß die Stadttore abends nicht mehr geschlossen wurden, seit Lindau bayerisch war, und er stellte wieder einmal mit Genugtuung fest, daß alles seine zwei Seiten habe, eine schlechte und eine gute, nur müßte man sich darauf verstehen, die gute herauszufinden. In der Ehe, überlegte der Gustl, ist's ebenso: die wirklich bessere Hälfte ist schwer zu finden.

Er setzte sich am Pulverturm auf die Seemauer, schaute über das schlafstille Wasser, fühlte das leise Atmen der Bäume und wartete auf seinen Frühling. Nach einer Weile kam die hübsche Susanne, vorsichtig, langsam und einigermaßen ängstlich, denn sie hatte Bedenken wegen dieses Abenteuers, an einem Orte, der ihr völlig unbekannt war. Augustin überlegte, daß sie ein recht entschlossenes Frauenzimmer sein müsse, und das gefiel ihm. Da er der Meinung war, daß er gestern ehrbar genug gewesen sei und sich heute also schon eine kleine Vertraulichkeit erlauben könne, nahm er das Mädchen zur Begrüßung sehr einfach beim Kopf und gab ihr einen Kuß – wobei er bemerkte, daß Susanne auch in diesem Punkte bereits ihre Erfahrung haben müsse.

»Sie sind ein Donschuan!« sagte sie. »Meine Tante hat es mir gesagt und hat mich vor Ihnen gewarnt, und ich sehe ein, daß sie recht gehabt hat. Die Geschichte mit den Orden ist auch Schwindel!«

»Nein . . .!« sagte der Gustl verblüfft.

»Doch! Gesehen hat sie noch niemand.«

»Das kommt von meiner Bescheidenheit, Kind, aber wenn du sie sehen willst, darfst du nur mit mir heimgehen.«

»Ach?« sagte sie standhaft, aber trotzdem recht verliebt.

Dann hob der Gustl sie neben sich auf die Seemauer, redete vernünftig mit ihr, und in den Pausen küßte er sie. Er fand, daß Susanne eine kluge Person sei, ohne Hirngespinste und von einer gewissen leichtfertigen und humorvollen Liebenswürdigkeit der Welt gegenüber, die der seinen sehr ähnlich war. Sie taugte ebensoviel oder -wenig wie er selber. Außerdem zeigte sich, daß sie aus einer guten, ja patrizischen Familie stammte: die Jents wohnten in dem bunten Hause »Zum Pflug« am Brotplatz und führten sogar ein eigenes Wappen. Ich hätt's wissen sollen! dachte Augustin; wenn ich mich nur mehr um die Menschen kümmern wollte . . .

Susannes Eltern freilich hatten einem minder geachteten Zweige angehört, aber die Tante erzog sie vornehm und streng. »Das heißt«, sagte Susanne, »was an mir noch zu erziehen ist. Als ob ich nicht ein erwachsener Mensch wär'!«

»Mit Erfahrungen«, sagte der Gustl.

»Warum nicht?« antwortete sie ehrlich. »Keiner kann sich besser machen, als er ist; tut er's doch, so merken's die andern bald. Was ich anstelle, verantworte ich auch. Basta.« Da sie damit nur das sagte, was Augustin selber zum Grundsatz angenommen hatte, nickte er zufrieden, ja er war fast erstaunt, sie so klug und aufrichtig zu finden.

Während die Sterne heller wurden und die traumredenden Bäume lauter und lauter zu sprechen begannen, änderte sich in Augustin etwas. Er hatte geglaubt, bei diesem Stelldichein ein kleines blondes Mädchen zu treffen, wie er dreißig andere schon getroffen hatte – ein neues Spielzeug, ein Schatten mehr in dem Leporelloalbum seines Herzens. Aber es ging ihm auf, daß er sich geirrt habe. Diese Susanne war kein willenloses Spielzeug – sondern sie spielte selber mit.
Ganz merkwürdig war es ihm zumute. Er verlor seine Überlegenheit und spürte, wie eine geheime Achtung für dieses Mädel in ihm wuchs. Manchmal sagte sie Dinge, die er selber schon gesagt oder gedacht hatte. Langsam verschwand seine Lust auf eine Liebelei; Augustin Sumser wurde warm und ernsthaft und nahm sich vor, über diesen eigentümlichen Fall nachzudenken. Er schämte sich beinahe über die Komödie, die er ihr auf dem Schiffe vorgespielt hatte, und es ereignete sich, was er seit den Tagen Friederikens nicht mehr erlebt hatte: er geriet mit ihr in ein Gespräch über Fragen der Weltanschauung. Dazu – dacht' er – bin ich eigentlich nicht auf die Insel herübergekommen; Gustl, Gustl, was will das werden?
Drei Stunden vergingen, und Augustin wurde gegen Susannen nicht dreister, als er andern gegenüber in drei Minuten geworden war. Er hatte Respekt – ein Fall, der in seinem Leben selten genug war.
Als es fast Mitternacht war, bot er ihr den Arm, geleitete sie stillvergnügt und ziemlich nachdenklich durch die Weingärten und Raine nach dem Stadttore, ließ sich versprechen, daß sie in drei Tagen wiederkommen

wolle – und ging mit verwirrtem Kopf nach Hause. Etwas Ungewohntes war ihm begegnet. Er fühlte plötzlich, daß in seinem Leben ein leerer Platz gewesen war, den er selber noch nie bemerkt hatte, und daß Susanne wohl fähig wäre, ihn auszufüllen –
In dieser Nacht begann er sein Tagebuch, und zwar mit einem Gedankenstrich.
Augustins Achtung vor Susanne kam daher, daß er einsah, er habe sie unterschätzt. Die Versuche, ihr zu imponieren oder mit ihr zu spielen, gab er schleunig auf. Er merkte, daß sie sich dies nicht gefallen lassen würde. Alles trug bei ihr in seltsamer Weise den Stempel der Freiheit: wie sie den klugen blonden Kopf hielt, wie sie ging, sprach und hörte.
Als ordentliche Tante war die Jentin ziemlich taub, und es machte Susannen keine Schwierigkeiten, sich an wenigstens zwei Abenden in der Woche fortzustehlen. Am ersten Regentage kam sie zu Augustin.
»Das Gras ist naß«, sagte sie einfach, »das Laub tropft. In deiner Stube ist's wahrscheinlich trockener.«
Augustin, der in der Dämmerung gesessen und über seinen inwendigen Menschen nachgedacht hatte, schloß die Fensterläden und zündete zwei Kerzen an.
»Wenn dich aber jemand gesehen hat?«
»Dann kann ich's nicht ändern«, antwortete sie gelassen und lachte ruhig. »Hältst du die Leute für dumm oder blind? Ich nicht.«
Der Gustl war in einer sehr besinnlichen Stimmung.
»Höre«, sagte er, »wie alt bist du?«
»Vierundzwanzig.«
»Hm. – Daß du noch ledig bist?«

Sie hob die Schultern. »Es eilt mir nicht. Ich kriege schon einen Mann. Oder glaubst du nicht?«

»Sicherlich!« sagte er. Sie ließ sich nicht in die Karten schauen. Dann zeigte er Susanne das Himmelbett. Sie hatte schon davon gehört und bewunderte es gebührend. »Aber –«, sagte sie, fuhr mit dem Finger in das verschnörkelte Schnitzwerk und wies ihm den Staub. Augustin seufzte: Was wollte man dagegen tun? Sie aber suchte einen Lappen und begann abzustauben. Er sah der Arbeit zu, redete nichts, dachte aber manches. Etwa: Das ist auch so etwas! Wie flink sie ist. Eigentlich eine verzweifelt stumpfsinnige Beschäftigung – aber bei ihr sieht es gar nicht so aus. Schließlich zog sie einen Stuhl herbei, stieg darauf und begann den goldenen Amoretten die Nase und was sie sonst noch hatten zu putzen. Der Gustl setzte seine Betrachtungen fort: »Nicht einmal das Bedürfnis, sie auf ihrem Stuhl in die Beine zu zwicken, hab' ich. Bei mir stimmt etwas nicht. Dies ist offenbar!«

»So!« sagte sie, stieg herunter und brachte alles wieder an seinen Platz.

Er zog sie zu sich. »Susanne, was sagen die Leute über mich?«

»Wie sollt' ich das wissen?«

»Larifari, du hast doch gefragt! Oder?«

»Ja«, sagte sie und sah ihn an, »ich habe gefragt.«

»Nun?«

»Je. Sie mögen dich alle gern. Daß du furchtbar viel erlebt hast, sagen sie; dummes Zeug, von dem man nicht die Hälfte glauben darf.«

»Nicht die Hälfte? O doch! Die Hälfte bitt' ich mir aus.«

»Dann bist du also«, sagte sie heiter, »ein fauler, intriganter, begabter, liebenswürdiger und verliebter Nichtsnutz?«
Er antwortete etwas kleinlaut: »Man kennt sich selber nie so genau. Aber wenn's die Leute sagen, wird's schon richtig sein. Eines weiß ich bestimmt: verliebt bin ich. Sehr sogar.«
»Liebenswürdig auch«, sagte sie und hatte in ihrer Bewegung und in ihrer Stimme jene Mischung von mädchenhafter und mütterlicher Liebe, die den trotz allen Abenteuern einsamen Gustl mit weichen, streichelnden, zärtlichen Fingern angriff.
»Höre nur, wie der Regen rauscht«, sagte er und legte seinen Kopf auf ihre Schulter. »Wenn er vorbei ist, wird sich die Welt vollends aufgefaltet haben. Ach, mir ist auch so - so - Susanne, daß du nur da bist! Du hast so etwas Beruhigendes an dir, gerade wie draußen der Frühlingsregen, und man spürt ordentlich, wie sich das Herz auseinanderfaltet. Weißt du, daß ich sehr traurig wäre, wenn du mich verlassen würdest?«
»Wie vielen hast du das schon gesagt?«
»Wenigen. Eigentlich - - aber wozu darüber sprechen? Als ich dich zum ersten Male sah, hatte ich einen sehr griesgrämigen Morgen hinter mir; du kamst, wie man ein Marienkäferchen laufen sieht: plötzlich hatte ich gute Laune. Man kann den Menschen nicht gleich ansehen, was sie bedeuten - ich habe dir heimlich manches abgebeten seither. Ja, Susanne, ich glaube, ich habe dich richtig lieb. Ich glaube, für dich könnt' ich sogar arbeiten...«

»Das ist allerdings sehr viel!« sagte sie lachend. »Ein seltener Fall! Die Leute halten dich für faul, Gustl!«
»Ich bin's auch«, antwortete er, »das heißt, wenn man es so nennen will; ich arbeite nur so viel, wie unbedingt notwendig ist, um mir die Sorgen vom Halse zu halten. Wär' ich fleißig, so könnt' ich leicht das Vierfache verdienen. Aber wozu? Für meine Bedürfnisse, für meine Ansprüche an das Leben hat es immer gereicht. Für wen soll ich denn sorgen? Ich hab' ja niemand auf Gottes weiter Welt!«
Darauf erwiderte Susanne kein Wort, und das rechnete ihr der Gustl hoch an: für dieses Schweigen hatte er sie doppelt lieb.
Überhaupt redeten sie an dem Abend nicht mehr viel; denn wozu war das Himmelbett der Prinzessin Lamballe abgestaubt worden?
Augustin war in einer merkwürdig unfrivolen Stimmung – es war alles so ganz anders gekommen, als er auf dem Schiffe gedacht hatte. Und Susanne stand in ihrer ganzen blonden Freiheit weit über allen Spielereien; er fühlte: sie tat nichts, was sie nicht vor aller Welt verantworten würde. Ein sonderbares, sonderbares Menschenkind ... Während er eine neue Kerze in den Leuchter steckte, holte sie aus einer Tasche, die sie im Rock eingenäht trug, zwei blaue Pantöffelchen mit hohen, geschweiften Absätzen. Augustin betrachtete sie mit tiefem Erstaunen und schaute das Mädchen fragend an. »Gelt?« sagte sie, plötzlich entzückend eitel, »ich hab' sie mir für dich machen lassen. Ach, Gustl, wir wollen doch ehrlich sein: wir haben's doch beide gewußt, und heute war nicht der erste Abend, an dem

du auf mich gewartet hast. Aber konnt' ich denn eher kommen? Die Pantoffeln sind ja erst gestern fertig geworden!«

»O Eva!« sagte er. »Darin gleicht ihr einander doch alle.« Und dann holte er aus der Schublade sein feinstes spitzenbesetztes Nachthemd und machte mit der schlanken, jungen Susanne und diesem Hemd und den blauen Pantöffelchen und dem blauseidenen Himmelbett eine Rokokoprinzessin zurecht, die sogar das Fräulein von Lamballe scharmant gefunden haben würde, wenn man ihr nicht - ach! - vor einem Menschenalter auf die ungalanteste Weise den Kopf abgeschlagen hätte.

Die alte Fischerin hatte Ursache genug, sich über Herrn Augustin Sumser zu wundern. In anderen Jahren hatt' es ihn zur Frühlingszeit nimmer daheim gelitten. Heuer blieb er häuslich und - arbeitete sogar! Daß er dies nicht ohne bedeutenden Anlaß tat, war klar. Die Fischerin begann aufzumerken und stellte bald fest, daß der Gustl wenigstens zweimal in der Woche spät am Abend Besuch bekam. Aber sie mußte lange lauern, um zu erkunden, wer das Mädchen sei; so flink ging die Haustüre auf und so flink huschte es die Treppe hinauf. Endlich erkannte sie die Person - und dachte: O mei, Guschtl, die läßt dich nimmer aus! Jetzt schlag' dir die Sperenzeln aus dem Kopf - jetzt bist du hin!

Augustin dagegen war glücklich in dieser Gefangenschaft. Sein Tagebuch füllte sich mit Bemerkungen, die er sich früher selber nicht zugetraut hätte. Die Reise nach München und Brünn hatte ihn ernster gemacht, Susanne machte ihn ruhiger und nachdenklicher:

21. April
Ich beginne, den Unterschied zwischen Moral und Ethik zu erfassen; es ist derselbe wie zwischen Zivilisation und Kultur.

30. April
Sie sagte heute, Spieldosen machen sei für mich der einzig passende Beruf, denn Sorgfalt ohne Geschmack wäre zu pedantisch, als daß ich daran Gefallen finden könnte. Woher sie nur diese Gedanken nimmt?

2. Mai
Alles ist blau, der Himmel, das Bett, die Pantoffeln. Ich glaube, wenn alles rot wäre, würde ich lange nicht so zufrieden sein. Sie sagte, die Vorstellung eines roten Himmels sei so verrückt, daß nur ich sie haben könne. Merkwürdig, daß alles Neue für verrückt gehalten wird.

7. Mai
Zu dumm, daß sie alles geheimhalten will. Als ob sie nicht selber wüßte, daß die Leute darüber reden. Die Fischerin zumal ist wie ein großes Sieb.

12. Mai
Dieser Frühling! Und wir sitzen daheim. Ich begreife es nicht. Sie ist sonst so klar und mutig – nur gerade mit mir will sie sich nicht sehen lassen. Ich ärgerte mich beinahe. Es wird ein Ultimatum gestellt.

13. Mai
Gestern bin ich zum ersten Male mit ihr spazierengegangen; es war ein großer Sieg. Die Leute haben uns kaum beachtet. Sie war eigentümlich ernst, beinahe so ruhig wie der See, wenn ein Gewitter von Konstanz her langsam heraufsteigt – Hier machte der Gustl einen

großen, sehr großen Gedankenstrich in sein Tagebuch. Denn gerade, als er das Wort »heraufsteigt« fertiggeschrieben hatte, flog die Türe der Werkstatt auf wie durch einen unsanften Windstoß: das Gewitter im Mai war da.

Es war da, inkarniert in die Person der Tante Jent.

Breit, rot, drohend und schnaufend stand sie in der Türe und schleuderte Blitze aus ihren Augen.

Augustin stand etwas geschwinder auf, als er dies sonst zu tun pflegte, aber er faßte sich und ging ihr mutig entgegen, das heißt: er wollte ihr entgegengehen. Es kam aber nicht dazu. Denn die Jentin erhob ihren Arm waagrecht gegen ihn wie ein Speer, streckte den dicken Zeigefinger aus und rief: »Schändlicher Lump!«

»Guten Tag!« sagte Augustin artig, »wollen Sie Platz nehmen, werteste Madam!«

»Was?« brüllte sie und riß aus ihrem Pompadour, der den Umfang eines Fußsackes hatte, ein ungeheures schwarzes Hörrohr, das dem Gustl vorkam wie eine Posaune des Jüngsten Gerichts. Es erinnerte ihn daran, daß die Jentin harthörig war, und er beeilte sich, vor Beginn der Verhandlungen sämtliche Fenster zu schließen. Dann tutete er in das Rohr: »Es freut mich sehr, Sie hier zu sehen!«, zog einen Stuhl herbei und stieß ihn der Tante so geschickt in die Kniekehlen, daß sie mit einem schweren Ruck darauf niedersank und wie eine Schildkröte sitzen blieb.

Nichtsdestoweniger schrie sie: »Sie haben meine Pflegetochter Susanne verführt!«

Sie hob die Posaune gegen ihn, um seine Verteidigung zu hören.

Aber der liebe Gustl tutete nichts zurück als: »Jawohl!«
Diese Offenheit kam der Tante völlig unerwartet. Sie ließ das Hörrohr und den Unterkiefer sinken und starrte den Gustl sprachlos an. Eine solche Unverfrorenheit war ihr doch noch nicht begegnet. Da saß dieser Mensch dicht vor ihr, und statt in den Erdboden hineinzusinken, lächelte er verbindlich und gab sich nicht einmal die Mühe zu lügen. Augustin bemerkte die Wirkung seiner Taktik und nützte die augenblickliche Verblüfftheit der Jentin sogleich weiter aus: »Wenn Sie mir weiter nichts mitzuteilen hatten«, sagte er, »*das* wußt' ich selber, und eher als Sie.«
Während die Tante noch nach dem Ende des Fadens suchte, den sie so trefflich vorbereitet mitgebracht hatte und der ihr jetzt so unvermutet aus den Fingern gerutscht war, tat sich die Türe ein zweites Mal auf und Susanne trat ein – im Hauskleid, ein wenig zerzaust und außer Atem. Aber sie war keineswegs bestürzt oder furchtsam, sondern sie trug sich in der schönen, mutigen Freiheit, die Augustin so liebte.
Sogleich fiel die Alte kollernd in neue Wut. »Was? Du kommst mir nach? Hab' ich dich nicht eingesperrt? Hab' ich nicht die Haustüre abgeschlossen? Machst du mir Schande am hellichten Tage?«
Und hier riß dem lieben Augustin, zum ersten Male in seinem Leben, die Geduld. Er packte die Hörposaune, bohrte der Tante das spitze Ende unsanft ins Ohr und brüllte hinein: »Halten Sie Ihr Maul! Alte Bretterhütten! Beleidigen Sie meine Braut nicht!!!«

- - -

Augustin!

Dies war das Stichwort für den letzten Aufzug deines Lebens.

----

Susanne legte den Arm um seinen Nacken.
»Hast du dir dieses Wort überlegt, Gustl?«
»Mehr als genug!« sagte er.
Die Jentin saß versteinert, wie roter Porphyr, auf ihrem Stuhl und blickte von einem zum andern.
Schließlich stammelte sie: »Hast du gehört, Susanne? Alte Bretterhütten hat er mich geheißen! Der Hungerleider. Der hergelaufene Mensch. Der Spion!«
»Soll ich Sie die Treppe hinunterrollen?« fragte Augustin. Das Mädchen schüttelte den Kopf und antwortete der Tante mit einer völlig blonden Sachlichkeit: »Sie sind wohl umsonst hergekommen, Tante. Es wird sich daran nichts ändern lassen.« Und Augustin fuhr fort: »Susanne wird ihre Sachen noch heute bei Ihnen abholen - vorausgesetzt, daß Sie nicht Vernunft annehmen -«
Darauf erhob sich die Jentin machtvoll und erwiderte wie der Engel mit dem flammenden Schwerte (statt des Schwertes hielt sie aber das Hörrohr in der Hand): »Ich sage nichts mehr -«
»Endlich!« murmelte Augustin.
»- wenn du in dein Unglück rennen willst, Susanne, dann tu's. Wir beide sind fertig miteinander.«
Und dann wuchtete sie sich aus der Stube, ohne die beiden eines Blickes zu würdigen.

Am Abend dieses denkwürdigen dreizehnten Mai zog Susanne mit ihren wenigen Habseligkeiten zu Augustin. In ihrem und in seinem Leben änderte sich dadurch we-

nig. Innerlich aber tauschten sie die Rollen auf seltsame Weise. Seit Susanne ganz ihm gehörte, kümmerte sie sich nicht länger darum, was die Leute wohl sagten; er dagegen vergaß seine Leichtfertigkeit und drängte nach der Hochzeit, denn er wollte eine Frau haben, die sich von keinem schief anblicken lassen mußte. Wenige Tage nach Susannes Einzug ging er mit ihr gen Wasserburg und bestellte dort alles Nötige.
Um die Junimitte fuhren sie in Sonntagskleidern zur Trauung. Augustin hatte seinen historischen kleinen Reisekoffer mitgenommen.
Die Pfarrerrosl vergoß mehrere Tränen, als der Geistliche sie in der stillen, leeren Kirche zusammengab. Und als Augustin Sumser, der plötzliche Ehemann, mit seiner mutigen und lustigen jungen Frau wieder in den Wagen stieg, sagte er, ohne auf die Weihe der Stunde zu achten: »Der Teufel soll mich holen, wenn dies nicht der klügste Einfall meines Lebens war. Die Lindauer werden Augen machen. Dank sei der Jentin, die endlich die Entscheidung herbeigewittert! Du wirst sehen, Susanne: Wir sind und bleiben glücklich. Und arbeiten werd' ich –«
»Übernimm dich nur nicht!« sagte sie lachend und recht ungläubig.
Sehr viel mehr sprachen sie nicht auf der Fahrt nach Meersburg. Denn Susanne war nicht eben redselig, und außerdem hatten sie beide viel zu denken. Zumal Augustin! Seit er Susanne kannte, war etwas in ihm vorgegangen; seine faule Ruhe war einer behaglichen Ruhe gewichen; das junge Weibsgeschöpf hatte ihn so sehr beschäftigt und ausgefüllt, daß er das Leben selber nur

noch von fern und flüchtig betrachtete. Er fühlte: Alles war gekommen, wie es kommen mußte, und Susanne war die einzig richtige Frau für ihn. Dennoch dämmerte ihm, nach den jüngst vergangenen, überstürzten Tagen, daß etwas ungeheuer Wichtiges in seinem Leben geschehen sei: Augustin Sumser stand nicht mehr allein in der Welt. Sondern da war jemand, der für ihn sorgte, und für den er sorgen mußte, er sah deutlich die beiden Seiten der Medaille und freute sich darüber. Denn endlich war der leere Platz, den er in der letzten Zeit bisweil beklommen gespürt hatte, verschwunden.
So saßen sie nebeneinander im Wagen, atmeten den leisen zärtlichen Seewind, sahen sonnenvolle Weingärten und silbern wogende Kornfelder, rochen den süßen Heuduft und waren gedankenvoll und glückselig.
Am Nachmittag kamen sie in Meersburg an, stiegen wie feine Leute im besten Wirtshaus ab und gingen sogleich zum alten Mesmer hinauf. Das geheimnisvolle kleine Haus war, wie gewöhnlich, verschlossen. Der Gustl ließ den bronzenen Klopfer dreimal gegen die Tür fallen. Alte Füße kamen langsam die Treppe herab – und dann sperrte Mesmer die Türe auf, lugte, stieß einen leisen Schrei aus und schloß den lieben Augustin ohne weiteres in die Arme.
»Kinder!« sagte er, »das ist nun doch eine Freude, die das Leben für mich aufgespart hat. Ein wahrer Sommerabend für mich: die Herdenglocken läuten, und der Schäfer zieht mit seiner Schäferin nach Hause!«
Dann führte er sie hinauf und wollte selber Kaffee kochen und den Tisch decken. Aber Susanne sah sich in der apothekenhaft ordentlichen Küche um, entdeckte

beim ersten Blick alles Nötige, schob den Alten sanft zu Augustin in die Stube und begann zu wirtschaften.

»Nein, nein . . .!« sagte Mesmer zum Gustl, als sie am Tische saßen, »daß Sie noch so weit kommen würden, Freund . . .«

»Daran ist niemand schuld als Sie!« erwiderte Augustin. »Hätten Sie nicht auf meine schwindenden Jahre hingewiesen, so wär' es mir nicht eingefallen, mich einsam zu fühlen. Und das Himmelbett, Herr Doktor! So wird nun die ungesetzliche Untugend in gesetzliche Tugend verwandelt –«

»Wobei es denn nicht ausbleiben kann«, sagte Mesmer, und man merkte nicht, ob eine Ironie mitschwang, »wobei es denn nicht ausbleiben kann, daß der Himmel seinen Segen dazu gibt.« Während sie Kaffee tranken, betrachtete er Susanne voll Aufmerksamkeit, und Augustin sah zufrieden, daß sie ihm wohlgefiel. Nachher, als sie die Tassen hinaustrug, sagte der Alte: »Eine feine, kluge, vernünftige Frau, Augustin! Soweit man dies von Frauen überhaupt prophezeien kann, vermute ich, daß sie Ihnen keinen Ärger machen wird.«

Später, da schon das rote Abendlicht an den Fenstern lag, nahm er Susannes Kopf zwischen seine behutsamen Arzthände, schloß die Augen und tastete über Gesicht und Haar – nicht auf der Haut selbst, sondern in der Luft, einen Finger breit entfernt. »Sie ist gesund, Sumser«, sagte er, »aber nehmen Sie sie in acht, nehmen Sie sie in acht! Die Stärksten sind nicht immer die Widerstandsfähigsten. Und Sie, junge Frau, suchen sich als Hochzeitsgeschenk vom alten Mesmer das Wertvollste in dieser Wohnung, was Sie finden können!«

»Dann müßt ich Sie selber einpacken!« antwortete Susanne.
Mesmer strahlte.
»Aber Sie werden's kaum leiden wollen. Und also schenken Sie uns den kleinen Nähtisch am Fenster, damit der Ehemann Augustin Sumser nicht mit zerrissenen Hemden herumzulaufen braucht. Weiter hab' ich keinen Wunsch, denn unsere Wohnung ist aufs üppigste möbliert...«
»Es wird schon noch werden!« sagte der Gustl großartig. »Die Hauptsache war eine Frau, und die ist nun da. Merkwürdig, wie lang ich gebraucht hab', um zu dieser Erkenntnis zu kommen.«

An einem unerhört schönen Sommertag ließen sich Augustin und Susanne über den See nach Lindau zurückrudern. Wie weiche, grüne Ballen standen die Wälder an den Ufern, die Alpen strahlten in ihrer hellsten Erhabenheit, und die zärtlich um den Nachen spielenden Wellen sangen jene leisen und süßen Gesänge, die der Gustl seit seiner Kindheit im Herzen trug. Niemals hatte er inniger gefühlt, daß dieser See sein See war. Sein Beruf, sein Leben wäre anders gewesen, wenn nicht schon an der Wasserburger Friedhofsmauer die kleine Musik der gleitenden Wellen entlang gelaufen wäre. Und auf dem See hatte er Susannen gefunden.
In Lindau trafen sie zusammen mit dem Bregenzer und dem Schweizer Postschiff ein. Der Hafen war deshalb belebt, mancher Bekannte stand am Ufer. Augustin hob seine junge Frau aus dem Nachen, bot ihr den Arm und wandelte mit ihr durch alle Leute, und sagte je-

dem, der es hören wollte, Susanne Jent heiße jetzt Susanne Sumser.
Männiglich war darüber verwundert und erfreut, aber viele, die den lieben Augustin zu kennen glaubten, dachten: Wenn es nur gut ausgeht! - denn sie trauten ihm nicht allzuviel Beständigkeit zu und nahmen sich vor, wohl achtzugeben, um nichts Aufregendes zu versäumen. Als Susanne vor der Haustürschwelle stand, sagte Augustin: »Bedenke den Schritt über diese Schwelle: du trittst damit in den Ehestand. Tritt nicht daneben!«
Die Fischerin hatte die Türpfosten mit Immergrün geschmückt, stand an der Treppe und weinte erbärmlich, teils aus Rührung, teils auch, weil sie befürchtete, das Ehepaar Sumser möchte ausziehen und sich eine geräumigere Wohnung suchen. Aber darin irrte sie sich; der Gustl dachte gar nicht daran; er fand, daß Platz genug vorhanden sei, und außerdem war ihm der geringe Mietzins sehr angenehm. Mit der Fischerin hatten sie verabredet, daß Susanne die Küche mitbenützen dürfe, wozu also umziehen? Während sie den kleinen Koffer auspackte und alles wieder in Ordnung brachte, ging er händereibend umher und sagte schließlich: »Ich weiß nicht, Kind - ich glaube, ich habe doch nicht genug ethisches Empfinden! Ich habe immer gemeint, ein Ehemann müsse sich den Ernst des Lebens im allgemeinen und seine Pflichten im besonderen stündlich vor Augen halten. Aber (hol's der Kuckuck!) das bring' ich nicht zuwege! Ich bin vergnügt, das ist alles. Sei doch so gut und erinnere mich des öfteren an den bemeldeten Ernst des Lebens, sonst vergeß' ich am Ende

auf meinen verheirateten Zustand, und das wäre freilich empörend.«
»Schön!« erwiderte sie, »setze dich hier mir gegenüber ans Fenster.«
Er tat es und legte brav die Hände auf die Knie, wie in der Schule.
»Zunächst: Wieviel Geld hast du noch?«
»Woher soll ich das wissen?«
Sie lachte. »Ach, du lieber Augustin . . .!«
»No ja . . .«, sagte er etwas kleinlaut und zog seinen Beutel. »Ich schätze, es sind noch dreißig Gulden darin. Hier hast du das Zeug.« Susanne zählte. »Es sind nur zwanzig. Vierzig Gulden hab' ich mit in die Ehe gebracht –«
»Märchenhaft!« sagte er.
»– macht zusammen sechzig. Und nun wollen wir überlegen, was wir notwendigerweise anschaffen müssen.« Sie nahm Bleistift und Papier. »Anschaffen?«
»Anschaffen, allerdings! Ein ordentlicher Haushalt – wie soll ich denn kochen? Also –«
»Ein Kuchenblech!« stellte der Gustl schleunigst fest. Denn Kuchen aß er für sein Leben gern.
Sie schrieb es auf.
»Gut. Weiter!«
»Noch ein Kuchenblech!« sagte er.
»Augustin!« erwiderte sie gütlich, »wollen wir einen Kuchenstand oder einen Ehestand aufmachen? Denke an den Ernst des Lebens!«
»Ach so!« sagte er. »Aber wenn du nun zum Beispiel zwei Kuchen backen willst?«
»Erstens könnte man sie ja nacheinander backen, und

zweitens werden wir wohl kaum in Verlegenheit kommen. Sei froh, wenn du einen kriegst!«
»Siehst du«, sagte er, »der Ernst des Lebens fängt bereits an. Und ich hatte mich schon so auf zwei Kuchen gefreut . . .!«
»Man könnte den einen ja teilen«, antwortete sie mit bewundernswerter Geduld.
»Teilen? – Hm –« meinte der Gustl, »ich bin nie fürs Teilen gewesen. In der Ehe schon gar nicht. Überdies steht geschrieben: Ihr sollt sein ein Fleisch. Aber nicht: ein Kuchen. Ich wünsche, daß über meinen Antrag, zwei Kuchenbleche zu kaufen, abgestimmt wird!«
»Das tun wir seit einer halben Stunde! Willst du nun nicht endlich einmal ernsthaft reden, Gustl?«
»Nein!« sagte er entschieden. »Nein! Ich pfeife auf den Ernst des Lebens! Ich bin jung verheiratet und habe ein Recht darauf, in meinem Glücke herumzuplätschern.«
»Dann sei so gut«, sagte Susanne sanft, aber energisch, »und gehe ein wenig spazieren und plätschere fürs erste allein. Ich habe zu tun, ich muß überlegen, wie wir wirtschaften wollen.«
»Aber –«
»Verroll' dich!« rief sie, stülpte ihm mit dem Schwunge der Verzweiflung den Hut auf den Kopf und schob ihn zur Türe hinaus.
Er lachte, stieg die Treppe hinunter und sagte zu der Fischerin, die vor dem Hause saß: »Meine Frau hat mich hinausgeworfen.«
Sie sah ihn über die Brille hinweg an und sagte nickend nur: »O mei, Guschtl!«
Als er zwei Stunden danach heimkam, hatte Susanne

nicht nur alles überlegt, sondern auch schon gekauft und herbeigeschafft. Sie rechnete ihm die Ausgaben vor und erklärte: Morgen müsse er mit der Arbeit an einer neuen Spieldose beginnen, sonst könnte es geschehen, daß sie allzu schnell in eine fatale Lage gerieten. Augustin nickte. Wirklich stand er anderntags mit dem Frühesten auf und stellte sich an die Hobelbank; es war ihm durchaus ernst mit seinen guten Vorsätzen. An dem Tage, an dem das Geld zu Ende war, verkaufte er die neue Spieldose.
Und er sprach: »Siehst du wohl, Susanne? Es geht! Ich begreife nicht, warum andere so viele Schwierigkeiten in der Ehe finden. Man muß nur verstehen, sich einzurichten. Und dies habe ich von jeher gekonnt.«
»Du?« sagte sie. »Ich!«
»Wieso?«
»Wenn es nach dir gegangen wäre, hätten wir sehr dumm gewirtschaftet, etwa ein zweites Kuchenbl-«
»Susanne!« sagte der Gustl und hob beschwörend die Hände, »dieses vermaledeite Kuchenblech wird noch zum Theaterdonnerblech werden, aus dem unser erstes Gewitter herauspoltert. Es liegt mir, sozusagen, bereits im Magen. Anstatt mir meine kleinen Fehler vorzurücken, solltest du dir lieber meine großen und zahlreichen Tugenden vor Augen halten! Oder habe ich etwa keine? Oho? Ich rauche nicht, ich spiele nicht, ich trinke nicht – ja, ich betrüge dich nicht einmal. Einen solchen Mann wie mich sollst du dir suchen. Und morgen, pass auf, fange ich sogleich ein neues Werk an; denn ich will dir eine neue Schürze kaufen . . .«

»Gustl!« sagte sie und fiel ihm um den Hals, »du bist wahrhaftig der beste aller Männer.«
»Ja. Und mir will ich einen neuen Anzug machen lassen. Nämlich!«
»Ach so . . .!« sagte sie.
»Was heißt das?« fragte er gekränkt. »Du siehst, wie vortrefflich ich für meine Familie sorge, und ich möchte dir raten, dir dies jeden Tag vor Augen zu halten; ich bin ein Mann von Qualitäten. Verstanden?«
Susanne lachte. »O du! Ein Heuchler bist du. Aber da ich nun einmal das Unglück habe, deine Frau zu sein, muß ich's mit in Kauf nehmen.«
»Was ich mir ausgebeten haben wollte!« erwiderte Augustin Sumser, jeder Zoll ein Familienoberhaupt. »Da ich es bin, der das Geld verdient, so muß ich auch in der Lage sein, mir über jeden Kreuzer Rechenschaft ablegen zu können. Und das kann ich.«
»Dann ist es ja gut«, sagte Susanne.
Anderntags begann er wirklich gleich wieder zu arbeiten, und wieder erklärte ihm seine Frau, als er die Dose verkauft hatte, daß an eben diesem Tage das Geld zu Ende gegangen sei. »Ich verstehe eben zu wirtschaften!« sagte er selbstbewußt.
Als aber der gleiche Vorgang sich nach drei Wochen zum drittenmal ereignete, wurde er doch stutzig.
»Höre, Susanne!« begann er vorsichtig, »ich glaube, ich glaube . . .«
»Was glaubst du denn, mein allerliebster Augustin?«
»Ich glaube, hier stimmt etwas nicht.« Und er trug ihr sein Bedenken vor.
»Das glaube ich auch, du Schaf!« sagte sie und hüpfte

vor prickelndem Vergnügen. »Es macht deiner Klugheit alle Ehre, daß du es schon beim dritten Male merkst! Schau doch in meinen Nähtisch, bester Familienvater!«
Er zog die Schublade auf und staunte. »Welche Unmenge Geld, Susanne!«
»Nun? Ich hab's gespart, Gustl. Was sagst du zu einer solchen Frau?«
Er schwieg.
»Und zu einem solchen Mann, der über jeden Kreuzer Rechenschaft ablegen kann und dabei keine Ahnung hat, was ausgegeben wird?«
»Susanne!« sagte er kleinlaut und bekam einen roten Kopf. Sie stellte sich vor ihn hin. »Merke dir: Ein Ehemann ist stets dümmer, als er denkt. Merke dir: Eine Ehefrau ist stets klüger, als er denkt. Merke dir: Der Mann denkt, die Frau lenkt. Merke dir: Die Wirtschaft geht dich in Zukunft gar nichts an. Und merke dir endlich: Du bist der liebe Augustin.«
So brachte Susanne die Ehe in das richtige Geleise. Sie tat stillvergnügt, was sie wollte, und überließ dem Gustl bereitwillig die Ehre, alles für sein Werk zu halten. Die kleinen blauen Pantöffelchen gewannen tiefere Bedeutung: Susanne trug sie - sozusagen - nicht mehr an den Füßen, sondern in der Hand; aber es waren eben zierliche, leichte, kleine Pantöffelchen und keine schweren Filzpantoffeln. Deshalb duldete der Gustl den Wechsel gern, ja, er bemerkte ihn kaum. Sein im Grunde so überaus beschauliches Gemüt hatte die Umgebung und die Umstände gefunden, die es zum Glücklichsein und Blühen brauchte. Augustins Welt war so hübsch und klein geworden, daß sie nicht allzuweit über den Bett-

himmel hinausragte. Deshalb kümmerte er sich kaum darum, was jenseits geschah – obwohl eben dies bedeutend genug war! Im Herbst flammte der Krieg zwischen Frankreich und Preußen auf; im Oktober zerschlug Napoleon das preußische Heer bei Jena und Auerstädt, im Frühjahr 1807 den preußischen Staat. Süddeutschland blieb in Ruhe, und am ruhigsten blieb im Augenblicke dieser ungeheuren Weltgeschichte der Instrumentenmacher und Ehemann Augustin Sumser. Er hatte genug davon – das Kapitel »Augustin und die Weltgeschichte« war mehr als abgeschlossen; das war zwar nicht gut deutsch, aber gut augustinisch. Er wurde in diesem Sommer dreißig Jahre alt. Zu anderen Zeiten hätte ihn diese Tatsache mindestens nachdenklich gestimmt, seit er aber Susanne neben sich hatte, überließ er das Nachdenken durchaus ihr, und Susanne konnte nichts Besseres tun, als ihn nach seiner Fasson selig werden zu lassen. Diese Fasson war jeweilen sonderbar genug. Denn jetzt, da er nichts weiter als der liebe Augustin sein konnte und mußte, kam bei ihm jene mit dem Scheine scharfer Logik verkleidete Verschrobenheit wieder zutage, zu der er schon als Kind geneigt hatte. Zwar bohrte er nicht mehr Kähne an, damit das Wasser ablaufen sollte, aber er tat mitunter Dinge, von denen Susanne nicht wußte, sollte sie sich darüber totlachen oder totärgern. Eines Tages hatte er den Einfall, einen Fliegenzirkus zu gründen. »Warum«, sagte er, »sollten sich nur Flöhe, nicht aber Fliegen einigermaßen abrichten lassen? Ich vermute im Gegenteil, daß dies noch bedeutend interessanter wäre, da die Fliegen sich nicht nur auf der ebenen Fläche, sondern auch in der Luft

bewegen und damit auch über die dritte Dimension verfügen können. Sei so gut, Susanne, und fange jede Fliege, die du etwa siehst!«
»Gewiß!« sagte sie – und damit war die Angelegenheit für sie erledigt.
Als der Gustl dies bemerkte, seufzte er: die Last der Wirtschaft liege eben doch völlig auf seinen Schultern, und machte sich auf die Fliegenjagd. Er sperrte die erhaschten Tiere unter eine Käseglocke und bemühte sich eine Woche lang, sie zum Appell zu bringen, indem er an die Außenwand des Glases ein Stück Zucker hielt. Als er erkennen mußte, daß seine Bemühungen vollkommen vergeblich blieben, schlug seine Vorliebe für die zutraulichen Haustiere ins Gegenteil um, und es begann eine wütende Fliegenverfolgung; Susanne hätte nichts dagegen einzuwenden gehabt, wenn der Gustl in seinem Jagdeifer nicht mehrere Vasen und Töpfe samt den daraufsitzenden Fliegen zerklatscht hätte und wenn er nicht mit seinem Sonntagsrocke an einer Leimtüte kleben geblieben wäre. So verbot sie's ihm ernstlich und ließ auch seinen Einwand nicht gelten, daß, nach Kant, sogar der Kaiser Domitian auf die Fliegenjagd gegangen sei. »Ein Kaiser kann so viele Töpfe zertrümmern, wie er will«, sagte sie, »du nicht!«
Und als er darauf heimlicherweise von seinen Spaziergängen eine Büchse voll Kreuzspinnen mitbrachte und diese als Fliegenfallenfabrikanten in alle Winkel der Wohnung setzte, geriet sie in aufrichtigen Zorn und ließ so lange die Suppe anbrennen, bis er auch die letzte der mühselig gesammelten Spinnen eigenhändig wieder gefangen und weggeschafft hatte.

Da aber sprach er: »Siebenunddreißig Spinnen hatt' ich mitgebracht, achtunddreißig hab' ich beseitigt. Es war also eine Spinne in der Wohnung. Pfui Teufel! Welche Wirtschaft! Wie kann man nur eine Spinne in der Wohnung haben!!« und verschaffte sich auf solche Weise wieder das moralische Übergewicht. –

Zum Christkinde wünschte sich Susanne durchaus nichts weiter als einen Kanarienvogel. Augustin beeilte sich, ihr diesen Wunsch zu erfüllen, das Tier wurde in einen schönen Messingkäfig gesetzt und baumelte darin von der Decke herab.
»Ich weiß nicht«, sagte die Sumserin nach acht Tagen, »er singt gar nicht . . .«
»Das glaub' ich gern!« antwortete Augustin harmlos, »hab' ich doch eigens ein altes Weibchen bestellt, das nicht mehr schlägt. Denn ich kann das fatale Geschmetter und Gerolle nicht ausstehen . . .«
»Gustl!« sagte Susanne, betrachtete ihren Mann und schüttelte den Kopf.
Mit dem Frühjahr warf er sich auf die Kakteenzucht. Susanne, die Schlimmeres befürchtet hatte, atmete erleichtert auf, denn diese seine neue Leidenschaft erschien ziemlich ungefährlich. Sämtliche Blumenkästen vor den Fenstern wurden mit stachligen Pflanzenigeln besetzt, und Augustin erfreute sich täglich mindestens eine Stunde lang an den prallen, glänzend grünen Kugeln, an den wollhaarigen Schlangen, an den grotesken Blätterbäumen. Er wartete darauf, daß sie blühen sollten – aber es geschah nichts dergleichen. Nur aus einer Pflanze wuchs ein absurder Blütenschlauch heraus, es

war eben die, von der man dem Gustl erzählt hatte: die Blume entfalte sich mit einem sanften Knall gerade um Mitternacht und sei beim Tagesgrauen schon verwelkt. Dies hatte verhängnisvolle Folgen; als man das große Ereignis erwarten mußte, stand Augustin, wiewohl er sonst über jede Störung seiner Ruhe in Wut geriet, allnächtlich kurz vor der Geisterstunde auf (er warf dabei gewöhnlich etwas um und alarmierte so auch Susannen) und setzte sich ans Fenster. Aber die Blüte knallte weder sanft noch mild, sondern sie tat überhaupt nichts.
»Ich möchte wissen«, sagte Susanne, »ob du ebenso aufmerksam wärest, wenn ich ein Kind erwartete ...!«
»Wir wollen's nicht auf die Probe ankommen lassen«, erwiderte er, »aber ich würde desfalls verlangen, daß du dir eine gelegenere Zeit heraussuchst, was man einem unvernünftigen Kaktus nicht wohl zumuten kann.«
Endlich riß ihm die Geduld. Er zog die grellrote Knospe vorsichtig auseinander, sie war taub. Im gleichen Augenblick sank der ganze Kaktus kläglich zusammen und verwandelte sich in einen stachelgespickten Brei. »Das Luder ist von innen heraus verfault!« sagte der Gustl in gerechter Empörung. »Mich so zum besten zu halten! Aber wartet nur!« Und sogleich schnitt er allen seinen vegetabilischen Igeln die Köpfe ab, um zu sehen, welcher etwa noch faulig sei. Sie waren sämtliche kerngesund ... Augustin betrachtete die Verwüstung, die er angerichtet hatte, und begann vor Verlegenheit zu schwitzen. Wenn Susanne dies sah, würde auch der letzte Rest von Respekt zum Teufel gehen!

Kurz entschlossen, drückte er den Kakteen die Köpfe wieder auf – freilich nicht die passenden, sondern wie sie ihm gerade in die Hand kamen, dicke Greisenhäupter auf Stachelstifte und umgekehrt. Nach einigen Tagen bemerkte er zu seiner maßlosen Verwunderung, daß die so verwechselten Teile zusammenwuchsen! Auf den Blumenbrettern entstand eine Versammlung von wunderlichen Ungeheuern und wüsten Phantasieknollen. Augustin strahlte, ließ sich von seiner Frau bestaunen und schrieb für das Lindauer Wochenblatt einen Aufsatz »Ob man Kakteen pfropfen könne und wie?«, der auch gedruckt wurde. Der Aufsatz fand bei den Kreisen, die er anging, große Beachtung; Sammler besuchten Herrn Sumser, und eine Woche später hatte er seine fünfzig Ungeheuer sämtlich verkauft, das Stück um einen Gulden.

Seine Überlegenheit wuchs infolgedessen so, daß Susanne es kaum mehr aushalten konnte und die hinterlistigsten Pläne ersinnen mußte, um ihn von seinem hohen Pferde herabzustechen. Harmlos, wie er im Grunde seines Gemütes war, ging er ihr gewissenhaft jedesmal in die Falle, stritt ihr den Sieg ab und ärgerte sich entsetzlich.

»Ich erinnere mich aus meiner Meersburger Seminarzeit«, sagte er, »daß der Scholastiker Scotus die Ansicht vertrat: Am Tage des Jüngsten Gerichtes würden alle Toten auferstehen und in den Himmel eingehen, wobei sie sich in Engel verwandeln, und zwar in Engel männlichen Geschlechts, damit es im Himmel keinen Streit gibt. Mir scheint, der biedere Duns kannte die Weiber. Sonst wär' er vielleicht kein Mönch geworden.«

»Bilde dir nur nicht ein«, erwiderte sie, »daß du jemals in den Himmel kommst! Du bleibst sicherlich in dem tiefsten und heißesten Winkel der Hölle sitzen wie alle Männer, die ihre Frauen schlecht behandelt haben.«
»Ich dich schlecht behandeln!« sagte er zärtlich und gab ihr einen Kuß. »Übrigens bist du über den Geschäftsgang beim Jüngsten Gericht bedauerlich wenig unterrichtet, sonst würdest du wissen, daß mit dem ersten Posaunenton die Hölle Ausverkauf und Konkurs anmeldet. Apropos: Posaunenton – was mag wohl die Tante machen?«
»Ich sehe sie bisweilen in der Stadt«, antwortete Susanne. »Ihr Groll verfliegt allmählich, da es offenbar ist, wie gut wir beide uns vertragen und daß du trotz deinen vielen Untugenden ein leidlicher Mensch bist.«
»Also werden wir uns gelegentlich mit ihr versöhnen!« sagte der Gustl. »Es ist mir ein unbehaglicher Gedanke, mit irgend jemand in Unfrieden zu leben.«
Und so taten sie auch, ohne daß daraus eine besondere Herzlichkeit oder ein Verkehr entstand. Denn sie blieben ganz für sich in ihrem kleinen Himmel, der nach außen hin so bescheiden und kärglich ausschaute, daß es niemand einfiel, an die Pforte zu klopfen. Und eben deshalb waren und blieben sie glücklich. Augustins Spieldosen wurden berühmter, je mehr er machte; er hätte leicht eine kleine Fabrik gründen können – eben dies jedoch vermied er, weil er sich sagte, daß infolge der beschränkten Menge der einzelne Gegenstand an Wert gewann. Aber das Bewußtsein, auf Jahre hinaus Aufträge zu haben, hob ihn wie ein Zaubermantel über alle Sorgen. Weiß der Himmel: er hatte keine einzige,

seit er in seinen natürlichen Grenzen blieb. Die Erde drehte sich, die Weltgeschichte wurde von Jahr zu Jahr fabulöser – Augustin Sumser stand außerhalb der Ereignisse; hinter Bregenz begann für ihn die Türkei, und er kümmerte sich nicht viel darum, ob dort die Völker aufeinanderschlugen. Er war ein braver Untertan seines Staates, zahlte so wenig Steuern wie möglich und überließ das Regieren Leuten, die nichts Besseres zu tun hatten.
Menschen, die über mehr patriotisches Gefühl verfügten – und das waren glücklicherweise die meisten –, fanden sein Verhalten geradezu skandalös. Noch war Süddeutschland mit Napoleon verbündet, trotzdem begann man auch hier den Korsen als Alp und Geißel zu empfinden. Preußen sammelte sich aus Blut und Dreck mit unerhörter Spannkraft. England lauerte noch immer unbesiegt. Es kam der verwegene Zug Napoleons gegen den russischen Winter, es kam der Brand von Moskau. Durch die Grundfesten Europas grollte ein Beben. Mit gespenstischer Schnelligkeit richtete sich das Verhängnis gegen den Kaiser auf. Das Jahr 1813 schlug ihn zu Boden. Durch ganz Deutschland ging zum ersten Male seit Menschengedenken die Empfindung: ein Volk zu sein.
Als die Nachricht von der Verbannung Napoleons in Lindau eintraf, stürmte der Uhrmacher Stotz, dem sie zuerst bekannt geworden war, zu Augustin hinauf.
»Hin ist er!« rief er, sank in einen Stuhl und erzählte.
Der Gustl hörte alles an, nickte zufrieden und sprach: »So, so! – Geschieht ihm recht! – Schade um diesen begabten Mann!«

Stotz nahm ihm diese laue Objektivität ernstlich übel und rannte weiter.

Augustin sagte philosophisch: »Solange er siegte, war er im Recht. Da er besiegt wurde, ist er im Unrecht. So geht es immer. Susanne – wo hast du mein Schnitzmesser? Ich glaube, du stichst schon wieder einmal den Kartoffeln die Augen damit aus! Wir sind jetzt acht Jahre oder ... warte! ... zweitausendneunhundertzwanzig Tage verheiratet – Tag für Tag nimmst du widerrechtlich das Messer, und ich muß mich darüber empören. Zweitausendneunhundertzwanzig Empörungen, ungerechnet die übrigen! Ewige Götter! Gibt es eine hartnäckigere Bosheit als die weibliche?«

# *Das Tagebuch*

28. August

Siebenunddreißig Jahre sind keine Kleinigkeit, besonders wenn man sie hinter sich hat. Susanne hat mir zu diesem bedenklichen Feste einen Kuchen gebacken und mit siebenunddreißig Lichtern umsteckt. Je älter man wird, desto mehr Lichter gehen einem auf. Das ist das Gute am Altwerden. Übrigens ist mir noch gar nicht so greisenhaft zumute. Immerhin! Man hört die Leute oft sagen: Wenn ich noch einmal jung wäre ... Aber ich glaube, wenn sie wirklich vor die Möglichkeit und vor die Wahl gestellt würden, das Leben noch einmal zu beginnen, es wäre keiner unter ihnen, der nicht im letzten Augenblick still beiseite ginge und murmelte: Lassen wir's, es lohnt sich nicht. Recht erbauliche Geburtstagsgedanken!!

14. September

In diesen Tagen beginnt der große Kongreß zu Wien. Welcher Aufwand, welche Kosten! Es ist wahr: Napoleon hat Europa zu Brei zerquetscht; aber je mehr Köche nach Wien kommen, desto verdorbener wird der Brei werden. Talleyrand wird die angenehmsten Brocken herausfischen. Es gibt Leute, die auch durch die feinsten Maschen im Netze des Schicksals hindurchschlüpfen; Talleyrand gehört zu ihnen. Ich möchte wissen, was aus Gravenreuth geworden ist.

15. September

Merkwürdig: Heute bekam ich einen Brief von Gravenreuth, zum ersten Male seit den Münchener Tagen. Er bestellt eine Spieldose, das Feinste, was ich machen kann, denn er will sie einer Dame schenken. Der Brief ist ganz sonderbar, aber ich werde mir darüber den Kopf nicht zerbrechen. Gravenreuth soll mir den Schreck von damals gut bezahlen. Manchmal scheint mir, als gäb' es so etwas wie eine ewige Gerechtigkeit und als müßte alles, was einmal begonnen worden ist, auch zu einem Ende geführt werden. Eine wahrhaft angenehme Aussicht, wenn ich an meine mehreren Liebschaften denke!

27. September

Ich habe auf dem Deckel von Gravenreuths Spieldose zwei tanzende Figuren angebracht, ganz so wie jene, die ich damals auf dem Klausberge sah. Der Gedanke kam mir unvermutet, und ich mußte ihn ausführen ... Der Erfolg war, daß ich allzuviel an die Vergangenheit dachte und recht melancholisch wurde, so sehr, daß auch Susanne es merkte. Man kommt und kommt nicht los. Wo sie wohl sein mag? Auch Susanne hat etwas. Sie gefällt mir gar nicht und schläft unruhig. Heute hat sie zum Kartoffelputzen freiwillig ein anderes Messer genommen. Das scheint mir verdächtig.

1. Oktober

Da Susanne ein immer tiefsinnigeres Gesicht machte, hab' ich sie heute gefragt. Sie hat mich Schaf genannt. Ich schloß daraus, daß es ihr besser geht. Als ich fragte, ob sie Schmerzen habe, sagte sie: Im Gegenteil. Ich antwortete, Schmerzen im Gegenteil seien für mich eine Neuheit, meine Kenntnisse in der Anatomie seien jedoch beschränkt.

2. Oktober

Welcher Tag!
Welches Ereignis!
Es ist unerhört!
Als ich sie heute wieder ausfragen wollte, sagte sie, ich solle mich nicht so dumm stellen. Ich antwortete: Ich stelle mich nie dumm, bei mir ist alles natürlich.
Worauf sie mich ganz fassungslos ansah, ich schämte mich beinahe, aber das half auch nichts. Schließlich sagte sie: Ob ich denn nicht sähe, was ihr fehlt?
Ich erwiderte: Es scheine ihr gar nichts zu fehlen, sie sei au contraire sogar zu üppig.
Sie sagte: Das sei es ja eben!
Und schließlich gestand sie mir, daß sie ein Kind bekommen wird!
Ich war sprachlos! Woher sollte ich das denn wissen, da ich doch noch nie eines bekommen habe? Ich bin aus meiner gewohnten Ordnung und Ruhe herausgerissen und in einer höchst eigentümlichen, aus Unbehagen und Freude gemischten Stimmung, abgesehen davon, daß ich Susannen solche Extravaganzen nie zugetraut hätte.
Indessen ist sie so glücklich bei dem Gedanken, daß mir nichts weiter übrigbleibt, als es ebenfalls zu sein. Eigentlich ist es ja auch – nun ja. Ich bin konfus. So etwas ist mir doch in meinem ganzen Leben nicht begegnet. Wie habe ich mich zu fühlen? Eine gewisse Würde

kann ich mir nicht absprechen, wenn ich auch zugeben muß, daß jeder Bauernbursche – hm. Hoffentlich klären sich bis morgen meine Gefühle.

3. Oktober

Große Ereignisse werfen ihre Schatten voraus. Als ich gestern zur Sammlung meines inneren Menschen spazierengehen wollte, rutschte ich auf der vermaledeiten dunklen und steilen Treppe aus, und ich habe mir den Fuß verstaucht. Nun sitze ich da und möchte geradezu jammern, wenn sich dies mit meiner Würde vertrüge; indessen soll man seinen Kindern kein schlechtes Beispiel geben. Wenn ich denke, was Susannen alles bevorsteht – ich würde mich ins Bett legen und mir die Decke über die Ohren ziehen. Sie jedoch scheint sich gar nichts daraus zu machen, sondern ist vergnügter und stillzufriedener denn je. Ich begreife das nicht. Auf eine dahinzielende Bemerkung lachte sie nur und sagte, ich solle dies ganz ihr überlassen. Ich protestierte zwar laut dagegen, mir eine solche Lieblosigkeit zuzumuten, gestehe aber, daß es mir im Grunde sehr recht ist. Ich habe an meinem verstauchten Fuß genug; er tut entsetzlich weh, besonders wenn ich daran denke.

10. Oktober

In den letzten Tagen lag ein ungewöhnlich dicker und naßkalter Nebel vor den Fenstern. Die Welt war wie geschaffen zum Spintisieren. Übrigens scheint mein Fuß doch nicht verstaucht gewesen zu sein, denn er ist in dieser kurzen Ruhepause wieder gesund geworden, worüber ich äußerst fröhlich bin. Ansonst habe ich diese Nebeltage dazu benutzt, wie das Goethesche Maultier meinen Weg zu suchen. Ich habe Susannen eine lange und wohlgelungene Rede gehalten über den Unterschied zwischen einem Familienoberhaupt und einem Familienvater und bin mir dabei selbst über manches klar geworden. Das Ergebnis war dies: daß ich sowohl das Recht als auch die Pflicht habe, glücklich zu sein. Susanne war damit vollkommen einverstanden und sagte, sie wolle sich's auch ausgebeten haben. Man muß einer Frau gegenüber unter solchen Umständen nachgiebig sein, ich antwortete also nicht weiter. Aber wenigstens schriftlich muß ich doch der Meinung Ausdruck verleihen, daß Susanne in letzter Zeit recht despotisch ist. Als ob ich nicht gleicherweise beteiligt wäre! Jedoch überlass' ich ihr gern und friedfertig den Schein des Löwenanteils.

2. November

Ich entwerfe Erziehungspläne. Mit der Matrimonialverfassung, die bei den alten Germanen bestanden haben soll, kann ich mich durchaus nicht einverstanden erklären.

9. November

Seit den Meersburger Exerzitientagen war ich nie wieder in so gespannten Gefühlen wie jetzt. Susanne behauptet, es würde erst im Mai sein. Wie soll ich es bis dahin aushalten? Meine Bitte, die Sache zu beschleunigen, erklärte sie rundweg abschlagen zu müssen. Werdende Mütter scheinen die eigensinnigsten Geschöpfe der Welt zu sein.

17. November

Heute sagte Susanne zu mir: ich solle endlich aufhören, von dem Kind zu reden. Die Rabenmutter! Ich begreife nicht, wie sie so ruhig sein kann.

## 2. Dezember

Heute hat sie zum Kartoffelputzen zum ersten Male wieder mein Schnitzmesser genommen. Ich war ordentlich froh, als ich es sah. Vielleicht wird doch noch alles gut. Das Schlimmste ist, daß ich äußerlich gleichgültig sein muß, während mein innerer Mensch von tausend Fragen gezwickt wird. Morgen will ich auf drei Tage zu Mesmer, teils um mich bei ihm über alles Nötige zu erkundigen, teils auch, weil ich fühle, wie gut eine ärztliche Behandlung für mich sein wird. Kinderkriegen ist das reinste Gift für mich.

## 6. Dezember

Ich war bei Mesmer, er hat mir Trost zugesprochen, was mir sehr wohl tat. Im übrigen schien es mir manchmal, als ob er sich über mich amüsierte. Susanne tut es auch. Die Menschen, auch die besten, sind doch recht herzlos. Wenn Susanne in meiner Lage wäre, würde sie anders reden.

## 15. Dezember

Da ich es für besser hielt, habe ich gestern mein altes Bett vom Speicher geholt und in der Werkstatt aufgeschlagen. Susanne sagte zwar, das hätte noch Zeit, aber man kann nie wissen. Außerdem kann ich es nicht mehr mit ansehen, wie sie seelenruhig schläft, während ich, mit allen Sorgen und aller Verantwortung belastet, mich schlaflos herumwälze. Aber dieser Strohsack! Man ist doch nicht mehr so unverwöhnt wie früher; man ist auch nicht mehr der jüngste.

## 22. Dezember

Ich weiß nicht, kommt es von dem Strohsack oder steht mir wirklich etwas Schlimmes bevor: Ich träume jede Nacht entsetzlich. Heute zum Beispiel biß ich (im Traume) auf ein steinhartes Brot und brach mir dabei alle Vorderzähne aus. Was hat das zu bedeuten? Ich kann mich nicht erinnern, jemals geträumt zu haben, und jetzt plagen mich vom Abend bis zum Morgen die schrecklichsten Dinge. Susanne sagte recht ernsthaft: ich würde blaß. Kein Wunder! Bei alledem kann und will ich ihr nichts sagen, um sie nicht zu beunruhigen, denn sie ist abergläubisch.

26. Dezember
Es war ein so schönes Weihnachten. Draußen schneite es, bei uns brannten alle Lichter. Nächstes Jahr werden wir zu dritt sein, und es wird noch schöner werden. Ich freue mich.

1. Januar 1815
In der Silvesternacht habe ich wieder furchtbare Dinge geträumt. Vielleicht war der Punsch daran schuld. Hoffen wir es. Wenn ich meine Aufzeichnungen aus dem vergangenen Jahre überlese, so sehe ich, daß ich recht glücklich war, trotz allen ungewohnten Neuigkeiten. Ach, wenn ich das doch auch am nächsten Neujahrstage sagen könnte!

13. Januar
Gravenreuth hat das Geld für die Spieldose und einen freundlichen Brief geschickt. Ich will ihn nicht wegwerfen, sondern hier einkleben:
»Lieber Sumser! Recht schönen Dank für das übermittelte Werk, mit dem ich sehr zufrieden war. Sie haben – ob aus Zufall oder mit Überlegung will ich nicht entscheiden, denn die Launen des Schicksals sind sonderbar – unsere alte Dose vom Klausberge als Modell ge-

nommen. Vielleicht ahnten Sie, für wen ich das Geschenk bestimmt hatte: für die Baronin Westerholt in Zweibrücken, unsere liebe kleine Fürstäbtissin. Sie hat sich sehr bei mir bedankt und läßt Sie grüßen. Ihre Ehe scheint ausnahmsweise glücklich abzulaufen, ich gönne es ihr von Herzen. Wenn Sie mir gelegentlich ein Lebenszeichen und eine Empfangsbestätigung beiliegenden Geldes zukommen lassen wollten, würden Sie zu Dank verbinden Ihren G.«

16. Januar

Ich hatte mir geschworen, über diesen Brief nicht nachzudenken – aber ich kann's nicht halten. Gravenreuth hat wohl recht: die Launen des Schicksals sind sonderbar. Mir scheint, ich muß wieder auf meinen früheren Satz zurückfallen, daß der Mensch alles, was er einmal begonnen hat, auch zu Ende führen müsse, so oder so. Woran aber soll man das Ende erkennen? Genaugenommen gibt es nur ein Ende. Aber beim Himmel! Ich bin lebendig und scheue mich, es zu nennen. Schon wieder diese Gedanken.

5. Februar

Heute war wieder einmal ein ganz glückseliger, sonnenvoller, leichtsinniger Tag. Vielleicht wird doch noch alles gut.

19. Februar

Aber diese Ahnungen. Ich habe nun doch Susannen davon gesprochen, weil ich's allein nicht mehr tragen mochte. Sie hat mich ausgelacht, mit jenem leisen zuversichtlichen Lachen, das sie in letzter Zeit gefunden hat. Wenn sie nur dieses eine Mal recht hätte.

25. März

In den letzten Wochen ist nichts geschehen. Ist das gut oder schlimm? Bisweilen halt' ich mich für kindisch, aber man soll die Stimme in seinem Innern nicht mißachten. Wir sind so glücklich gewesen, der Himmel war wie im Sommer vorm Kornschnitt. Jedoch mir ist, als sammelte sich heimtückisch unter dem Horizonte ein Wetter, und ich warte ängstlich jeden Tag, ob nicht die erste schwarze Wolke sich über die goldene Ebene meines Lebens herausschiebt. Manchmal zittert mir das Blut im Herzen.

6. April

Ein wundervoller, wunderreicher Frühling. Ich habe »wundenreicher« geschrieben und bin tief erschrocken. So abergläubisch zu sein.

10. April

Herr, Gott! Nur noch eine Weile laß alles gutgehen! Ich spüre, daß der Tag kommt, vor dem mir graut, aber ich fühle auch, daß hinter ihm eine grüne Gartenebene liegt, wenn wir ihn nur überstehen. Kindisch, kindisch. Warum? Unbegreifliche Schwüle des Herzens. Wenn Mesmer hier wäre. Ich will dem Alten schreiben. Er soll kommen. Und alles ist so gut und – ob es wirklich Blitze aus heiterem Himmel gibt?

14. April

Da! – Susanne ist auf der Treppe gestürzt.

15. April

Es geht ihr besser. Der Arzt weiß nichts. Sie sagt aber, es geht ihr besser. Aber sie ist schwach.
Ich glaub' es nicht. Sonst würde sie aufstehen, sie!
Sie phantasiert. Der Arzt wartet.
Schon die dritte Nacht.

Besser.
Schlecht.
Susanne!

                        Lindau, den 23. April 1815

Vorgestern haben wir Susanne begraben. Ich grüble, warum es hat so sein müssen. Aber ich kann es nicht finden; es ist durchaus traurig. Wir sind so sehr glücklich gewesen. Sie blieb immer meine Geliebte. Vielleicht hätte das Kind – ich weiß es nicht.

Eines ist gut: daß sich niemand untersteht, mich zu trösten.

Sonderbar: Dies ist die letzte Seite. Schicksal? Zufall? Ach – das Buch Susanne ist zu Ende.

## Una ex his

Über Gebirg und See hing der Frühling in sanft rieselndem Leuchten wie Goldregen.
Ein leises Zittern stand auf dem Wasser, wie stille Freude der uralten, ewig jungen Welt.
Segel glitten durch den heiteren Glanz der Tage, dunkle Fischerboote ruhten auf der silbernen Fläche.
Augustin Sumser wanderte.
Er war wie ein Baum, still und ohne Wehr, tief innerlich verwachsen mit der Erde. Der große Schmerz hatte ihn nicht zerstört. Wie eine jener schlanken, in weiches Grün geschleierten Birken war er, die stumm leiden, daß man ihnen die Hälfte ihres Daseins nimmt; das Beil des Holzfällers blitzt, Tränen quellen aus der Wunde – und langsam wallt das sprießende Leben über die scharfen Ränder dieser Wunde und schließt sie. Die Narbe bleibt, aber das Leben siegt. Nur manchmal seufzt der Baum, wenn in schlimmen Nächten die Windsbraut klagend in die grünen Saiten greift. Aber der Morgen kommt, und alle Tränen glühen in Schimmer und Schönheit.
»Ist halt nicht anders«, sagte der Gustl, »ich soll allein sein in meinem Leben.«
Und er verschwieg sein großes, inniges Leid, lauschte

auf die Welt und trug, was ihm zugeteilt war. In seinem ehemals braunen Haar lag schon der Reif, um seine Augen hatten manche harten Nächte ihre Zeichen eingegraben. Nichts, nichts war in ihm gestorben. Nur gedämpft hatte Susannens Tod die lachende Fröhlichkeit, und über ihm und allem, was er tat, lag, unmerklich für andere, das blaue Spinngeweb der heimlichen Wehmut.

»Ist halt nicht anders!« sprach er zu jedem Tage, der ihm Gutes oder Schlimmes brachte. »Nutzt ja nichts, wenn man rebelliert, Leut'! Der Herrgott wird schon wissen, was er tut. Alles hat seine zwei Seiten, und wenn der Mensch sie nicht erkennt, liegt's wohl an ihm. Ich hab' sie immer erkannt – nur einmal nicht, nur einmal nicht ... Aber wer weiß.«

Seine Tage waren nicht leer. Er arbeitete, wuchs inniger denn je mit der Natur zusammen – und hatte sich das Denken angewöhnt. Stundenlang konnt' er nun, wie ehemals, am Ufer sitzen, lauschen, träumen und sinnen. Und es war, als ob sein Kummer durch die Wurzeln, die sein Herz ins Erdreich fühlend ausgestreckt hatte, sanft in das Herz der großen Mutter flösse. Er empfand das Leben und die Welt nicht als fremde Dinge, die neben ihm gar feindlich standen, sondern er war ein Teil von ihnen, ein Zweig, durchdrungen und durchströmt von dem Geiste, der alles schuf und wieder schwinden ließ. Niemals hatte er das seltsame Gefühl des freien Schwebens im All bedeutsamer empfunden als jetzt: er schwamm nicht, er sank nicht – er schwebte. Sonderbar wirkte dies auf seinen äußeren Menschen. Ganz still und voll weicher Freude war er geworden und wurde es mehr von Jahr zu Jahr. Seine Augen blickten in herzlicher Ruhe, sein Gesicht bekam einen Zug unendlicher Heiterkeit und Güte, seine Scherzworte sprangen nicht mehr wie übermütige Kinder, sondern sie streichelten sanft wie Herbstsonnenstrahlen.

Er war nicht gleichgültig. Er liebte, jubelte und litt, aber nicht mit seinem eigenen kleinen Menschenherzen, sondern mit dem großen Herzen der Welt, dessen Pulse niemand besser fühlte als er. »Der arme Gustl...«, sagten die Leute anfangs hinter ihm her, wenn er aufrecht und ruhevoll durch die Straßen ging. Aber Augustin Sumser war nicht arm. Er besaß mehr als sie alle zusammen: Empfindung für die Welt.

»Alles hat seine Schönheit«, sprach er, »das grüne Laub des Frühlings welkt freilich dahin, aber sind nicht die roten Wälder des Herbstes der lustige Kotillon im großen Feste der Erde? Und wenn die Blätter gar gefallen sind, kommt der erhabene Schlaf mit seinen Träumen – ihr versteht sie nur nicht.«

Er war und blieb der liebe Augustin und fand überall das Gute.

Als Susanne begraben wurde, hatte er auf Mesmer gehofft. Aber der Alte konnte nicht kommen; ein zweiter Schlagfluß hatte ihn angefallen. Im Juni ging der Gustl nach Meersburg, fand den Doktor leidlich wohl, aber doch sehr geschwächt.

»Nun wird's ernst!« sagte Mesmer lächelnd. »Den dritten überlebt keiner. Soll mir recht sein. Wir beide, Gustl, haben unser Teil redlich getragen. Und das ist die Hauptsache: ein gutes Gewissen.«

»Das freilich!« antwortete Augustin, und dann schwiegen sie miteinander als zwei Menschen, für die der Tod kein Schlußpunkt, sondern höchstens ein Gedankenstrich ist.

Im Herbste machte sich Augustin abermals auf den Weg nach Meersburg. Er fand die Tür des Hauses in der Vorburggasse nicht verschlossen und zog die Brauen hoch; denn er wußte: das hatte seine Bedeutung. So stieg er die Treppe hinauf und trat in die Stube.

Die Nachmittagssonne füllte den ganzen Raum mit warmem Glanze. Am Kamin saß der alte Mesmer, im Lehnstuhl, eine Pelzdecke über den Knien. Er war eingeschlafen; ein kleines Buch, in altroten Saffian gebunden, war ihm aus den Händen gerutscht und lag auf dem Boden. Augustin trat leise hinzu, wollte den Doktor wecken und merkte, daß seine Hände ganz kalt und steif in dem weichen Pelz der Decke ruhten: Mesmer war gestorben.

»Schlaf gut!« sagte der Gustl und zog ihm die Decke ein wenig höher heran, als könnt' er ihn dadurch wärmen für die große Reise, die er nun angetreten hatte.

Danach machte er denen, die es anging, seine Mitteilungen und wanderte nach zwei Tagen gen Lindau, traurig und ruhig. »Hab ich nicht«, dachte er, »dieses Meersburg schon einmal mit denselben Gefühlen hinter mir gelassen? Damals, da der gute Pfarrer Knöpfle davongegangen war: Nun hab' ich gar nichts mehr zu verlieren auf der weiten Welt.«

Es ergab sich, daß Mesmer den Instrumentenmacher Sumser zum Haupterben eingesetzt hatte.

Augustin wählte von den Möbeln aus, die er brauchen konnte, und verkaufte die anderen. Seine Wohnung in

Lindau wurde ein genaues Abbild von Mesmers Zimmern: eine zierliche, kostbare, wehmütige Erinnerung an die Zeiten des Rokokos. »Jetzt, da ich allein bin, komm' ich zu Wohlstand –«, sprach Augustin kopfschüttelnd, brachte die Uhr mit dem silbernen Totengerippe in Gang und stellte sie auf eine Spiegelkonsole. »Una ex his« stand auf dem Sensenblatt des Schnitters. »Ja, ja!« sagte der Gustl nickend. »Wir zwei verstehen einander. Du wirst mir nicht weh tun, Freund.«

Es wäre aber ein Irrtum, wollte man meinen, daß der liebe Augustin ans Sterben dachte. Er dachte nicht im mindesten daran! Denn er fand die Welt viel zu schön; nur ruhig war er, eben wie einer, der nichts mehr zu verlieren hat als sein Leben.
So merklich auch die Jahre ihre Spuren auf sein Gesicht schrieben, er blieb jung im Herzen, weil er sich freuen konnte; sein Haar wurde grau und grauer; aber das Blut blieb rot. Als im Jahre 1817 der große Sturm kam, der den Bodensee mit unerhörter Wut aufwühlte, Hafenmauern wegriß, Schiffe zerschleuderte, Hausdächer davontrug und sogar die Holzbrücke zwischen Lindau und Äschach in Stücke brach, feierte der liebe Augustin wieder einen seiner Siege; zwei Tage lang stand er in Braus und Wetter und half retten, was zu retten war. Zuletzt sauste ein losgerissener Segelbaum hart an ihm vorüber, streifte seinen Kopf und riß ihm eine blutige Wunde. Die Männer, mit denen er arbeitete, warfen vor Schrecken die Arme in die Höhe. Aber Augustin, im Sinken, schrie gegen das Sturmgeheul: »Leutl'n, halt't die Stadt fest, sonst ist mein Himmelbett zum

Teufel!« Und die Schiffer stemmten trotz allem Jammer die Arme in die Seiten und lachten für einen Augenblick, dann wickelten sie ihn in das vermaledeite Segel und trugen ihn vorsichtig heim in das kostbare Bett. Kaum spürte er die wohlige Wärme, so schlug er die Augen auf und sagte matt: »Macht daß ihr weiterkommt, ich bin noch lange nicht so weit –«

Drei Tage später besah er mit eingebundenem Kopf schon die Zerstörungen und den sofort begonnenen Neubau der Brücke. Als er eben weitergehen wollte, rutschte ein Kind samt der Planke, auf der es stand, ins Wasser. Der Gustl sprang in der gleichen Sekunde nach und fischte beide wieder heraus. Seitdem begegneten ihm die Lindauer mit noch viel größerer Achtung, und sein Wort: »Halt't die Stadt fest . . .« wurde zur Redensart bei jeder Unannehmlichkeit.

Ein ganzer Sagenkranz ward um den lieben Augustin geflochten, der nun vierzig Jahre alt war und doch von den Menschen für viel älter angesehen wurde, weil so Unerhörtes von ihm zu berichten war. Wenn sich ein Fremder in die Stadt fand, zeigte man ihm die Heidenmauer, den Sünfzen, den Mangenturm und den Instrumentenmacher Sumser als besondere Sehenswürdigkeiten. »Ein blaues Himmelbett hat er . . . die schöne Königin von Frankreich hat's ihm geschenkt . . . oh, was könnt' er erzählen, wenn er nur wollte! «

Aber er wollte nicht. Augustin war freundlich zu allen, aber er dachte an des alten Landeshauptmanns Wort vom Distanzhalten. Niemand konnte sich rühmen, je in seiner Wohnung zu Gaste gewesen zu sein. Und wenn er beim Weine saß, wie er selten tat, und gefragt wurde über dieses und jenes Abenteuer, so lächelte er und schwieg. Er ließ die Toten ruhen. Höchstens sprach er: »Mein Leben war einfach genug. Nur hatt' es das eine, daß ich's verstand, mir's nach meinem Sinne einzurichten. Lernt es, Kinder, und ihr werdet nicht weniger glücklich und – unglücklich sein als ich. Es kann sich einer noch so gescheit anstellen: den Packen, den er mitbekommen hat, muß er halt doch tragen: aber schafft euch eine leichte Schulter an und legt ihn darauf, dann geht es schon.«

Die kleine Welt um den See hatte ihren sanften, baumblütensüßen Frieden gefunden. Nach Jahrzehnten voll Waffengeklirr und Kriegsgeschrei spannte sich wieder ein milderer Himmel über die lustvoll zitternden Fächer der Akazien dieser alten Landschaft. Träumend lagen die Ufer, wie zu den Zeiten, da der liebe Augustin an der Friedhofsmauer zu Wasserburg dem Singen der kleinen Wellen gelauscht hatte. In königlicher Erhabenheit reckte sich der Säntis jenseits des klaren Spiegels, und wieder war es einsam im Lande, als säße dort oben auf dem schneeigen Gipfel die Urmutter Zeit und perlte die Reihe der Jahre wie einen Rosenkranz durch die alten, kalten Finger.

Und jedes Jahr war ein Korn in der Sanduhr. Sie rieselten und rieselten – und wenn sie alle durchgerieselt sind, dachte Augustin, dann dreht das Schicksal die Uhr um –, und das Spiel beginnt von neuem. Die Menschen fürchten sich vor diesem Augenblicke: weil sie nicht bedenken, daß es immer dieselben Sandkörner sind. Das Merkwürdige ist nur, daß dem Schicksal die ewige Herumdreherei nicht langweilig wird.

So wenig kümmerte sich Augustin um das Treiben der Menschenwelt, daß er recht erstaunt war, als er eines Tages von der Anhöhe des Hoyerberges herab ein höchst verdächtiges Schiff auf dem See erblickte. Es hatte zu beiden Seiten Schaufelräder und in der Mitte einen Blechschlot, aus dem es den widerlichsten schwarzen Qualm ausspie. Mit den Rädern schaufelte es sich geschwind über das Wasser hin, schnaufte und pfiff und machte einen unangenehm hastigen Eindruck. Ein Dampfschiff!
»Was sie alles aushecken!« sagte der Gustl interessiert und kopfschüttelnd. »Ingeniös, ohne Zweifel, aber unfein. No, mir kann's gleich sein.«
Das Schiff machte ungeheures Aufsehen. Jeder beeilte sich, mitzufahren – nur der liebe Augustin tat es nicht. »Es pressiert mir gar nicht!« erklärte er, winkte aber doch freundlich, wenn der Dampfer, zweimal in der Woche, sich im Lindauer Hafen vom Ufer löste und hundert geputzte, fröhliche Leute davontrug.
Jahre, Jahre . . . Als Anfangspunkt der neuen und bequemen Verkehrslinie gewann die stille Inselstadt an Bedeutung.
Fremde Reisende kamen von Jahr zu Jahr häufiger, um von Lindau aus den Weg nach der Schweiz oder nach Italien zu nehmen. Fast wie weiland auf der Mittenwalder Rottstraße wuchs der Verkehr, und Herr Augustin Sumser, weißhaarig, aufrecht und sehr sorgfältig gekleidet, gewöhnte sich einen Morgenspaziergang über die Brücke an, um die heranrollenden Kutschen mit seinen herrlich jung gebliebenen braunen Augen zu betrachten.

Freundlich und nicht ohne Würde, die Hände samt dem weißbeknopften Stocke auf dem Rücken, schlenderte er an schönen Vormittagen über die Brücke nach Äschach und guckte in die Reisewagen. Es war ein Bilderbuch für ihn, eine bunte Chronik der Gegenwart, die ihn zuweilen an die Vergangenheit und an seine Jugend erinnerte. Bei den ewig reisenden Engländerinnen dachte er mit stillem Lächeln an Lady Anna Holiday, bei ernstgekleideten Beamten an Montgelas. Unvermerkt beschäftigte er sich immer mehr mit dem, was ehemals gewesen war, träumte sich zurück und blieb glücklich. Es war, als ob die Jahre, die sanft aufblühten und verwelkten, diesem lieben Augustin nichts anhaben könnten, abgesehen von geringen Äußerlichkeiten. So innig lebte er schwebend im Wesen der stets neugeborenen Welt, daß seine unbeschwerte Heiterkeit und Frische sich nicht änderten.

Als es wieder einmal ernst wurde mit dem Herbste - spät, wie immer in diesem gesegneten Lande, Mitte November -, trat der Gustl besonders feierlich gekleidet aus seinem Hause. Die Fischerin, Urgroßmutter indessen, fragte vor der Türe: »So gar früh auf, Guschtl?« - denn für sie blieb er immer noch der junge Nichtsnutz, wie er mit achtzehn Jahren herangezogen war. »'s ist ein so schöner Morgen!« sagte er, sah in den gleißenden Seenebel und atmete tief. »Ich meine, es wird nimmer lang dauern mit dieser Herrlichkeit. Heut mach' ich mir ein Herbstvergnügen, Alte, und geh nach Bregenz hinüber, Jahresabschied feiern.«

Er wanderte langsam durch die Morgensonne, freute sich über die bunten, sauberen Häuser, über die blauen

bayerischen Wachtsoldaten, über die Kinder, die zur Schule gingen. Am Landtore stand er ein wenig still und beschaute die Reisenden, die heute besonders zahlreich ankamen, weil der Dampfer nach Rorschach und Konstanz fuhr.
Dann ging er über die lange Brücke und bewunderte zwei höchst elegante Kutschen, die auf den Holzbohlen heranpolterten.
Am Ende der Brücke kam eine dritte, noch schönere.
Augustin lehnte sich an das Geländer und wartete. Die Pferde trabten schnittig und scharf verhalten auf der Straße daher.
Als sie plötzlich die ungewohnten, dröhnenden Balken unter sich hörten, stiegen sie. Augustin wurde bedenklich. Der Kutscher blieb nicht Herr über die aufgeregten Tiere. Sie drängten den Wagen gegen das schwache Brückengeländer – und als sie den Widerstand von rückwärts spürten, verloren sie völlig die Besinnung. Ein wilder Satz nach vorwärts – ein Zügel riß – der Wagen wurde nach der anderen Seite geschleudert –
Augustin Sumser hatte seinen Elfenbeinstock an das Geländer gelehnt. Jetzt sprang er an das Handpferd, faßte glücklich einen Riemen am Gebiß und wollte das Tier halten.
Aber es war zu spät.
Es bäumte sich auf und riß ihn vom Boden. Er spürte einen dumpfen Schlag in die Seite, fühlte eine Sekunde lang nichts als vollkommene Gleichgültigkeit und fiel dann kraftlos auf die Brücke. Die Räder rasselten dicht an ihm vorüber – es war ihm, als hörte er einen Schrei, der wie sein Name klang –, dann wurde alles finster.

Als Augustin wieder zum Bewußtsein kam, lag er in der blauseidenen Dämmerung seines Himmelbettes. Sein erster Blick fiel auf den alten Arzt, der schon Susannen zu Tode gepflegt hatte, und sein erster Gedanke war deshalb »Aus ist's . . .«
Er hatte keine Schmerzen, aber als er versuchte, sich ein wenig zu rühren, war es wie glühendes Blei in seiner Brust; so stöhnte er leise und blieb ruhig.
»Herr Sumser –?«
»Ja?«
»Er ist bei Bewußtsein«, sagte der Arzt zu jemand, der neben dem Kopfende des Bettes zu stehen schien.
Im gleichen Augenblick lief ein Schauer durch Augustin, und er schloß die Augen. »Wer ist denn da noch?« fragte er, »wenn ich mich umschau', tut's so weh . . .«
Alles blieb still.
»Geh, machts doch keine Sachen!« sagte der Gustl. »Ärgert mich nicht, ich bin eh so schlecht beieinand. Also?«
Ein Kleid rauschte. An einer leisen Erschütterung merkte er, daß sich jemand auf den Bettrand setzte, und öffnete die Lider.
Es war eine schöne, blühende Frau, mit großen, tiefen, dunklen Augen.
Sie blickte ihn an.
Augustin blieb eine Zeitlang still und sonnte sich in der unendlichen Liebe dieses Blickes. Dann sagte er stokkend: »Doktor – ich glaub', ich bin schon tot . . . Ich glaub', ich bin im Himmel . . . oder . . . das ist doch – ist doch –«
»Nicht so viel reden sollten Sie, Herr Sumser.« »Lassen

Sie mich in Ruh!« antwortete Augustin unwillig, »Herrgott, ich bin doch noch lebendig, denn ich kann mich über den Doktor ärgern.«
»Warten Sie draußen! « sagte die schöne Frau zu dem Arzte.
Bei dem verschleierten Klange dieser Stimme schauerte der Gustl zum zweiten Male zusammen. Ein himmelsonnengoldenes Glück quoll in seinem Herzen auf.
»Friederike...!«
»Ja«, sagte sie, beugte sich über ihn und legte die Hand auf sein Haar. »Tut es weh, Gustl?«
»Gar nicht...«
Und lange danach: »Heut ist der schönste Tag, Friederike. - Wie kommst du hierher?«
»Ich saß ja in dem Wagen, Augustin!«
Er lächelte. »Grad narrisch ist die Welt, aber schön. So schön, Friederike! Gelt?«
Sie antwortete nicht.
»Ich glaube gar, du weinst? Geh, wer wird denn an einem solchen Tag weinen! Warum denn?«
»Weil es so schrecklich traurig ist, Gustl«, sagte sie bebend.
»Traurig? Ja, wie denn? Daß ich dich nur noch einmal gesehen hab'! Aber ich wußt' es doch -«, er sprach immer lebhafter und mit immer strahlenderen Augen, »ich wußt' es doch: einmal würdest du noch zu mir kommen!«
»Du mußt ja ruhig bleiben«, bat sie leise.
»Ich mag aber nicht. Heut, wo mein glücklichster Tag ist? Nein. Ich hab in Heiterkeit gelebt und will auch in

Heiterkeit sterben. Und die Welt ist so schön. Ja, Gott sei Dank, sie ist schön!«

Er begann schwerer zu atmen und schloß die Augen. Angestrengte Falten vertieften sich auf seiner Stirn.

»Soll ich den Arzt wieder rufen?«

»Nur nicht!« sagte er und umklammerte ihre Hand. »Bleibe nur du bei mir.«

Die Zeit rann in ein dunkelblaues Meer, aus dessen Grunde tiefe Glocken sangen.

»Friederike –«

»Ja?«

»Hast du mich noch lieb?«

Er fühlte zitternde Lippen auf seinem Munde. Seine Seele rieselte in diesen Kuß, wie ein silberner Quell sich lautlos in das ewige Meer verliert.

»Friederike –«

»Ja?«

»Ich – ich hatte – meinen Elfenbeinstock an das Brückengeländer gelehnt – ob –«

»Die Leute haben ihn hergebracht.«

»Dann ist's gut. Ich werd' ihn brauchen. Weißt du – ich geh' jetzt auf eine lange Wanderung – der See glänzt so still, der Himmel ist wie ein Beet voll dunkler Veilchen, und auf den Uferwiesen blühen die Kirschbäume im letzten Licht. Alles ist herrlich leicht und ohne Erdenschwere. – – Ich bin so glücklich, so sehr glücklich. Und daß – nun auch du noch – – bei mir bist – Friederike – –: Mich hat das Leben grenzenlos verwöhnt.«

*Horst Wolfram Geißler,* geboren 1893 in Wachwitz bei Dresden, wuchs in Frankfurt am Main und Weimar auf. Studium der Germanistik, Philosophie und Geschichte in Kiel und München. Promotion, Leiter des Feuilletons an der München-Augsburger Tageszeitung. Seit 1924 freier Schriftsteller in München, später in Hechendorf (Oberbayern). 1921 erschien *Der liebe Augustin,* dem 50 Romane und Erzählungen folgten. Starb 1983 in München und wurde auf dem Friedhof in Wasserburg am Bodensee beigesetzt.

## UNTERHALTUNG GROSSGESCHRIEBEN:

**Jean Giono – Quint Buchholz**
*Der Mann, der Bäume pflanzte*
40 Seiten mit zahlreichen farbigen Abbildungen.
Gebunden.

Jean Giono erzählt die Geschichte vom Schäfer Bouffier, der einige Jahre vor dem Ersten Weltkrieg damit beginnt, Bäume in der verödeten, zerstörten Provence zu pflanzen. Einfach so, um die Welt wieder schön zu machen. Rückschläge halten ihn nicht auf: Er pflanzt und pflanzt, Tag für Tag, Woche für Woche. Und Jahrzehnte später erntet er die Früchte seiner harten Arbeit: Es entsteht eine blühende Landschaft mit Wäldern und Bächen.
Die Bilder des preisgekrönten Malers Quint Buchholz unterstreichen den Tenor dieser hochaktuellen Geschichte in ganz eigener Weise: Für manche Dinge im Leben braucht man Zeit, Ausdauer und einen festen Willen, um ans Ziel zu kommen.

»Man liest 20 Seiten mit erstaunlich einfachen Sätzen und hat am Ende das Gefühl, einen langen Roman von großer Tiefe gelesen zu haben. Unglaublich!«
                                                    Pascal Mercier